GABRIELE DIECHLER

Engpass

ALTLASTEN Die Kölner Kriminalpsychologin Elsa Wegener, Anfang vierzig, steht vor dem Scherbenhaufen ihrer Ehe. Nachdem sie ihren Mann, einen erfolgreichen Richter, in flagranti ertappt hat, verlässt sie Hals über Kopf die Stadt. Im bayerischen Nirgendwo will sie einen beruflichen wie privaten Neuanfang wagen.

Allerdings wird sie in dem kleinen Dorf in der Nähe des Chiemsees nicht gerade mit offenen Armen empfangen. Auf Fremde reagiert man hier zurückhaltend, die Dorfgemeinschaft hält zusammen. Und auch Anna, Elsas pubertierende Tochter, ist von ihrer neuen Heimat alles andere als begeistert. Doch Elsa bleibt kaum Zeit, über solche Probleme nachzudenken. Als kurz nach ihrer Ankunft eine Frauenleiche entdeckt wird, hat sie der Arbeitsalltag längst eingeholt: Die Tote wird als Silke Maihauser identifiziert, die vor über zwanzig Jahren spurlos verschwand. Mit zahllosen Affären sorgte sie damals für reichlich Wirbel in der bayerischen Idylle …

Gabriele Diechler wurde 1961 in Köln geboren und lebt heute als erfolgreiche Drehbuchautorin in Seewalchen am Attersee. Neben ihrer Arbeit für ARD und ORF schreibt sie seit vielen Jahren Kinderbücher. Mit dem Krimi »Engpass« gibt sie ihr Debüt im Bereich Erwachsenenroman.

GABRIELE DIECHLER

Engpass

Elsa Wegeners erster Fall

GMEINER Original

Besuchen Sie uns im Internet:
www.gmeiner-verlag.de

Im Ehnried 5, 88605 Meßkirch
Telefon 07575/2095-0
info@gmeiner-verlag.de

1. Auflage 2010

Lektorat: Claudia Senghaas, Kirchardt
Herstellung / Korrekturen: Katja Ernst / Susanne Tachlinski, Doreen Fröhlich
Umschlaggestaltung: U.O.R.G. Lutz Eberle, Stuttgart
unter Verwendung eines Fotos von: © Dirk Suhm / PIXELIO
Druck: Fuldaer Verlagsanstalt, Fulda
Printed in Germany
ISBN 978-3-8392-1042-0

Prolog

Solange Sühne handelt,
harrt Finsternis aus,
allein Licht vertreibt Dunkelheit;
Liebe läutert jedes Verbrechen!

Elsas Atem stockt. Sie spürt, wie ihre Hände eisig werden. Mechanisch steckt sie sie in die Manteltaschen. Vergräbt sie tief hinein. Sie spürt den kalten Griff ihrer Pistole. Hinter der Tür, vor der sie steht, wartet der Mörder. Kein Geräusch dringt nach außen. Alles wie hinter Watte. Es ist jedes Mal anders und im Grunde doch gleich, denkt Elsa, bevor sie die Klinke hinunterdrückt.

Jedes Verbrechen ist ein Irrtum. Der Entschluss liegt im Verstand begründet. Gedanken übernehmen die Kontrolle, spielen täuschend echt eine Begrenzung vor, die es in der Realität so nicht gibt. Man könnte sagen, jemand träumte, es gäbe keinen Ausweg. Um sich dieser Bedrohung zu entziehen, wird er zum Mörder.

Auch wenn eine Frau ihren Mann betrügt, spielt sich das Ausmaß, die Auswirkung dieser Realität lediglich im Gehirn des Betroffenen ab. Dort wächst sie zu seiner Schein-Wirklichkeit heran, langsam, unmerklich und doch so kraftvoll. Eine Vorstellung steigert sich ins Unvorstellbare und erschafft das Kriminelle, das zuvor nicht existiert hat.

Alles beginnt im September. Es ist der Tag, an dem Elsa Köln für immer verlässt …

1. KAPITEL

Elsa lenkt den Wagen die einsame Landstraße entlang.

Das Problem sitzt hinten. Zwischen hochgezogenen Brauen, die ihre hellblauen Augen überdachen, hat sich eine Falte in das Gesicht der 15-jährigen Anna gegraben. Die Lippen streng aufeinandergepresst, ziehen und zerren die Finger des Mädchens, drücken Wut und Verzweiflung hin und her.

Als sich die ersten Bergspitzen hinter der Kurve zeigen, knackt Annas Daumenknochen aus Protest auf.

Elsa schluckt einen Kommentar hinunter. Gerade noch. Konzentriert hält sie ihren Blick auf die Fahrbahn gerichtet.

Tiefes Schweigen zwischen ihr und Anna.

Die Landschaft zeigt drei Farben. Grün. Braun. Grau. Und der lichte Himmel darüber.

»Wir werden es uns schön machen«, verspricht Elsa in Annas Gedanken hinein. Ihre Stimme klingt optimistisch. Anna entscheidet sich, stumm zu bleiben, verdrängt eine leise Ahnung von Verständnis.

In Elsas Kopf überschlagen sich die Gedanken. Sie hat ihren Mann verlassen. Fort von zu Hause. Anna zieht die Stirn erneut in Falten. Niemand hat sie ernsthaft gefragt, ob sie weg will aus Köln. In die Provinz, nach Bayern. Tiefstes Land.

»Wir haben doch gar kein Geld für ein Haus im Süden«, versuchte Anna Elsa anfangs zu überzeugen.

»Ich hab was gespart«, entgegnete Elsa ruhig.

»Hast du schon die Scheidung eingereicht?«

»Mach ich morgen.«

»Wieso denn?«

Schweigen.

»Er liebt sie doch gar nicht.«

»Darum geht es nicht.«

»Er liebt dich!«

Elsa stockte. Warum schaffte Anna es jedes Mal mit Leichtigkeit, die bittere Gegenwart hervorzuzerren, vehement und gnadenlos? Zwei Frauen und ein Mann. Zu viel Abwechslung für neun Jahre Ehe.

Anna denkt an Lars. Vor zwei Monaten hat sie ihn kennengelernt. Beim Tanzen in Köln. Heillos verliebt ist Anna seitdem.

Elsas Handy meldet sich.

»Willst du nicht rangehen? Sicher ist es Papa.«

Elsa versucht, gelassen zu bleiben.

»Gib's mir.« Anna will nach Elsas Handy greifen.

Jetzt legt Elsa bestimmend ihre Hand aufs Telefon.

»Er will sich mit dir aussprechen.«

Elsa bleibt stumm und Anna gibt auf.

Donnert mit ihren Boots verzweifelt gegen den Rücksitz anstatt weiterzusprechen. Das Handy hat aufgehört zu läuten. Elsa reißt sich zusammen. Sie wird Annas Reaktion vergessen, so lange, bis sie es wirklich kann.

Dann sind sie da. Elsa sieht das große Schild mit dem schwarz-weiß gezeichneten Haus drauf. Frisch fertiggestellt. Wie in der Annonce beschrieben.

»Da ist es!«, ruft Elsa mit vibrierender Stimme und stoppt den Wagen. Sie steigt aus und verschränkt die Arme hinterm Nacken, atmet tief die würzige Landluft ein und platziert sich schließlich neben das Schild.

Anna ist an der Seite ihrer Mutter erschienen.

»Ach, Anna!« Elsa schaut ihre Tochter versöhnlich an.

»Wie lange es wohl dauern wird, bis wir all das hinter uns haben?«, meint Anna nur.

Der Mann lehnt sich gemächlich in seinen Bürostuhl.

»Warum wollen Sie bei uns, in Traunstein, anheuern? Ausgerechnet in dieser Einöde?«, will er von Elsa wissen.

»Private Gründe.« Elsas Blick macht deutlich, dass er nicht weiterfragen soll, sie wird ihm ohnehin nichts sagen.

»Private Gründe«, wiederholt der Mann und starrt wieder in die Mappe vor sich.

»Ich muss das fragen«, fängt er erneut an. »Ihre Referenzen und die sensationelle Erfolgsquote geben mir Rätsel auf, was Sie hier bei uns zu suchen haben.« Der Mann beginnt, am Reißverschluss seiner Jacke herumzuspielen.

»Geben Sie sich einfach damit zufrieden, dass ich hier bin«, meint Elsa kurz angebunden.

»Und was ist, wenn ich möchte, dass Sie bleiben? Was nützt es mir, wenn's Ihnen langweilig wird? Das ist Land hier. Tiefes Land.«

»Gibt's hier keine Menschen?« Elsa schaut ihm zwischen die Augen. »Wo Menschen sind, finden Verbrechen statt.«

Einen Moment zögert er. Einen kurzen Moment, der kaum Gelegenheit zum Atmen lässt.

»Ich gebe mich geschlagen.« Er hält ihr die Hand hin.

Zögernd schlägt Elsa ein.

»Willkommen in Oberbayern, Frau Kollegin!« Karl Degenwald lächelt unmerklich.

Elsa sagt nichts weiter, dreht sich um und geht.

Anna hat Abendbrot gemacht.

Einen Tisch und eine Bank im Esszimmer gibt es schon. Und Betten im ersten Stock. Ansonsten ist das Haus unmöbliert.

»Warum gleich für immer dableiben?«, will Anna wissen. »Reicht nicht erst mal 'ne Probezeit?«

Elsa ignoriert Annas Vorschlag. »Wir können uns vor Ort die Möbel aussuchen. Du kannst dein Zimmer einrichten, wie du magst.«

»Können wir heute Abend nicht wenigstens mal nach München fahren?«

»Ich bin hundemüde, Anna. Wirklich.«

Mit geschmierten Broten, dicken Socken an den Füßen und einer Decke über dem Bauch hockt Elsa später auf dem Parkettboden.

»Papa wird uns vermissen«, seufzt Anna und beißt in eine Gurke.

Elsa sagt nichts dazu. Sie ist mit Essen beschäftigt.

Das frische Brot schiebt sich zwischen die Zähne. Elsa fährt mit der Zunge daran entlang, löst die klebrige Stärke.

Annas Handy klingelt.

Elsa lehnt sich sachte nach hinten. Ihr Gesicht wird weich. Das wird jetzt dauern. Über Annas nächste Handyrechnung wird sie großzügig hinwegsehen müssen.

»Ihre erste Tote in Bayern, Frau Kollegin. Nein, nichts Frisches. Schon 'n älteres Semester. Nein, keine Alte. Eine Junge, so um die 30, vielleicht auch jünger.«

Elsa räuspert sich ins Telefon. »Können Sie sich auch so ausdrücken, dass man Sie versteht?«, verlangt sie.

»Ist jung gestorben. Vor ungefähr 20 Jahren, meint der Gerichtsmediziner.« Degenwalds Stimme klingt dröhnend durch Elsas Handy.

»Ich komme«, antwortet sie.

»Bringen Sie Gummistiefel mit«, rät Degenwald noch. Doch Elsa hat längst das Gespräch unterbrochen.

Sie geht in den Flur, greift nach ihrer Jacke und verlässt das Haus.

Anna schaut aus dem Fenster. Der kleine Ausschnitt Außenwelt zeigt ihre davoneilende Mutter. Elsa, die in den Golf eingestiegen ist, schließt den Fensterspalt auf der Fahrerseite, den sie offen gelassen hat, startet und gibt Gas.

Anna schaut dem Wagen einen flüchtigen Moment lang zufrieden grinsend nach. Dann kippt sie das Fenster ihres Zimmers, holt ihr Handy vom Tisch und ruft Lars' Nummer ab. Ihr Grinsen verwandelt sich in ein richtig hübsches Lächeln.

Degenwald wartet am rot-weißen Balken, der den Forstweg abgrenzt. Er hebt seinen Hut, als Elsas Golf vor ihm abbremst.

»Ich dachte, bis hierhin finden Sie's«, begrüßt er sie. Er ist um den Wagen herum zur Fahrerseite gegangen.

»Ich hätt's auch noch weiter gefunden. Immer geradeaus, was?« Elsa hat die Scheibe hinuntergekurbelt und schaut zu Degenwald hoch.

»Frauen!«, brummt der. »Da will man helfen, und was hat man davon? Eine Belehrung darüber, dass sie ohnehin alles selbst wissen. Darf ich?« Er öffnet die Beifahrertür und steigt ein. »Nehmen Sie's mir nicht übel, aber hier spricht man die Dinge unmissverständlich an. Sie haben ständig so eine Schärfe in der Stimme. Hab ich Ihnen was getan? Irgendwas, das mir nicht aufgefallen ist?«

Elsa sieht Degenwald argwöhnisch an. Dann lächelt sie, obwohl sie es gar nicht will. Sie legt den ersten Gang ein und fährt an. »Wo ist die Tote?«, fragt sie. Keine Entschuldigung, keine Entgegnung. Nichts.

»Wenige Autominuten von hier. Sie werden begeistert sein.« Degenwald seufzt.

»Sie sind makaber, Degenwald.« Jetzt lächelt Elsa gewollt.

Elsa fährt die braungrüne Eintönigkeit entlang. Dreimal steigt sie mit Degenwald aus, schafft Äste und Zweige beiseite, die der Wind von den Bäumen gerissen hat.

»War ein fürchterlicher Sturm gestern«, murmelt ihr Kollege.

»Unten im Dorf hat man's gar nicht gemerkt«, wundert sich Elsa.

»Wir sind hier den Naturgewalten ausgesetzt. Land, Frau Kollegin, pures Land. Ich hatte es Ihnen bereits angedroht.«

Eine Weile fahren sie schweigend, dann spricht Degenwald erneut. »Haben Sie übrigens schon eine Unterkunft gefunden, oder harren Sie noch im Hotel aus?«

»Ich habe ein Haus in Unterwössen gemietet. Gleich neben der Kirche.«

»So ein Zufall«, unterbricht Degenwald sie. »Da wohne ich auch. Nur wenige Minuten von Ihnen entfernt. Den Kirchackerweg hinauf, Richtung Hochgern.«

»Hochgern?«, fragt Elsa.

»Kleine Aufklärungsstunde gefällig?« Degenwald scheint in seinem Element. »Der Hochgern ist unser Hausberg. Sonnenuntergänge mit ihm im Vordergrund machen sich besonders gut. Darauf sollten Sie in Zukunft achten.«

»Ich bin eher an der Aufklärung diverser Fälle interessiert als an röhrenden Hirschen und Sonnenstrahlen auf Gebirgsmassiven.«

»Verstanden!« Degenwalds Blick bleibt auf die Straße gerichtet. »Wie könnte man Sie auch missverstehen? Bei der Eindeutigkeit.«

»Die sieht ja noch richtig gut aus«, murmelt Elsa, während sie die Leiche studiert.

Im Moor ist es feucht und rutschig. Schon nach einer Minute kann sie sich nur noch mit der Hand an einem Ast festkrallen, weil ihre Straßenschuhe kein Profil haben.

»Vor 20 Jahren, sagten Sie.« Elsa schaut Degenwald an.

Der fährt sich mit dem Zeigefinger über die Oberlippe, nickt dabei. »Ungefähr«, bestätigt er.

»Und woher wissen Sie so schnell etwas über das Alter der Toten?« Elsa hat sich dem Gerichtsmediziner, einem ältlichen, hageren Mann mit grauer Walkjacke und Hut, zugewandt.

»Ein Scherz unseres lieben Degenwald«, lacht der. »Er übernimmt zwischendurch gern mal meinen Job. Prognosen, Vermutungen, Spekulationen.«

Elsa sieht ihren Kollegen erneut an. Eine Spur zweifelnd. Degenwald grinst. Wie ein Junge, dem ein guter Scherz gelungen ist.

»Unser lieber Dr. Degenwald garniert seinen Beruf gern mit dem ein oder anderen Anekdötchen. Sonst überlebt man diesen Job nicht, nicht wahr?« Der Arzt schlägt Degenwald kameradschaftlich auf die Schulter. Die Männer grinsen sich an, wie eine Verschwörergemeinschaft.

»Man hat schon so viel miteinander erlebt, aufgeklärt, zu den Akten gelegt, et cetera, et cetera. Sehe ich das richtig?«, kommentiert Elsa die Sache.

»So ist es«, kommt es unisono aus den Mündern der Männer. Dann lachen sie. Einträchtig.

Zu Hause wird Anna sich jetzt vor Langeweile mit Schokoladenpudding vollpumpen, denkt Elsa plötzlich. Pubertät ist eine schreckliche Zeit.

»Sie sind also die Neue«, unterbricht der Mediziner Elsas Gedanken.

Sie hält ihm die Hand entgegen. »Elsa Wegener. Aus Köln. Entschuldigen Sie, ich habe mich noch gar nicht vorgestellt.«

»Angenehm, Michael Horn. Mich finden Sie in der Gerichtsmedizin in München. Aber das wissen Sie sicher schon.«

Elsa spürt einen festen Händedruck. Der Förster schließt sich an. Nennt seinen Namen, drückt die Hand, lüpft den Hut.

»Unser hochgeschätzter Dr. Horn liebt die Natur und leistet sich, sozusagen als Aufputz zu seiner Wohnung in München, eine Dependance in Marquartstein. Wir haben ihn also oft zur Verfügung«, klärt der Förster Elsa auf.

Degenwald indes frisst sich zwischen ihre Augen, genau an die Stelle, an der sie eine kleine Narbe hat. Sein Blick fährt darüber, streift sekundenschnell über das vernarbte Fleisch.

»Lassen Sie uns gehen«, meint er. »Bevor unser liebes Hörnchen«, er blickt Dr. Horn an, »nichts geleistet hat, können wir uns Zeit lassen. Also, auf geht's!« Er presst Elsa mit der Hand auf ihrer Schulter Richtung Auto.

Dr. Horn ruft sie zurück.

»Nicht so schnell, Karl. Ich hab schon was zu sagen, ob du's glaubst oder nicht.«

Degenwald hat sich erneut nach Hörnchen umgeblickt.

»Eine Moorleiche ist das Beste, was euch passieren konnte. Moor konserviert, eigentlich unbegrenzt.« Hörnchen deutet auf die Knöpfe, die man an den Überresten der Jacke der Toten erkennen kann. »Morgen machen wir ein CT und eine schöne toxikologische Untersuchung. Alles vom Feinsten. Dann wissen wir auch, ob dieses nette Exemplar hier«, er deutet auf die Tote, »schon tot war, als sie im Moor verscharrt wurde.«

»Also kannst du uns doch noch nichts sagen, Hörnchen. Jetzt lass uns halt gehen.« Degenwald hakt sich bei Elsa ein, als kenne er sie eine Ewigkeit, und verschwindet mit ihr Richtung Auto. Elsa lässt es geschehen. Ihre Schuhe sind schwarze Klumpen. Sie spürt, wie der Schlamm sich an ihren Knöcheln hinauffrisst. Degenwalds Arm ist ihre Versicherung gegen eine unfreiwillige Landung im Matsch.

»Ich möchte noch mit Ihnen sprechen, im Büro«, sagt Degenwald. Dabei lächelt er Elsa an, wie jemand, der es wirklich ernst meint.

Anna hockt auf dem Heizkörper der Videothek und sieht das Sortiment durch.

»Hey«, ruft sie dem jungen Typen hinterm Tresen zu. »Habt ihr ›Breaking the waves‹ von Lars von Trier?«

Der Junge, ungefähr 18, ziemlich pickelig und offenbar schwer von Begriff, schlurft näher. »Was?«, grunzt er Anna entgegen.

»Diesen Superfilm von Lars von Trier. ›Breaking the waves‹. Habt ihr den?«

»Na«, murmelt der Pickelige, ohne überhaupt nachzuschauen.

»Check das doch mal im Computer«, verlangt Anna und deutet auf den PC auf dem Tresen.

»Brauch i net«, weigert der Typ sich.

»Scheiße!«, tönt Anna genervt und hangelt sich von der Heizung. »Genauso hab ich's mir hier vorgestellt. Danke für deine Hilfe!« Sie öffnet die schmierige Glastür und verschwindet hinaus. »Blödes Kaff, Hinterwaldprovinz«, schimpft Anna vor sich hin, als sie sich auf das klapprige Fahrrad schwingt, das sie neben dem Garten ihres Hauses gefunden und sich schnell mal ausgeliehen hat, um rascher im Ort zu sein.

Ein leiser Nieselregen hat eingesetzt, verwandelt die Fahrbahn in eine schmierige Seifenfläche.

Annas Rad gleitet über den grauschwarzen Asphalt. Die kleinen Regenpunkte setzen sich wie Nadelstiche in ihr Gesicht und schmelzen zu einem kleinen, wässrigen See, der ein Rinnsal Richtung abwärts schickt.

»Hey, hey, du!«

Anna bremst. Das Vehikel macht einen Sprung, wie ein wildes kleines Pferd, das zugeritten wird. Anna sieht sich über den Lenker fliegen, ein rascher Ruck, ein leiser

Plumps, dann liegt sie auf der Fahrbahn. Sie spürt was Nasses unterm Hintern, sieht sich um, Gott sei Dank kommt kein Auto daher, und flucht.

»Verdammte Scheiße!«

Der Pickelige läuft ihr entgegen. Den Film schwenkt er in der Linken. »I hab ihn. Breaking the was woaß i.«

»Du verdammter Idiot!«, ärgert Anna sich lautstark, steht aber auf und fasst sich an den Po.

Sie schiebt das Rad von der Fahrbahn. Inzwischen ist ein Honda angefahren gekommen und hupt, als habe Anna eine Massenkarambolage verursacht. Jetzt endlich steht der Typ aus der Videothek vor ihr, mit nassgeschwitztem oder nassgeregnetem Gesicht. Seine Pickel glänzen, als wären sie mit Vaseline eingeschmiert worden.

Anna hat fast Mitleid. Muss nicht leicht sein, wenn man so aussieht, denkt sie. Sagen tut sie nichts, greift nach dem Film, steigt wieder aufs Rad und saust davon.

»Hey, du da«, ruft der Pickelige ihr nach.

»Du lädst mich auf den Film ein, nach allem, was du verursacht hast«, ruft Anna über ihre Schulter zurück. Sie grinst in den Regen hinein, hält den Film auf die Lenkstange gedrückt und starrt immer wieder, während sie fährt, auf den Namen des Covers: Lars, Lars, Lars!

Ein unentwegtes Hüpfen schüttelt ihren Magen durch. Es gibt nichts Schöneres als den Namen Lars. Gleich wird sie ihn anrufen.

Degenwald, inzwischen durchnässt, hält Elsa auffordernd den Arm hin. Scheint eine Macke zu sein, überlegt Elsa. Sie sieht Degenwald an, als mache er ihr ein unmoralisches Angebot. Versteht nicht, was er von ihr will.

»Ihre Jacke«, sagt Degenwald eindringlich.

»Ach so.« Elsa zieht sich den pitschnassen Stoff vom Körper und hält ihn ihm hin. »Was sagen Sie andauernd zu mir? Land, Land, wir sind hier auf dem Land. Und wo, bitte schön, sind die Parkplätze?« Elsa blickt auf den vollgestellten Parkplatz hinunter, dann zu Degenwald.

Der hängt Elsas Jacke an die Garderobe, stellt den Abfalleimer darunter, der das Wasser auffangen soll, und setzt sich hinter seinen Schreibtisch. »Der Guggenbichler Sepp hat Geburtstag. 65 wird er. Da steht hier nun mal das ein oder andere Auto herum. Man feiert gern. Verständlicherweise. Und man hält zusammen.«

Elsa hat sich Degenwald gegenüber gesetzt.

»Die Leute hier reden nicht gern, sie erzählen nur. Sie teilen sich nicht mit, sie plaudern.«

»Was glauben Sie, wie's in Köln zugegangen ist? Großstadt, ja das schon, Menschen allerdings sind überall gesprächig, wenn sie wollen, und verschwiegen, wenn's ihnen an den Kragen geht. Ich hab in Köln so viele Schweigsame erlebt, dass ich an manchen Tagen gedacht hab, ich zahl was, wenn nur jemand endlich den Mund aufmacht.«

Degenwald grinst. »Na ja, mich müssen Sie fürs Reden zumindest nicht bezahlen. Und deswegen, kommen Sie mal mit.« Degenwald geht durch ein leer geräumtes Zimmer, in dem ein abgewohnter Schreibtisch steht, in einen kleineren Raum, der alles aufzuweisen hat, was man zum Arbeiten braucht. Einen schlichten Schreibtisch mit PC, Drucker, Scanner, eine Telefonanlage, einen ergonomisch geformten Bürostuhl, zwei Besuchersessel aus Lederimitat. Degenwald deutet darauf und zuckt mit den Achseln. »Mehr war nicht drin.« An der Wand zwei

Drucke bayerischer Landschaften und eine Deutschlandkarte. Gegenüber ein zweitüriger Aktenschrank.

Elsa setzt sich zur Probe in ihren neuen Sessel, dreht sich hin und her, nimmt den Hörer vom Apparat und spricht einen Satz hinein. Dann nickt sie. »Für den Anfang … geht es«, meint sie verhalten.

Degenwalds Haltung wird steif. »Sicher«, sagt er. »Sie sind Besseres gewöhnt.«

Bevor Elsa zu einer Erklärung ansetzen kann, ist er verschwunden, schließt die Tür des leer geräumten Zimmers, das wie eine Sicherheitszone zwischen ihnen liegt.

Elsa steht auf, sieht aus dem Fenster in das ewig gleichbleibende Nieseln draußen, lehnt den Kopf gegen das schmutzige Fenster. Müde und abgespannt fühlt sie sich, und allein. Im Kopf ein ziehender Schmerz. Sieht so ein neues Leben aus? In einem Kaff in der Provinz, mit einem Büro mit Lederimitatstühlen. Von einem Penthouse in bevorzugter Lage in der Großstadt in ein gemietetes Bauernhaus im Kleinformat. Verdammte Ironie. Das Leben konnte so was von ungerecht sein.

2. KAPITEL

Anna liegt auf ihrem improvisierten Bett, einer Ausziehgarnitur mit einer Patchworkdecke darüber. Das Telefon hat sie ans Ohr gedrückt.

»Und?«, will sie von Lars wissen. »Wann kommst du und rettest mich vor dem Tod durch Unterlastung?«

Lars' Lachen durchs Handy. »Meine Alten fassen mir doch an den Kopf, wenn ich sag, hey, ich steig mal eben in den Zug und düs nach Bayern. Ich muss sie erst überzeugen.«

»Ich hol dich in München vom Bahnhof ab, hörst du, Lars? Und dann machen wir uns zwei wunderschöne Tage. Slow motion, in allen Belangen, hörst du?«

»Üben Cha Cha Cha«, kommentiert Lars und lacht erneut.

»Hör mir bloß damit auf. Ich will dich endlich ficken.«

Jetzt ist es still. Annas Stirn legt sich in Falten. »Lars?«, fragt sie nach.

»Ja«, antwortet der.

»Hab ich was Falsches gesagt?«

»Ne, wieso denn, was sollte falsch sein? Ficken will doch jeder, oder? Man hört ja nichts anderes. Ficken, bumsen, vögeln, poppen. Hauptsache, man tut's.«

»Lars, was ist denn los?«

Lars' Seufzen klingt irgendwie bedrückt. »Sex ist sicher super, aber ich komme nicht, um dich flachzulegen«, meint er nach einer ganzen Weile.

»Willst du denn nicht?« Jetzt ist Anna völlig irritiert.

»Doch! Aber ich hab's noch nie gemacht.«

Anna schluckt. »Du hast noch nie ...? Du bist doch schon 18!«

Die Tür unten öffnet sich. Elsas Rufen dringt nach oben. Anna liegt wie apathisch auf dem Bett und kämpft gegen ihre Gefühle an. Soll sie Lars noch mal anrufen?

»Maaaammmmma!«

Elsa lässt die Tasche fallen und rennt die Treppe hinauf. Wenn Anna so ruft, stimmt etwas nicht. Das Handy in Elsas Jacke klingelt. Im Gehen hebt sie ab.

Hartmuts Stimme klingt einschmeichelnd, aber die Worte sind ein einziger Vorwurf.

»Endlich hebst du ab. Ich versuche schon, ach, keine Ahnung, unzählige Male, dich zu erreichen. Du bist doch kein kleines Kind, das bockt und nicht ans Handy geht.«

Elsa ist oben angekommen. Die Wände, noch ohne Bilder, ohne Erinnerung an schöne Stunden, aber auch ohne Erinnerung an Verdruss und Enttäuschung, leuchten ihr nackt entgegen.

»Lass mich in Ruhe, hörst du!«, verlangt sie von Hartmut und drückt ihn weg. Elsa fasst sich einige Sekunden, während sie im Flur steht, versucht ihrem Gesicht einen beiläufigen Ausdruck zu verpassen.

Als sie die Tür zu Annas Zimmer aufstößt, sieht sie ihre Tochter auf der Couch liegen.

Elsa setzt sich an den Rand des Ausziehbettes.

Anna ist nicht fähig zu sprechen. Sie lehnt den Kopf an die Schulter ihrer Mutter und weint leise vor sich hin. Elsa kann sich schon denken, worum es geht.

»Hörnchen, Hörnchen, du bist ein Depp.«

Degenwald nimmt sich sein Bier und stemmt es dem Gerichtsmediziner entgegen. Dann taucht er seine Lippen in die weiße Schaumkrone und trinkt einen großen Schluck Weißbier.

»Das geht auf mich!«, ruft Michael Horn dem Wirt entgegen. »Bring uns noch eine Runde. Karli ist heute besonders durstig. Frauen kosten Nerven. Seine Neue, diese Elsa, besonders.« Und schon erschüttert ein brummiges Lachen das verrauchte Zimmer mit dem ausgestopften Hirschkopf samt Geweih, den heruntergekommen aussehenden Stühlen, der kleinen Bar und den Sprossenfenstern.

»Was will die denn überhaupt hier? Hast du gesehen, wie die im Wald rumrennt, als wenn sie gerade vom Shoppen käme? Die wird hier nicht alt.«

Degenwald schüttelt amüsiert den Kopf. Seine Gedanken stehen ihm weder ins Gesicht geschrieben noch verrät seine Haltung etwas.

Michael Horn bestellt eine Schinkenplatte und einen Schnaps. »Irgendwie ist mir die Tote auf den Magen geschlagen«, verkündet er.

»Ach so, deshalb der Speck.« Degenwald deutet auf das Fleisch neben den Gurken, als der Wirt die Platte vor Michael Horn hinstellt.

Hörnchen nickt, während er hungrig in eine Scheibe dunkles Brot beißt, den Bissen mit einem Schluck Bier hinterherspült und dann den Schinken mit dem scharfen Messer angeht.

»Erinnerst du dich an die Maihauser? Aus Marquartstein. Gleich bei mir um die Ecke.« Hörnchen fuchtelt ungelenk mit dem Messer vor Degenwalds Gesicht herum. »Dieses Bild von einer Frau mit dem polternden Mann.

Der Maihauser, 120 Kilo, wahrscheinlich mehr. Der hat doch alles gebaut, was hier steht oder zusammengebrochen ist.« Der Schinken scheint Hörnchen zu schmecken. Er stopft sich ein neues Stück in den Mund. »War vor deiner Zeit hier bei uns. Silke Maihauser, eine schöne Frau, eine wunderschöne Frau, wenn du mich fragst. Eine richtige Erscheinung. ›Rasseweib‹ ist der richtige Ausdruck für solche Frauen. Es gab keinen, der nicht scharf auf sie war. Aber Maihauser wachte ja wie ein Schießhund über sie. Als wäre sie seine Sklavin. Ich hab mich immer gefragt, warum sie das mitmacht. Die hätte doch jeden haben können.«

Degenwald nickt, während Hörnchen sich abwechselnd in Rage redet und den Schinken auf seinem Teller malträtiert.

»War plötzlich verschwunden, von einem Tag auf den anderen. Silke Maihauser, meine ich. Ein brisanter Fall damals, so ungefähr vor 20, 22 Jahren oder so. Könnte hinkommen.« Hörnchen versucht es mit den Gurken. Sein Gesicht ist inzwischen rot angelaufen. Schweißperlen haben sich am Haaransatz gebildet. Der Rauch hat sein Gesicht in einen sanften Zigarettennebel gehüllt.

»Man müsste das mal wieder aufrollen. Vielleicht ist sie unsere Leiche.«

»Das lässt sich dann ja feststellen, Hörnchen, oder?«, wirft Degenwald ein. Sein Blick ist skeptisch. »Aber damit rechnen können wir nicht. Wäre ja auch zu einfach, oder?«

Hörnchen nickt. »Ich mach mich gleich morgen an die Sache. Oft sind die alten unaufgeklärten Fälle mit heutigen Möglichkeiten im Nu gelöst.«

Degenwald ist schweigsam geworden. Sein Bier-

glas steht leer vor ihm. Plötzlich steht er auf und klopft dem Gerichtsmediziner auf die Schulter. »Ich muss noch was erledigen. Wir sehen uns morgen.«
Hörnchen schaut auf seine Armbanduhr. »Bist du verrückt geworden? Um die Uhrzeit? Hast du nichts Besseres zu tun, als was zu erledigen? Oder hängt es mit einem Weibsbild zusammen?«

Degenwald geht zur Tür. Der Wirt nickt ihm zu. Durch die helle Holztür mit den altmodischen Glasornamenten verschwindet er nach draußen.

Vorm Feuer sitzen sie. Holzscheite, alte zusammengeknüllte Zeitungen, Zünder, alles liegt um sie herum verstreut auf dem Boden. Anna hat immer noch nicht gesprochen. Aber ein Wort steht ihr ins Gesicht geschrieben: Lars, und gleich daneben ein riesiges Fragezeichen.

Elsa hat sich in eine Decke gehüllt, die sie heute auf dem Nachhauseweg in einem kleinen Laden viel zu teuer erstanden hat. Kaschmir, mit heller Seide eingefasst. Sie hatte plötzlich das Bedürfnis verspürt, sich etwas Gutes zu tun. Zu Hause in Köln lagen drei von diesen Exemplaren im Schlafzimmerschrank. In Köln gab es überhaupt alles im Überfluss. Geld hatte nie eine Rolle gespielt. Elsa seufzt. Plötzlich ist ihr heiß. Der Kamin hat zu qualmen angefangen.

»Ist der Abzug okay?«, rührt sich Anna endlich. Ihre Stimme klingt verschnupft.

Elsa sieht nach. »Willst du mir nicht endlich sagen, was los ist?«, versucht sie behutsam, etwas aus ihrer Tochter, diesem verwundeten Tier, herauszubekommen.

Anna schüttelt mürrisch den Kopf. »Davon verstehst du nichts.«

Elsa zieht die Hand, die sie auf Annas Oberarm gelegt hat, zurück. Sicher hat Anna recht. Sie verstand nichts von der Liebe.

Woher die Akten kommen, weiß sie nicht. Degenwald, den sie hätte fragen können, ist noch nicht da. Elsa setzt sich in ihr leeres, unbenutztes Büro. Nur die drei Akten, die sie überraschenderweise im Schrank fand, als sie ihn, mehr zum Spaß, öffnete, ließen auf Arbeit schließen. Auf dem Rücken steht: ›Maihauser‹.

Vorerst begnügt Elsa sich damit, die Ordner auf ihren Schreibtisch zu legen und das Fenster zu öffnen. Die Luft im Büro ist stickig. Unten sieht sie einen Audi einparken. Der grünmetallic lackierte Wagen schießt rückwärts in die Lücke. Die Fahrertür wird schwungvoll geöffnet. Degenwald steigt aus und wirft einen automatisierten Blick nach oben, Richtung Fenster.

Elsa weicht zurück. Sie will nicht als Voyeurin erscheinen, die an allem, was sie nichts angeht, interessiert ist.

Sie spürt, wie ihr Herz klopft. Sie fühlt sich ertappt und hat doch nichts verbrochen. Seit der Trennung von Hartmut bringt sie alles Mögliche aus der Ruhe.

Plötzlich fällt ihr jener Tag ein, der alles veränderte. Sie hatte einen schwierigen Fall gelöst, der nun zu den Akten gelegt werden konnte. Bestens gelaunt war sie gewesen. Kollegen hatten sie zum Feiern in einer Kölner Kneipe überreden wollen, doch sie wollte nach Hause. Sich in die Badewanne legen und auf Hartmut warten, um ihm von ihrem Erfolg zu berichten. Als sie in den Flur kam, wusste sie, dass etwas nicht stimmte. Weinrote Stiefel standen da und die besaß weder sie noch Anna. Wenn sie es wenigstens im Schlafzimmer, im Bett, getan hätten oder im Wohnzimmer, auf der Couch. Das wäre ihr irgendwie logisch erschienen.

Auf dem Küchentisch hatte sie die beiden gesehen. Die Obstschale hatte, bei dem Versuch übereinander herzufallen, weichen müssen. Bananen, Äpfel, Weintrauben lagen wie Müll auf den weißblauen Bodenkacheln. Hartmut hing die Hose in den Kniekehlen. Die Frau hatte den Rock hochgeschoben, ihre Strümpfe hatten sich in der Stuhllehne verheddert, die Hartmut sonst als Rückenstütze beim schnellen Frühstück diente. Ihr Slip hatte sich in dem Geschirrtuch, mit dem Elsa noch am Morgen den Topf für die heiße Milch abgetrocknet hatte, verfangen.

Die Frau keuchte. Dazwischen lachte sie auf. Ihr Lachen klang sicher. So, als habe sie lange gewusst, dass sie heute etwas erreichen würde. Hartmut Wegener, der angesehene Richter, der gut aussehende Mann, auf den es so manche Frau abgesehen hatte. Der war nun ihrer.

Elsa hatte die rhythmischen Stöße abgewartet, hatte ihnen sogar das Ende gegönnt. Wie versteinert hatte sie im Türrahmen gestanden und zugesehen, nur zugesehen, ohne etwas zu empfinden. Erst als Hartmut die Frau auf den Mund küsste und Elsa, als spüre er ihre Anwesenheit mit einem Mal, ins Visier nahm, da hatte sie einen eigenartigen Schmerz gefühlt. Wie abgetrennt von sich selbst und doch tief in ihr drin.

Es war der Blick der Frau gewesen, der sie betroffen machte. Triumphierend. Kalt. Der Blick einer Siegerin.

Da hatte Elsa sich umgedreht. War aus der Wohnung gerannt.

Degenwald klopft Elsa auf die Schulter. »Frau Wegener. Guten Morgen!«

Erschrocken sieht Elsa sich um und fährt sich übers Gesicht.

»Entschuldigen Sie. Ich war für einen Moment in Gedanken.«

»Hoffentlich gute.« Degenwald schweigt einen Augenblick. »Gedanken, meine ich. Hoffentlich waren es gute Gedanken, so früh am Morgen«, wiederholt er.

Elsa sagt nichts weiter. Sie deutet zu den Akten auf ihrem Schreibtisch. Was es damit auf sich hat, will sie wissen. Ihre Stimme ist nun wieder gefestigt, korrekt und sicher.

Degenwald sieht Elsa an. Für Sekunden steht ihm etwas ins Gesicht geschrieben. Was, kann Elsa nicht deuten. Sie kennt ihn noch nicht gut genug.

»Ich habe gestern noch mal mit Michael Horn gesprochen. Er hat mich auf einen unaufgeklärten Fall aufmerksam gemacht. Silke Maihauser. Die ist vor circa 20 Jahren verschwunden. Die Leiche hat man nie gefunden.«

»Und Dr. Horn vermutet, dass es sich bei unserer Toten um Frau Maihauser handeln könnte? Deutet ein Indiz darauf hin?«, will Elsa wissen.

Degenwald schüttelt den Kopf. »Ist nur so eine Idee. Intuition oder so was. Wir wissen's ohnehin bald. Sicher arbeitet er ohne Unterlass daran, der Toten ein Stück Vergangenheit zurückzuerstatten.«

Elsa schlägt den ersten Ordner auf.

»Kaffee?«, fragt Degenwald in Elsas Überlegungen hinein und deutet auf die Kaffeemaschine in der Ecke.

»Heute nicht.« Elsa schüttelt den Kopf.

Degenwald nickt, schließt die Tür leise hinter sich und ist in seinem Büro verschwunden. Elsa glaubt zu spüren, dass er mit seinen Gedanken ganz woanders ist.

Das Schulgebäude liegt wie eine verlassene Burg vor ihnen.

Anna rümpft die Nase. »Sieht aus wie ein Heim für Schwererziehbare.«

»Bist du das denn nicht?«, scherzt Elsa. Anna scheint das nicht lustig zu finden. Ihr Blick sagt mehr als Worte.

»Und wenn ich das Pensum nicht schaffe? Die haben doch sicher einen ganz anderen Stoff hier als in Nordrhein-Westfalen.«

»Weißt du, wie viele Menschen umziehen, die Schule wechseln, neue Jobs annehmen, ins Ausland gehen … Die müssen alle was nachholen, sich kundig machen, sich einarbeiten.«

»Ist ja schon gut. Ich hab ja nur gemeint. Du weißt, dass ich nicht die Beste bin, was Schule und so anbelangt.«

»An Intelligenz mangelt es dir nicht, Anna. Zeig doch mal, was du drauf hast.«

Anna winkt genervt ab und dreht sich um. Die Haare hat sie zu einem Zopf gebunden. Unter den Augen hat sie dunkle Ringe, weil sie die halbe Nacht wach gelegen hat. Lars wird ihr im Kopf herumgegeistert sein.

Elsa steigt wieder in den Golf. »Komm! Wir müssen noch ins Möbelgeschäft.«

Anna folgt widerstrebend. Ihr Handy hat sie am Gürtel befestigt. Kein Laut. Nichts.

Im Möbelladen ordert Elsa eine Garnitur, einen Schrank, Teppiche. So schnell und so wahllos hat sie noch nie eingekauft. Anna ist immer noch schweigsam. Die Augen hat sie zu kleinen Schlitzen verengt. Plötzlich klingelt ihr Handy. Sie rennt in einen der Gänge, in dem Büromöbel angeboten werden. Elsa schaut ihr nach. Ob der Anruf ihre Stimmung bessern wird, ist fraglich.

Als sie der Kassiererin ihre Kreditkarte hinhält, klingelt auch ihr Mobiltelefon. Hartmut. Sie bittet ihn um Geduld und er meldet sich gleich darauf erneut. Diesmal spricht sie mit ihm. Sicher zehn Minuten. Hartmut redet von Versöhnung, von einer gemeinsamen Zukunft, an der er nie gezweifelt habe. Von einer neuen Chance. Sie solle zurückkommen. Er vermisse sie und natürlich auch Anna. Elsa hört sich alles geduldig an. Seine Stimme klingt trotz allem vertraut. Sie wartet auf ein Gefühl. Irgendetwas, das ihr helfen könnte.

»Es ist aus, endgültig, Hartmut! Ich reiche die Scheidung ein. Dann kannst du endlich gefahrlos ficken, wen immer du willst.«

Am anderen Ende ist es still geworden. »Du bist geschmacklos«, meint Hartmut kühl, bevor er auflegt.

»Ich weiß«, antwortet Elsa. »Und es tut mir leid.« Die Kassiererin wirft ihr einen Blick zu. Undefinierbar.

3. KAPITEL

Das Gerichtsmedizinische Gebäude wirkt kalt und abweisend. Degenwald steuert den Seiteneingang an. Elsa folgt ihm. Der erneute Anruf von Hartmut hat sie durcheinandergebracht. Warum will er sich plötzlich mit ihr versöhnen?

Ihr fröstelt, als sie den grau gefliesten Gang entlang gehen. Degenwald ist heute unrasiert zur Arbeit erschienen. Irgendwie wirkt er vernachlässigt. Ob er eine Frau hat? Elsa seufzt. Sie weiß nichts Privates über den Mann, mit dem sie neuerdings zusammenarbeitet. Warum nur hat sie dauernd das Bedürfnis, ihm etwas an den Kopf zu knallen? Sie missbraucht ihn. Als Ersatzobjekt für Hartmut. Degenwald muss dafür büßen, dass Hartmut sie hintergangen hat. Das ist schäbig und ungerecht.

Als er sich nach ihr umdreht, lächelt Elsa unnatürlich.

»Lassen Sie mich erst mal reden.« Degenwald grüßt eine junge Frau, die an ihnen vorbeigeht.

»Wieso?«, jetzt ist Elsa wieder in Opposition. »Ich hab was zu sagen und damit halt ich nicht hinterm Berg.«

»Warum müssen Sie ständig bocken?«, Degenwald zieht seine Augenbrauen näher zueinander.

Ehe Elsa sich weiter aufregen kann, kommt Michael Horn auf sie zu.

»Da seid's ja! Frisch in München eingetroffen.« Ohne Umschweife kommt der Pathologe zum Thema. »Es war die Maihauser. Na, ist das eine Neuigkeit?«

Hörnchen grinst Degenwald entgegen. »Darauf gibst du heute Abend einen aus, das muss dir schon was wert sein.«

Elsa steht wie ausgeschlossen neben den beiden Männern, die mal wieder alles unter sich ausmachen. »Wie wär's, wenn ich einen ausgebe? Zum Einstand«, mischt sie sich ein.

Michael Horn stiert Elsa entgeistert an. Für Sekunden ist es still zwischen ihnen. »Saubere Idee, Frau Kollegin!«, meint er schließlich.

Warum hat sie den Eindruck, dass ihm das ›Frau Kollegin‹ nur rausgerutscht ist? Sie nimmt ihm nicht ab, dass er es ernst meint.

Degenwald sagt nichts zu Elsas Vorschlag.

Am Ende des Ganges geht eine Tür auf. Ein Mann kommt aus einem Zimmer, steht einen Augenblick mit der Klinke in der Hand da und schaut zu ihnen hinüber. Degenwald nickt in seine Richtung. Der Mann nickt zurück und kommt näher. Elsa hört seine Schuhe laut auf dem kalten Boden klacken. Klick, klack, klick, klack, bis er vor ihnen steht. Er hat ein jungenhaftes Grinsen ins Gesicht gemeißelt. Längere dunkle Haare, mit Gel nach hinten fixiert. Schmale Lippen, strahlende Augen. Er steht schlaksig, sehr schmal, in Jeans und Hemd vor ihnen.

»Das ist Ben Fürnkreis.« Degenwald räuspert sich.

»Von der Spurensicherung«, ergänzt Hörnchen.

»Und das ist Elsa Wegener. Kriminalpsychologin aus Köln.« Degenwald deutet auf Elsa, schaut aber zu dem jungen Mann, der ihm gegenübersteht. »Sie ist seit Kurzem unsere Verstärkung.«

Fürnkreis grinst weiter fröhlich vor sich hin und

streckt die Hand aus. »Sie sind das?« Es klingt aufgeschlossen.

»Ja, ich bin das!« Elsa will es dem Mann leicht machen und versucht ein harmloses Lächeln.

»Hab schon von Ihnen gehört. Schön, dass Sie Karl unter die Arme greifen. Der Arme fühlt sich manchmal richtig verloren. Aber jetzt …, wo Sie da sind …«, Fürnkreis taxiert Elsa sekundenschnell, »… wird's ihm weniger langweilig sein, vermute ich.«

Degenwald wirft Fürnkreis einen tadelnden Blick zu. Der hebt entschuldigend die Hände und grinst immer noch.

»Ich hab die Sache mit Silke Maihauser weitergeleitet. Da wird was auf euch zukommen. Ihr müsst die ganze Chose wiederkäuen. Da sind 'ne Menge Mannsbilder drin verwickelt.«

Elsa schaut Hörnchen fragend an.

»Die Maihauser hatte ordentlich was auf dem Kerbholz, wie man so schön sagt.« Jetzt blökt der Gerichtsmediziner ein ordinäres Lachen heraus.

Ben Fürnkreis lacht mit. »Muss damals 'n steiler Zahn gewesen sein, was ich so gehört hab.«

»Sag lieber, was du am Fundort sichergestellt hast.« Degenwald wird ungehalten.

»Erde, Karl. Tannennadeln. Schlick. Nichts von Bedeutung, absolut gar nichts.«

Jetzt greift Hörnchen ein und schleppt Elsa und Degenwald in sein Allerheiligstes. Fürnkreis ist mitgekommen. Gemeinsam stehen sie vor der Rollbahre, auf der auf einem weißen Laken die Leiche Silke Maihausers liegt.

»Seht ihr die Spuren, dorsal?«, fängt Hörnchen an und bebt richtig, weil er in seinem Element ist.

»Was? Wo?«, fragt Degenwald nach. »Dorsal. Was heißt das? Sprich deutsch, Michael.«

»Na, im Nacken, du Depp«, fährt Hörnchen fort. »Ungefähr zwei Zentimeter breit. Sie ist erwürgt worden und nicht erst am Fundort, sondern irgendwo anders. Nach der Tat hat man sie ins Moor gebracht und regelrecht versenkt. Schaut euch die Schleifspuren genau an. Sie ist über den Boden gezerrt worden, dabei hat sie Haare und Hautpartikel verloren. Außerdem habe ich in den Bronchien Pflanzenreste gefunden, vielleicht hat sie vorher in einem Teich, in irgendeinem Gewässer, gelegen.«

»Wieso hat sie diese Schleifspuren im Nacken?«, interessiert sich Degenwald.

»Na, wieso wohl?« Hörnchen deutet die Tat an, indem er Fürnkreis als Demonstrationsobjekt benutzt und ihm seinen Gürtel, den er ihm flugs entzogen hatte, um den Hals legt und kräftig daran zieht.

Fürnkreis stößt Hörnchen weg, weil es ihm zu viel wird. »Jetzt hör doch mit dem Scheiß auf, mir würgt's schon anständig.« Fürnkreis reibt sich den Hals und Michael Horn wird wieder offiziell.

»Ich muss dann mal! Morgen hab ich, wie ihr euch denken könnt, hier in München zu tun. Bis dahin bleibt wenig Zeit für Plaudereien. Außerdem hab ich sowieso nichts mehr für euch. Für heute wenigstens.«

Degenwald nickt Dr. Horn zu, und der verlässt den Obduktionsraum.

»Sehen wir uns mal wieder, Elsa? Wegen Einstand und so?«, will Fürnkreis wissen.

»Ja! Sicher!«, meint sie. Ben drückt kurz ihren Unterarm und geht ebenfalls davon.

Nur Degenwald bleibt neben ihr stehen.

»Und jetzt?« Elsa schaut ihn fragend an.

»Kommt jede Menge Aktenwälzerei auf uns zu«, seufzt er. »Wir müssen alle Liebhaber von Silke Maihauser durchgehen.«

Jetzt seufzt auch Elsa. Sie ist erleichtert, dass alles nach schlaflosen Nächten und unzähligen Recherchen klingt. Das beste Mittel, um ein Arschloch, das man mal zu lieben glaubte, zu vergessen.

Elsa fährt sich mit den Händen durchs Gesicht. Neben dem Computer steht eine Flasche Mineralwasser. Sie trinkt einen Schluck. Wischt sich mit der Hand den Mund trocken. Im PC vor ihr liest sich das Leben von Silke Maihauser, einer Frau, die offensichtlich Männerfantasien bedient hatte, wie ein schlechter Roman. Aus einfachen Verhältnissen kommend, angelte sie sich den wesentlich älteren Bauunternehmer, heiratete ihn und betrog ihn nach Strich und Faden. Und er schaute zu, baute weiter seine Häuser, häufte Geld an, kümmerte sich um seine vielen ehrenamtlichen Nebenbeschäftigungen.

Elsa ist müde. Vor ihren Augen flimmert es nur noch. Silke Maihauser kommt ihr wie die weibliche Variante von Hartmut vor. Und Silkes Mann wie ein Idiot, der mit sich hat machen lassen, was seine Frau wollte. Gott sei Dank ist sie bei Hartmut früh genug abgesprungen.

Elsa greift zum Telefonhörer und wählt ihre eigene Nummer. Anna ist am Apparat.

»Ich bin's! Es wird später, Anna. Tut mir leid.«

»Es *ist* später, Mama! Hast du deine Uhr verloren?«, antwortet Anna.

»Wir haben einen neuen Fall. Du weißt ja, wie viel Arbeit das für den Anfang immer bedeutet.«

»Papa hat angerufen.« Anna hat sich angewöhnt, nichts auf Elsas Berufsaussagen zu entgegnen.

Elsa schweigt.

»Hast du gehört?«, fragt Anna nach. »Ich sagte, Papa hat angerufen.«

»Ja, ich hab's gehört.«

»Er kommt uns am Wochenende besuchen. Er will mich sehen.«

Elsa seufzt. »Gut. Ist mir recht.«

»Kann er bei uns wohnen? Platz ist doch genug.«

»Anna!«

»Du bist stur und ungerecht«, empört sich Anna. »Er ist mein Vater.«

Elsa hört das Knacken in der Leitung. Anna hat aufgelegt.

Die Tür öffnet sich. Elsa schreckt hoch.

Degenwald steht vor ihr. »Sagen Sie nicht, dass Sie hier übernachtet haben.« Er kommt näher und starrt auf den Aktenordner, auf dem sie offenbar eingenickt ist. Ein Bild von Silke Maihauser lächelt ihm entgegen.

Elsa antwortet nicht, sondern steht auf und geht zum Waschbecken. Sie starrt in den Spiegel, auf ihre verwischte Wimperntusche. Die Frisur ist allerdings noch ganz okay.

»Wie spät ist es?«, will sie wissen.

»Kurz vor acht«, antwortet Degenwald und beobachtet Elsas Anstrengungen, sich in eine ansehnliche Frau zu verwandeln, die gerade frisch aus der Dusche kommt.

»Machen Sie das immer?« Er hat die Hände verschränkt und steht jovial lächelnd an den Türrahmen gelehnt, als Elsas Zimmertür aufgestoßen wird und Annas Kopf erscheint.

»Na toll! Hier bist du also.« Anna kommt herein und schmeißt sich unwirsch in Elsas Bürostuhl.

»Als ich heut morgen wach werde, denk ich, ich träume. Ich bin allein im Haus. Von meiner Mutter weit und breit nichts zu sehen. Ich hab mir Sorgen gemacht, verdammt noch mal.«

»Ich habe so lange über diesen Ordnern gebrütet und muss irgendwann eingenickt sein«, verteidigt sich Elsa in Annas und Degenwalds Richtung gleichzeitig.

»Mutter kümmert sich rührend um pubertierende Tochter, verwöhnt sie mit Croissants zum Frühstück und steht ihr mit Rat und Tat zur Seite.« Anna verzieht mürrisch ihr Gesicht. »Das gibt's wohl nur im Film.«

Degenwald steht wie ein Schiedsrichter zwischen den beiden Frauen. »Nun mal halblang, junge Dame. Deine Mutter ist eingeschlafen, sonst nichts. Und du machst mir nicht den Eindruck, als kämst du eine Nacht nicht allein zurecht.«

Elsa ist die Situation unangenehm. Warum mischt Degenwald sich ein? Er hat nichts mit all dem zu tun.

»Das ist übrigens Anna«, stellt Elsa ihre Tochter vor. »Und das ist Karl Degenwald.« Sie deutet auf ihn. »Mein Kollege.«

Degenwald hält Anna seine Hand hin.

Anstatt einzuschlagen, steht Anna auf. »Hab schon kapiert. Ihr haltet zusammen. Typisch Kriposüchtige. Tschüss, Degi. Ciao, Elsa.« Und damit ist Anna verschwunden.

Degenwald schaut Elsa irritiert an. »Degi? Meint sie damit mich?«

»Nehmen Sie es nicht persönlich. Das ist die Pubertät.«

Die Villa liegt wie eine Trutzburg am Hang. Elsa macht den Motor aus, steigt aus dem Wagen und schaut sich das weitläufige Gebäude an. Hier hat Silke Maihauser also gewohnt. Vor 20 Jahren.

Sie geht die weiß getünchte Mauer ab, bis ihr am Eingangstor die Messingklingel entgegenleuchtet.

›Maihauser‹, steht da.

Elsa läutet und wartet auf eine Reaktion. Vergeblich. Sie versucht es erneut und klingelt ein zweites Mal, diesmal eindringlicher. Endlich schlägt drinnen ein Hund an und im ersten Stock öffnet sich ein Fenster.

»Hallo!«, ruft Elsa nach oben. »Könnten Sie bitte aufmachen?«

Ein Frauenkopf erscheint zwischen den geöffneten Fensterläden und starrt hinunter. »Was wollen S' denn? Es ist niemand dahoam.«

»Wegener! Kripo Traunstein. Ich komme, um im Fall Maihauser zu ermitteln.«

»Was hoaßt des, Sie ermitteln im Fall Maihauser? Welchen Fall Maihauser meinen S' überhaupt?«

»Das erkläre ich Ihnen, wenn Sie mich hineingelassen haben.«

Elsa hört den Summer, drückt gegen das schmiedeeiserne Tor und geht durch den gepflegten Vorgarten auf die Eichenholztür zu, die sich in dem Moment einen Spalt weit öffnet. Eine Hand streckt sich ihr entgegen. »I bin …« Die Frau korrigiert sich. »Ich meine, ich bin die Birgit Leiner, die Haushälterin.«

»Freut mich. Elsa Wegener. Wie gesagt, wir ermitteln in einem Mordfall.« Elsa tritt in den Flur. Sofort nimmt sie die Exklusivität der riesigen Diele auf, die Bilder an der Wand, den imposanten Messingspiegel, den teuren Perserteppich. Alles sehr erlesen und geschmackvoll.

»Wissen Sie, wo Herr Maihauser sich zurzeit befindet, Frau Leiner?«

»Auf irgendoaner Baustelle, nehm i an, ähm, nehme ich an. Z' Mittag kommt er meistens zum Essen hoam. Er is Diabetiker. I koch für eam. I muss mi streng nach'm Arzt richten.«

»Verstehe. Wir haben die Leiche von Silke Maihauser, oder das, was davon übrig ist, gefunden. Nach über 20 Jahren.«

»Reden S' net weiter. I bin da sensibel.« Frau Leiner fasst sich an den Mund.

»Haben Sie Silke Maihauser noch gekannt?«

»Freilich hab i die Frau Maihauser kennt!« Die Haushälterin macht eine gewichtige Pause. »Na ja«, redet sie endlich weiter, »kenna is vielleicht z'vui g'sagt. Wer hat die scho wirkli kennt? Die Silke, die hat so a verschlossene, seltsame Art g'habt. Aber i hab damals scho für ihren Mann kocht und sauber g'macht hab i a, wenn S' des moana.«

Elsa lächelt vorsichtig. »Sie mochten Frau Maihauser?«, erkundigt sie sich.

»Soll i ehrlich sei?« Frau Leiner kommt näher an Elsa heran, als habe sie vor, etwas Verbotenes in aller Stille loszuwerden.

»Natürlich. Nur zu«, ermuntert Elsa sie.

»Die Silke, die war arrogant und geldgierig. Und solche Leit mog i gar net.«

»Ist das Ihre persönliche Einschätzung von Silke Maihausers Charakter?«

Frau Leiner lacht empört auf. »Jetzt reden S' net so g'schwollen. Es wusst' a jeder, dass sie's nur auf Maihausers Geld abg'sehn hat.«

»Niemand hat ihn gezwungen, sie zu heiraten«, gibt Elsa zu bedenken.

»Die hat dem Fred, dem Maihauser moan i, doch mit ihrem Ausschnitt, ihren Brüsten den Kopf verdraht und mit den superkurzen Röcken, die sie immer ozog'n hat. Des war doch scho verboten. Koa Kerl konnt die Augen von ihr lassen. Koaner, sag i Eana.«

»Das hat den Frauen im Ort sicher Kopfzerbrechen bereitet.«

Birgit Leiner verzieht angewidert das Gesicht. »I bin unverheiratet, wenn S' des moana. Immer scho. Mi hat's net troffen. Aber g'stört scho. Des war einfach nimmer zum Mitansehen. Und betrog'n hat's ihn nach Strich und Faden, des sag i Eana.«

»Und er?«

Frau Leiner zuckt mit den Achseln. »G'sagt hat er nie was. Unverständlich, wenn S' mich frag'n. Leid hat er mir tan, der Maihauser. G'schuftet hat er Tag und Nacht. Und sie hat die Klunker kriegt. Einkaräter. Lupenrein. Und eine Reise nach der andern und den Sportwagen, so a auffälliges G'schoss in Rot. Nachdem sie vermisst worden is, hat er'n verkauft. Er konnt's net ertragen, den Wagen tagtäglich z'sehen. Ohne sie drin, moan i.«

»Hat Herr Maihauser um seine Frau getrauert?«

»An Herzinfarkt hat er g'habt. Ist des net g'nug der Trauer?« Birgit Leiners Gesicht hat rote Flecken bekommen, so sehr regt sie sich auf.

»Ich verstehe.« Elsa hält Frau Leiner die Hand hin. »Danke, das wär's fürs Erste, Frau Leiner.« Sie drückt der Haushälterin ihre Karte in die Hand. »Herr Maihauser soll sich umgehend bei mir melden.«

»I sag's eam.«

Elsa geht über den prachtvollen Seiden-Perserteppich zur Tür.

Sie spürt den Blick der Haushälterin noch im Nacken, als sie in ihren Golf steigt.

Elsas Handy klingelt. Es ist Degenwald. »Wo stecken Sie?«

»Ich war bei Maihauser, aber er war nicht da. Dafür hab ich seine Haushälterin kennengelernt.«

»Birgit Leiner, mein Gott. Die redet doch nur blödes Zeug. Wenn sie nur was sagen kann, ist sie glücklich.«

Elsa verspürt einen Stich in der Magengegend. Glaubt Degenwald tatsächlich, dass sie das nicht mitbekommt?

»Und bei Ihnen?«

»Kommen Sie ins Büro. Ich hab eine Liste ausdrucken lassen. Alle Männer, mit denen Frau Maihauser engeren Kontakt hatte. Die teilen wir unter uns auf, wenn's Ihnen recht ist. Außerdem alles, was mit Fred Maihauser zu tun hat. Das gesamte berufliche und private Umfeld. Sehr umfangreich.«

Elsa steuert den Wagen durch die Ortschaft. »Ich bin gleich bei Ihnen. Ich fahre nur noch kurz bei mir zu Hause vorbei, um mich umzuziehen.«

In der Leitung knackt es. Degenwald hat aufgelegt.

Elsa biegt in die kleine Straße ein und sieht ihr neues Heim wenige Meter vor sich in die grüne Umgebung gebettet. Das fremde Haus, das einsam neben der Straße steht. Da wohnt sie jetzt. Anna ist noch in der Schule. Aber ein Wagen steht in der Auffahrt. Eine silbergraue Mercedes-Limousine mit Kölner Kennzeichen. Elsa spürt Wut in sich hochsteigen.

4. KAPITEL

»Ich habe mir freigenommen, dabei hätte ich heute eine wichtige Verhandlung gehabt.« Hartmut steht wie ein Inquisitor vor Elsa, mit in die Hüfte gestemmten Händen und einem zurechtweisenden Blick. Suchend schaut er sich um, als lauere er auf irgendetwas, das das Leben hier unmöglich macht.

»Mein Gott, in welche Einöde hast du dich nur verkrochen? Das ist doch eine Zumutung für Anna, und für dich auch.«

Elsa spürt, wie ihr die Wut bis in die Haarspitzen hochkriecht. Wenn sie sich einen kurzen Moment lang nach ihm gesehnt hat, nach der heilen Welt, die sie neben ihm zu haben glaubte, dann ist dieser Moment unwiederbringlich verloren.

»Du siehst übrigens erschöpft aus, wenn ich das sagen darf.« Hartmut scheint sich dazu entschlossen zu haben, alles anzusprechen, was es – seiner Meinung nach – anzusprechen gibt. »Und deine Haare hast du auch abgeschnitten? Aber das ist ja ein alter Hut. Wenn Frauen ihr Leben ändern, rennen sie erst mal zum Friseur.«

»Dann kennst du dich ja aus, Hartmut. Danke, uns geht's gut. Du kannst also wieder fahren. Zurück zu deiner Tischgenossin.«

»Dein Zynismus ist fehl am Platz, Elsa. Aber das konntest du ja schon immer besonders gut. Zynisch sein. Vor allem in den unpassendsten Momenten.« Hartmut seufzt erschöpft auf und fährt sich übers Haar. »Ein Kaffee wäre jetzt gut. Die Autobahn war ziemlich voll. Ich bin sieben Stunden durchgefahren.«

»Ich hab keinen Kaffee im Haus. Den gewöhn ich mir gerade ab.«

»Herrgott, Elsa. Dann mach mir halt einen Tee«, reagiert Hartmut ungehalten.

»Schwarz? Grün? Früchte?«

»Schwarz. Das weißt du doch.«

»Dinge ändern sich, Hartmut. Das habe ich unlängst live miterleben dürfen. Dinge ändern sich schneller, als man glauben möchte.« Elsa geht langsam in die Küche, füllt den Wasserkessel bis an den Rand und bleibt reglos vor dem Herd stehen. Hartmut ist ihr wie ein Dackel nachgetrottet, steht gegen die Arbeitsplatte gelehnt da und starrt sie nur an.

»Hast du das Haus gemietet?«, will er nach einer endlos langen Pause zwischen ihnen wissen.

»Ja.«

»Für wie lange?«

»Vorerst für ein Jahr.«

Hartmut schweigt.

Elsa steht tatenlos vorm Fenster, starrt nach draußen und wartet auf das Pfeifen des Wasserkessels. Ein leichter Nieselregen hat eingesetzt und schmiert langsam das Küchenfenster voll. Sie fühlt nichts. Gar nichts.

»Wir müssen reden.« Zum ersten Mal, seit er da ist, wird Hartmuts Stimme weich.

»Ja, das müssen wir wohl.«

Elsa spürt, wie es sich innen drin, in ihrer Brust, zusammenzieht.

Sie spazieren den matschigen Waldweg entlang.

»Ich hab nicht viel Zeit, Hartmut. Ich muss zurück ins Büro.«

»Wieder mal einen Toten analysieren, auseinandernehmen, über ihn philosophieren.« Hartmut macht eine Pause und fährt sich mit der Hand durchs Gesicht.

Elsa merkt, wie sie sich innerlich verhärtet. »Vielleicht solltest du das auch mal, nachdenken, meine ich. Überlegen, warum du tust, was du tust. Könnte sein, dass du herausfindest, warum du partout fremde Frauen vögeln musst. Vor allem jüngere.«

»Verdammt, warum wollt ihr Psychologen ständig analysieren, anstatt Dinge einfach so stehen zu lassen, wie sie sind?«

Sie gehen eine Weile schweigsam nebeneinander her.

»Du bist der klassische Fall, Hartmut. Gleich wirst du mir sagen, dass dir in unserer Beziehung etwas Gravierendes gefehlt hat.«

»Ja, Herrgott noch mal. Warum ziehst du das so ins Lächerliche?«

Elsa lacht empört auf. Hartmut bleibt stehen und packt sie hart an der Schulter. »Die Fachfrau, Elsa Wegener, kann nicht schuld sein, weil sie perfekt ist. Sie kann alles, weiß alles.« Hartmut lässt Elsas Schulter los. Als er weiterredet, klingt seine Stimme plötzlich kraftlos und dünn. »Du hattest doch gar kein Interesse mehr an mir. Wann haben wir das letzte Mal guten Sex gehabt? Nicht die fünf Minuten, bei denen du mich hinterher teilnahmslos angeschaut hast, weil du eigentlich müde warst.«

Elsa wird übel. Ihr Magen krampft sich zusammen, als müsse er sich seines Inhalts entleeren. Ohne noch etwas zu erwidern, macht sie kehrt und geht zurück zum Haus.

Daran, dass sie sich noch mal umdrehen könnte, denkt sie keinen Augenblick.

»Da sind Sie ja endlich!« Degenwald schaut Elsa fragend an, denn sie sieht noch genauso aus wie zuvor.

»Ich bin nicht dazu gekommen, mir was anderes anzuziehen«, erklärt Elsa hastig. Die Situation ist ihr peinlich. Anstatt sich herzurichten, hat sie sich kalte Tücher auf die Augen gelegt, die nach dem Weinen angeschwollen waren.

Degenwald steht die Frage, was mit ihr los ist, ins Gesicht geschrieben, aber er sagt nichts.

Dafür ist Elsa ihm dankbar. Sie lächelt ihn an. Zum ersten Mal ein ehrliches Lächeln.

»Na dann! Packen wir's. Auf Ihrem Schreibtisch liegt alles, was Sie brauchen.« Degenwald kramt in seiner Aktentasche herum, die er unterm Arm trägt. »Ich hab jetzt einen Termin bei Götz Bramlitz.«

»In der Brauerei?«, will Elsa wissen.

Degenwald nickt flüchtig. »Silke Maihauser hatte ein Verhältnis mit Bramlitz. Die Affäre zog sich bis zum Schluss hin.« Degenwald zögert einen Moment. »Ich meine, bis zu Frau Maihausers Tod. Es wurde nie darüber geredet, dass die beiden miteinander schliefen, aber es war allgemein bekannt.«

»Wieso wurde nie darüber geredet?« Elsa ist neugierig geworden. »In einer Gegend wie dieser wird selbst der Furz des Nachbarn registriert und kommentiert, nehme ich doch mal an.«

Wenn Degenwald wegen ihrer derben Ausdrucksweise irritiert ist, lässt er sich zumindest nichts anmerken.

»Bramlitz ist ein mächtiger Mann. Ein cholerischer

Charakter. Ein hartgesottener Typ. Verheiratet, wie Sie sich denken können. Gegen Bramlitz wagt niemand aufzubegehren.«

»Klingt, als könne eine Unterredung mit ihm spannend werden.« Plötzlich springt Elsa auf. »Ist wohl besser, wenn ich mitkomme?« Sie will raus aus dem Büro. Sie fühlt sich plötzlich unfähig, allein zu sein.

Degenwald schaut sie durchdringend an und nickt nur.

»Bramlitz«, liest Elsa halblaut. Über der Eingangspforte mit der Krone ist der Schriftzug in großen Lettern abgebildet. Degenwalds Wagen hält auf dem Kundenparkplatz.

Elsa steigt aus und schaut sich um.

»Wir müssen ein Täterprofil entwerfen, Frau Kollegin.« Degenwald ist neben ihr erschienen.

Elsa nickt teilnahmslos. Die ganze Zeit über drehen sich Hartmuts Worte in ihrem Kopf. Sie ist mit ihrer privaten Situation beschäftigt, anstatt sich ernsthaft über ihre Arbeit Gedanken zu machen. Hartmuts Anschuldigungen findet Elsa weniger schlimm als ihr sicheres Gespür, dass er recht hat. Sie hat ihren Mann vernachlässigt. Lange schon. Ganz langsam und unbemerkt hat es begonnen. Sie haben immer seltener miteinander geredet. Immer öfter hatte sie lange im Büro zu tun. Unerledigte Fälle stapelten sich auf ihrem Schreibtisch. Und Anna, die in die Pubertät kam, die rebellierte und in immer kürzeren Abständen aufbegehrte. Elsa hatte begonnen, Annas Kleidung auf Drogen zu untersuchen.

Wenn Hartmut nach Hause kam, war sie ausgelaugt. Sie hatte kaum noch Interesse daran zu erfahren, wie es ihm ging. Dann schliefen sie miteinander, kurz und schweigsam. Ein Leben wie aus der Mikrowelle. Schnell aufgewärmt, aber nicht wirklich schmackhaft.

»Sie nehmen sich seine Frau vor«, sagt Degenwald und unterbricht Elsas innere Analyse.

Elsa fährt sich schnell mit der Hand über die Augen, holt sich in die Wirklichkeit zurück.

»Sie reden mit seiner Frau, ich mit ihm. Von Mann zu Mann. Wenn Sie bei dem Gespräch mit Bramlitz dabei sind, kriegen wir sowieso nichts aus ihm raus. Hier ist man Fremden gegenüber vorsichtig, vor allem, wenn es sich um eine Frau handelt.«

Elsa starrt Degenwald an. »Verstehe. Fremde taugen nichts. Erst mal.« Sie geht forsch auf die Eingangspforte zu und lässt ihren Kollegen einfach stehen.

Aurelia Bramlitz sitzt vorm Computer und arbeitet, als Elsa hereinkommt. Elsa ist überrascht. Mit einer Asiatin hat sie nicht gerechnet. Eher mit einer Frau aus der Gegend. Einer gestandenen Bayerin, untersetzt, mit kühler Freundlichkeit und kantigem Wesen. Elsa erschrickt darüber, wie sehr sie in Klischees verfallen ist, weil sie sich nicht die Mühe macht, komplex zu denken. Momentan zumindest.

Die hübsche Asiatin schaut vom Computer hoch. Elsa entdeckt ihre nachtschwarzen Augen. Die Augen einer etwa 50-jährigen, immer noch schönen Frau mit sanftem Lächeln.

»Kann ich Ihnen helfen?«

»Das können Sie.« Elsa reißt sich zusammen. »Elsa Wegener, Kripo Traunstein.«

»Psychologin?«, fällt ihr Frau Bramlitz ins Wort.

»Kriminalpsychologin und Grafologin«, stellt Elsa richtig.

»Interessanter Beruf.« Aurelia Bramlitz hat eine sanfte, singende Stimme. Elsa fühlt sich sofort wohl in ihrer Gegenwart. Die Frau strahlt eine wunderbare Leichtigkeit aus.

»Und in welchem Fall ermitteln Sie, Frau Wegener?«, fährt Aurelia fort. Die Asiatin ist aufgestanden und deutet auf den Nebenraum, der wie ein Wintergarten aussieht. Elsa entdeckt deckenhohe Birkenfeigen und Orchideen. »Kommen Sie, setzen wir uns nach drüben. Da haben wir Ruhe.«

Wenig später sitzt Elsa in einem Loom Chair mit weichen Kissen, Aurelia Bramlitz gegenüber. Eine Sekretärin hat Kaffee und Kekse gebracht und Elsa nippt an einem Espresso, obwohl sie sich das Kaffeetrinken abgewöhnen will.

»Wir haben Silke Maihausers Leiche gefunden. Sicher wissen Sie von dem Fall. Frau Maihauser ist vor 20 Jahren plötzlich spurlos verschwunden und nie wieder aufgetaucht.«

Aurelia lächelt sanft. »Davon habe ich gehört. So etwas Grauenhaftes lässt sich ja auch nicht verbergen. Eine schlimme, ganz schlimme Sache. Mein Mann und ich waren noch nicht lange verheiratet, als es passierte. Wir hatten uns in New York kennengelernt. Ich bin Vietnamesin, habe aber in New York gelebt und gearbeitet und dort hat sich mein Mann in mich verliebt.« Frau Bramlitz macht eine Pause, als wolle sie sich davon überzeugen, dass ihre Offenheit gebührend gewürdigt wird.

Elsa ist in ihr Gesicht vergraben. Sie ist fasziniert von der Frau, die ihr gegenübersitzt. »Und Sie?«, will sie jetzt wissen. »Haben Sie sich ebenfalls verliebt?«

»Natürlich!« Ohne Übergang kommt Aurelia Bramlitz zum Wesentlichen. Sie schiebt sich eine Haarsträhne hinters Ohr. »Ich war sogar sehr verliebt. Aber dann hatte mein Mann eine Affäre mit Frau Maihauser. Nein, lassen Sie es mich anders sagen«, merkt sie an. Sie zögert. »Ich habe es falsch ausgedrückt. Dann bemerkte ich, dass mein Mann eine Affäre mit Frau Maihauser hatte. Das ging über Monate. Immer öfter blieb er über Nacht weg, tischte mir fadenscheinige Lügen auf.« Aurelia entfährt ein tiefes Seufzen. »Wir Asiatinnen sehen, bevor etwas offensichtlich ist, und hören, bevor ein Ton erklingt.«

Elsa beobachtet, wie Aurelias Gesicht völlig gleichgültig bleibt, während sie vom Seitensprung ihres Mannes erzählt, den sie eigenen Angaben zufolge liebt.

»Sehr philosophisch ausgedrückt, Frau Bramlitz.«

»Tja, und dann war Silke Maihauser plötzlich verschwunden. Mein Mann hat sehr darunter gelitten.«

»Und Sie?«, Elsa zögert. Mit so viel schonungsloser Offenheit hat sie nicht gerechnet und äußerst selten zu tun.

»Ich war erleichtert. Sehr erleichtert. Ich hatte meinen Mann zurück.« Elsa schluckt und erwidert Frau Bramlitz' Lächeln, das wie das einer Buddhafigur aussieht. Entrückt und weise.

Als sie mit Aurelia Bramlitz fertig ist, macht sie sich auf die Suche nach Degenwald. Doch anstatt ihn aufzuspüren, nimmt sie einen Anruf entgegen, als ihr Handy klingelt.

»Hältst du mich für einen völligen Idioten, dass du mich im Wald stehen lässt?«, hört Elsa ihren Mann ins Telefon schreien.

Sie hält das Handy mehrere Zentimeter vom Ohr weg. Hartmuts Stimmbänder arbeiten auf Hochtouren.

»Heute Abend reden wir, Hartmut«, sagt sie bestimmt und legt auf.

Am hinteren Ende des Ganges erscheint Degenwald und winkt ihr zu.

Elsa steckt ihr Handy zurück in die Tasche und geht ihm entgegen.

»Scheiße! Was soll ich denn jetzt tun?«, Anna liegt rücklings auf ihrem Bett und telefoniert.

»Er hat wirklich noch nie Sex gehabt?«, will ihre Freundin am anderen Ende wissen und kichert dabei. »Das ist ja irre. Total irre, wenn du mich fragst.«

»Ist es etwa ein Verbrechen, noch keinen Sex gehabt zu haben?« Anna hat sich entschlossen, Lars zu verteidigen.

»Er ist 18. Da spielt man nicht mehr im Sandkasten, sondern mit Mädels rum«, findet Beate.

»Na und? Er hat die Richtige eben noch nicht gefunden.«

»Braucht man die Richtige, um Sex auszuprobieren, wenn man ein Mann ist?«

Anna wird es langsam zu viel. »Ach, lass mich doch in Ruhe. Ciao!« Sie drückt die Aus-Taste und wirft das Handy unwirsch aufs Bett. »Blöde Tussi!«, schimpft sie vor sich hin.

Einen Moment lang bleibt sie einfach liegen und rührt sich nicht, dann greift sie sich ihr Handy wieder und ruft Lars' Nummer ab. Als die Verbindung hergestellt wird, drückt sie auf Aus.

»Scheiße!«, murmelt sie schon wieder. »Scheiße! Scheiße! Scheiße!«

Erneut landet das Handy auf dem Bett und Annas Arme vor ihrem Gesicht.

Elsa sucht mit Degenwald den Supermarkt ab, legt Tomaten, Rindergehacktes, Zwiebeln und Knoblauch in den Einkaufswagen.

»Bramlitz war erstaunlich kooperativ. Er hat gleich zugegeben, dass er ein Verhältnis mit Silke Maihauser hatte«, erzählt Degenwald, während er an den Kühlgerichten vorbeigeht.

»Der Mann ist einfach nur klug.« Elsa greift nach den Fünf-Minuten-Bandnudeln und wirft sie in den Wagen. »Er weiß genau, dass er einen Fehler macht, wenn er es abstreitet.«

»Ich bekomme Hunger, wenn ich Sie einkaufen sehe.« Degenwald starrt auf die Zutaten für Spaghetti Bolognese.

»Ich bin weder eine Superköchin noch lade ich Sie zum Essen ein. Sie verpassen also nichts, Dr. Degenwald.«

»Sie haben wirklich eine erfrischende Art, Frau Wegener.« Degenwalds Gesicht wirkt auf einmal finster. Er ist genervt.

»Mein Mann ist plötzlich aufgetaucht und bleibt über Nacht.« Elsa tut es leid, dass sie so grob war.

»Ach so«, sagt Degenwald. »Sie sind verheiratet?«

»Und Sie?«

Degenwald zuckt mit der Schulter. »Ich war mit einer Frau zusammen, das schon, aber es hat nicht geklappt.«

»Schade.«

»Das fand ich damals auch.«

»Und jetzt? Was finden Sie jetzt?« Elsa rollt ihren Wagen Richtung Kasse.

»Jetzt finde ich, dass ich mich darum kümmern sollte, nicht zu verhungern. Vielleicht gehe ich heute Abend zum Italiener, esse einen Vorspeisenteller mit Meeresfrüchten und hinterher Spaghetti Vongole.«

Elsa nickt. »Vergessen Sie die Profiteroles als Nachspeise nicht.«

Elsa hört es in der Küche poltern, als sie in den Flur kommt, die Tüten auf dem Boden abstellt und sich die Jacke auszieht. Hartmut hat sie gehört, erscheint in der Diele, schnappt sich die Einkäufe und schlurft damit Richtung Küche. In dem Moment klingelt Elsas Handy. Es ist Fred Maihauser, der wissen will, wann die Leiche seiner Frau freigegeben wird.

»Es wird noch ein bisschen dauern, Herr Maihauser«, erklärt Elsa. Dann lässt sie Maihausers Wortschwall über sich ergehen. »Natürlich versuchen wir, auf Ihre zweite Frau Rücksicht zu nehmen«, verspricht Elsa. »Ich kann mir vorstellen, dass das alles nicht leicht für Sie ist. Trotz allem muss ich Sie so schnell wie möglich sprechen. Ja, am besten morgen. Zehn Uhr? Ja, das passt. Wiederhören.«

Elsa seufzt, legt das Handy auf die Kommode und geht in die Küche, wo sie von Annas Strahlen überrascht wird. »Papa ist da!«, überschlägt sie sich, als wisse Elsa es noch nicht.

Elsa nickt nur, packt schweigend die Einkäufe aus, gießt Olivenöl in eine Pfanne und gibt das Rindfleisch ins heiße Fett. Sie stellt den Dunstabzug an, weil es ordentlich spritzt.

»Schneidest du die Zwiebeln, Anna?«

Anna nimmt sich ein viel zu kleines Messer und beginnt, Schalotten in verschieden große Stücke zu schneiden.

»Du musst sie kleiner schneiden, Anna. Sonst wird es zu grob und schmeckt nicht.«

»Musst du immer so genau sein?«

Eine halbe Stunde später sitzen sie bei Tisch und essen. Anna albert mit ihrem Vater herum. Sie schnappt ihm den Parmesan vom Teller und stopft ihn sich in den Mund.

»Wolltest du etwa auch Parmesan, Papa?«, fragt Anna scheinheilig.

Später erfährt Elsa, dass Hartmut die ganze Zeit über im Wohnzimmer gesessen und die Tageszeitung gelesen hat.

»Ein Seitensprung ist kein Grund, gleich alles hinzuschmeißen.«

»Für mich ist es Grund genug. Außerdem handelt es sich nicht nur um *eine* Affäre. Wenn ich da mitgezählt hätte …«

»Sei nicht geschmacklos«, verlangt Hartmut.

Elsa verschränkt die Arme vor den Knien, sagt aber nichts mehr.

»Du bist wie ein kleines Kind«, wirft er ihr vor. »Siedelst dich in diesem Kaff an. Hast du auch mal an Anna gedacht? Die geht hier ein. In ihrem Alter braucht man Abwechslung, junge Leute, eine Diskothek. Und du? Willst du hier noch mal von vorn anfangen? Zwischen Kühen und Schweinen? Für mich sieht das nach Flucht aus. Das kleine Mädchen verkriecht sich unter der Decke.«

»Na und?«, bricht es aus Elsa heraus. »Manchmal bin ich auch verletzbar und anlehnungsbedürftig, möchte gehalten werden.« Ihre Stimme klingt brüchig. »Von dir, Hartmut!«

Hartmut schaut seine Frau irritiert an, zögert einen Moment, steht auf, kommt auf sie zu und macht eine Geste der Umarmung. Elsa schreckt zurück. Ihr Blick reicht, um Hartmut vor ihr stehen zu lassen, unverrichteter Dinge.

»Es gibt Momente, in denen einem klar wird, dass es zu spät ist, auch wenn man es anders haben möchte.« Elsas Stimme klingt ausgebrannt.

Endlich verrät auch Hartmuts Stimme eine kleine Unsicherheit, eine menschliche Regung hinter seinen Vorwürfen und seinem Zorn. Er schaut sie mit offenem Blick an und Elsa spürt, dass sie sich seit langer Zeit zum ersten Mal wieder nah sind.

»Weißt du noch, wie schön es war, als Anna zur Welt kam?«, flüstert Hartmut in die Stille hinein, die von ihnen Besitz ergriffen hat. »Wir waren überglücklich.«

»Ja. Das waren wir«, erinnert sich Elsa. »Wir haben auch lange genug auf dieses Kind gewartet.«

Sie weiß, dass es kein Zurück gibt.

5. KAPITEL

Elsa fühlt sich unerwartet energiegeladen, als sie am Morgen ihr Büro betritt, trotz der hinter ihr liegenden Stunden oder vielleicht gerade deswegen. Um sieben ist Hartmut losgefahren. Er hatte die Nacht, oder das, was davon übrig war, in Annas Zimmer verbracht, nachdem sie stundenlang miteinander geredet hatten. Danach hatte er sie auf den Mund geküsst. Elsa hatte ihm zugenickt und in der Sicherheit ihres Zimmers waren die Tränen gekommen.

Ein altes Leben zu begraben, wog schwer, aber es war die Voraussetzung, um ein neues zu beginnen.

Degenwald erscheint im Türrahmen. »So sexy heute, Frau Kollegin?«, flirtet er.

Elsa blickt an sich hinunter. Enger Lederrock, rosa Pullover, Wildlederstiefel.

Das Kompliment macht Elsa unsicher und um davon abzulenken, erkundigt sie sich, ob Degenwald Silke Maihauser gekannt hat.

»Jeder kannte sie. Sie war eben nicht zu übersehen.«

»Und wie standen Sie zu ihr? Hat sie Ihnen gefallen?«

»Ist das ein Verhör?« Degenwalds Grinsen ist eingefroren.

»Interesse, Herr Kollege. Pures Interesse.«

Degenwald hat ihr den Rücken zugekehrt und sucht etwas in ihrem Aktenschrank. Als er es gefunden hat, wirft er den Ordner achtlos auf ihren Tisch.

»Hier, alle Aussagen. Im Schrank finden Sie noch mehr davon. Sie können alles nachlesen. Wenn ich verhört worden wäre, würden Sie es hier drin finden.«

Damit verschwindet er in sein Büro und sie sieht ihn den restlichen Tag über nicht mehr.

Fred Maihauser erscheint pünktlich um zehn, im dezenten Zweireiher und blauer Krawatte, was in seltsamem Kontrast zu seinem Übergewicht steht. Elsa muss sich sein Stammeln anhören und seinen Schwur, dass er Silke Maihauser vergöttert, ihr jeden Wunsch von den Augen abgelesen habe, obwohl ihn der halbe Ort für verrückt erklärte. Ja, sie sei fremdgegangen. Und natürlich habe er sie darauf angesprochen. Aber sie habe nur geantwortet, dass ihm doch nichts abgehe. Sie sei eine agile Frau und lasse sich nicht einsperren. Damit habe er sich schließlich abgefunden.

»Offensichtlich sind Sie eine starke Persönlichkeit, Herr Maihauser. Wem gelingt es schon zu tolerieren, dass seine bildhübsche, junge Frau mit anderen Männern Geschlechtsverkehr hat, vor allem, wenn sich so etwas nicht in der Anonymität einer Großstadt abspielt, sondern auf dem Land, wo jeder jeden kennt und man dem einen oder anderen Nebenbuhler unweigerlich über den Weg läuft? Regelmäßig.« Elsa lässt das Gesagte auf Maihauser wirken. In seinem Gesicht streiten die unterschiedlichsten Gefühle miteinander. Stolz, Verletztheit, gespielte Gelassenheit und sogar Hochmut. Er lässt sich Zeit und Elsa muss ihm gedanklich ein Kompliment aussprechen, als sie seine Antwort hört.

»Ich war zu schwach, sie glücklich zu machen, und zu stolz, von ihr zu lassen.«

Jetzt endlich lächelt sie verständnisvoll. »Ich weiß, was Sie meinen«, sagt sie zu Maihauser. Und dann steht sie auf und bietet ihm einen Kaffee an.

Mit einer Tüte Nussschnecken erscheint sie Stunden später in Degenwalds Büro. Er sitzt am Schreibtisch, den Telefonhörer zwischen Schulter und Ohr geklemmt.

Elsa setzt sich ihm gegenüber, obwohl sie nicht dazu aufgefordert worden ist. Degenwald nimmt keine Notiz von ihr, sondern telefoniert weiter mit Bramlitz. Nachdem Elsa ihm mehrere Minuten lang zugesehen hat, reißt sie geräuschvoll die Tüte mit den Schnecken auf und legt ihm eine auf den Schreibtisch. Als Degenwald kurz darauf auflegt, schaut er sie fragend an.

»Was wird das, wenn's fertig ist?«

»Versöhnung«, meint Elsa. Ehe Degenwald antworten kann, klopft es an der Tür. Es ist Ben Fürnkreis. Er grinst bis über beide Ohren und sieht aus, als habe er etwas ausgeheckt.

»Ben?«, begrüßt Degenwald seinen Kollegen und hat endlich Gelegenheit, von Elsa wegzukommen. Zumindest gedanklich.

»Nix da, Karl. Ich will zu Frau Wegener.« Und dann fragt Fürnkreis: »Haben Sie heute schon was vor?«

Elsa schluckt und weiß nichts zu antworten, so perplex ist sie.

Der Abspann flimmert stumm über die Leinwand. Elsa richtet sich im Sessel auf. Ben hält ihr das Popcorn hin.

»Wollen Sie noch mal?«, fragt er.

Elsa schüttelt den Kopf. »Noch eine Handvoll davon und ich muss mich übergeben.«

Gespielt erschrocken zieht Fürnkreis das Popcorn weg. »Ich hatte für den Rest des Abends eigentlich was anderes eingeplant. Gleich um die Ecke ist eine nette kleine Bar.«

»So was gibt's hier?«, staunt Elsa.

»Glauben Sie mir, auch bei uns wollen die Leute was vom Leben haben.« Ben grinst sein Großjungengrinsen, das ihn umwerfend aussehen lässt.

»Sie sehen verdammt gut aus, Ben. Viele von ihnen gibt's hier in der Gegend bestimmt nicht.« Elsa weiß nicht, warum sie das sagt. Sie tut es einfach.

Ben steckt sich Popcorn in den Mund und kaut umständlich darauf herum. »Wollen Sie rauskriegen, warum ich Sie ins Kino eingeladen habe?«

Ben und Elsa sind aufgestanden und Elsa quetscht sich an einem übergewichtigen Mann Richtung Ausgang vorbei.

»Ich bin zu alt für Sie, Ben. Und ich bin nicht interessiert, nur damit das klar ist. Deswegen gehen Sie jetzt allein in die nette kleine Bar und trinken noch einen Absacker, bevor Sie nach Hause fahren.«

»Und Sie? Wollen Sie ohne was Gutes im Magen heim?«, will Ben wissen.

»Machen Sie sich meinetwegen keine Gedanken«, antwortet Elsa und ist schon in die Dunkelheit Richtung Auto verschwunden.

Draußen lichten sich die Wolken und ein schmaler Sonnenstrahl kommt durch. Elsa wacht mit Kopfschmerzen auf. Endlich hat der Nieselregen aufgehört, denkt sie und schiebt die Bettdecke zur Seite. Nebenan hört sie die Badezimmertür ins Schloss fallen. Anna ist aufgestanden.

»Stellst du bitte Teewasser auf, Anna?«, ruft Elsa.

Sie steht umständlich auf und öffnet das Fenster. Draußen fährt Frau Leiner, Fred Maihausers Haushälterin, mit dem Fahrrad vorbei.

Ich muss mich um meine Arbeit kümmern, denkt Elsa.

Sie weiß, dass sie unprofessionell ist. Sie denkt zu viel über sich nach, über Hartmut und Anna, darüber, ob sie sich scheiden lassen soll. Als sie ihr Handy sucht und es endlich in der Küche, hinter der Brotdose, findet, sieht sie, dass Hartmut eine SMS geschickt hat. Ohne zu lesen, was er geschrieben hat, drückt sie auf Löschen. Dann stellt sie Wasser auf und nimmt die Butter aus dem Kühlschrank. Oben duscht Anna und hört nicht, dass ihr Handy läutet. Elsa hofft, dass die Sache mit Lars gut für sie ausgeht.

»Liebe?«, murmelt sie vor sich hin und schüttelt gedankenverloren den Kopf. Dass sich ein leises Lächeln in ihr Gesicht gegraben hat, bemerkt sie gar nicht.

»Was haben Sie sich eigentlich dabei gedacht?« Degenwald ist richtig böse. Die zusammengepressten Lippen, der starre Blick und seine Körperhaltung lassen keinen Zweifel. Er steht mit ineinander verschränkten Armen vor Elsa, wie ein Schiedsrichter.

»Sie gehen bei der erstbesten Gelegenheit mit unserem Spurentechniker aus. Was glauben Sie? Ist das ein gefundenes Fressen für uns hier, oder nicht?«

Elsa presst verbissen die Lippen aufeinander.

»Sie wissen, dass so was nicht gut ankommt?«

Elsa ist rot im Gesicht geworden. Sie fühlt sich wie eine Schülerin, die beim Abschreiben ertappt wurde. Wie konnte ihr nur ein solcher Fauxpas unterlaufen? Hat sie keine Sekunde darüber nachgedacht, wie der Kinobesuch mit Ben Fürnkreis aufgenommen werden könnte? Degenwald hat recht und trotzdem darf sie das nicht zugeben.

»Als Profi weiß man, dass man Beruf und Privatleben auseinanderhält. Herrgott noch mal, Sie wissen doch, worauf Fürnkreis aus ist.«

»Na und? Er will mich flachlegen. Sie etwa nicht?« Jetzt ist es raus. Elsa ist über sich selbst erschrocken und nach einer Sekunde, die Degenwald wohl braucht, um das Gesagte zu verdauen, dreht er sich um, geht auf die Tür zu und lässt sie laut hinter sich ins Schloss fallen. Elsa zuckt kurz zusammen. Dann ist es vorbei.

Nach diesem Vorfall herrscht Funkstille zwischen ihnen. Degenwald hat die Verbindungstür abgeschlossen und spricht nur noch per Telefon mit ihr.

Aus Trotz ruft Elsa Fürnkreis an. Der lädt sie für den nächsten Abend zu einem Sting-Konzert nach München ein. Rein freundschaftlich, wie er betont. Er habe schon lange Karten. Elsa lehnt ab, ohne Ben von Degenwalds Vorwürfen zu erzählen. Sie habe zu viel Arbeit. Dann legt sie auf und schält sich aus ihrem Sessel. Sie will noch einmal bei Aurelia Bramlitz vorbeischauen. Sie hat so ein Gefühl, dass da noch etwas in Erfahrung zu bringen ist.

Als sie in der Brauerei eintrifft, entschließt sie sich aus einem unerfindlichen Grund, Götz Bramlitz anstelle seiner Frau aufzusuchen.

Bramlitz, ein hagerer Typ mit Bauch, Ende 60, ist wenig gesprächig. Er habe keine Zeit, es sei viel zu tun. Außerdem habe er Karl Degenwald alles gesagt, was er wisse. Er sehe nicht ein, weshalb er seine Aussage wiederholen solle.

Elsa bittet Bramlitz freundlich, aber bestimmt um seine Mithilfe. Ansonsten käme man im Fall Silke Maihauser nicht weiter. Es sei doch auch in seinem Interesse, dass er als Tatverdächtiger ausscheide.

Ja, er habe ein Verhältnis mit Silke Maihauser gehabt, fängt Bramlitz schließlich an, aber selbstverständlich habe er sie nicht ermordet. Weshalb auch? Es habe keinen Grund dafür gegeben.

»Stellte Silke Maihauser keine Gefahr für Ihre Ehe dar?«, provoziert Elsa Bramlitz.

Der lächelt säuerlich. »Deswegen würde ich niemanden ermorden. Da ist eine Scheidung das sauberere Geschäft.«

»So sauber läuft's im Leben nun mal nicht immer ab, Herr Bramlitz. Sonst gäbe es meinen Beruf gar nicht.«

»Jetzt lassen S' mi in Ruh. I kann Eana net weiterhelfen.« Bramlitz hat die Geduld verloren und steht auf, um ihr zu signalisieren, dass er nichts weiter sagen wird.

Elsas Stimme wird plötzlich weicher. »Ging das Verhältnis bis zum Schluss, ich meine, bis zu Silke Maihausers Tod?«

»Ja.«

»Wie oft haben Sie Frau Maihauser getroffen?«

»Gelegentlich.«

»Will heißen?«

»Zweimal die Woche, aber nicht zu festen Zeiten. Wie's sich ergab.«

»Und wo?«

»Hier.«

»In der Brauerei?« Elsa wundert sich über so viel Unverfrorenheit.

»Wenn man sich in die Höhle des Löwen begibt, sollte man sich eine gute Tarnung zulegen. Darauf, dass ich Silke hier, praktisch vor aller Augen, treffen könnte, wäre niemand gekommen. Wir haben uns ein Büro gesucht, die meisten Mitarbeiter waren, wenn sie kam, schon weg, und dann …« Bramlitz schweigt betreten.

»Ich verstehe, Herr Bramlitz. Näheres will ich gar nicht

wissen. Glauben Sie, dass da noch was mit einem anderen lief, zu Ihrer Zeit, meine ich?«

Bramlitz erstarrt. »Sind Sie verrückt? Das schlagen S' sich glei wieder aus'm Kopf. Das hätt i g'merkt.«

Mit knappem Gruß verabschiedet Elsa sich. Bramlitz bleibt schweigend zurück.

Als sie schon die Ausgangstür vor sich sieht, dreht sie sich noch mal um. Ohne zu klopfen, tritt sie erneut in Bramlitz' Büro. »Wie heißt Ihre Frau eigentlich tatsächlich?«

Bramlitz' Gesicht verrät, dass er mit Elsas Frage absolut nichts anfangen kann. »Wie meinen Sie das?«

»Aurelia ist wohl kaum ein asiatischer Name.«

»Meine Frau heißt Anong. Aber mir gefällt Aurelia besser.«

»Ihr Kennenlernen in New York«, meint Elsa unerwartet, »das hatte schon was. Sie müssen sehr in Ihre Frau verliebt gewesen sein.« Damit schließt Elsa die Tür hinter sich und lässt Bramlitz zurück. Sie muss herausfinden, was es mit dem Namen Aurelia auf sich hat, nimmt sie sich vor. Gleich als Erstes.

Elsa kommt ins Wohnzimmer. Auf dem Esstisch liegt ein Zettel.

›Bin im Ort, in der Videothek. Anna.‹

Elsa geht in die Küche und trinkt Mineralwasser aus der Flasche.

Sie schaut aus dem Fenster, hinaus in die friedliche Stille. Manchmal glaubt sie, dass hier keine Menschen leben. Nie hört sie jemanden schreien, alles wirkt gemächlich und gesittet. Keine Staus. Keine stinkenden Abgase und überfüllten Supermärkte. Keine gaffenden Spanner, die einem auf die Nerven gehen. Keine Punks, die an Ecken herumlungern. Keine Bettler mit Mischlingshunden, die ihr die Hand hinhalten.

Es ist zu ruhig. Zu normal. Sie will belästigt, angegriffen und aufgewühlt werden. Sie will sich über etwas ärgern. Sie sehnt sich nach einem Stau, um sich von ihrem eigenen Leben ablenken zu können.

Elsa stellt die Mineralwasserflasche zurück in den Kühlschrank. Vielleicht ist sie zu voreilig davongerannt.

Die Nachrichten sind zu Ende. Im ZDF beginnt der Abendkrimi. Sie dreht den Ton lauter, weil die Erkennungsmelodie ein Stück Leben vermittelt. Es ist, als ob sie in Köln säße. Gleich wird Hartmut viel zu spät zum Abendessen heimkommen und sich den Tag von der Seele reden. Sie wird sich im Stillen über ihn ärgern, ohne es sich anmerken zu lassen. ›Und bei dir? Alles in Ordnung?‹, wird er fragen, wenn ihm auffällt, dass es nur um ihn geht. ›Alles in Ordnung‹, wird sie antworten. Sie würden sich den Krimi anschauen. Wie so oft. Und das würde sie genug binden, um sich nicht voneinander zu trennen.

Elsa macht den Fernseher aus. Sie kann diese Gedanken an früher nicht länger ertragen. Sie fühlt sich verpflichtet, etwas anderes als sonst zu machen. Sie dreht das Radio auf, Klassikprogramm. Vivaldis ›Vier Jahreszeiten‹. Sie lässt sich in die Musik hineinfallen und legt sich aufs Sofa. Die Hände hinterm Nacken verschränkt, lauscht sie den Klängen von Anne-Sophie Mutters Geigenspiel. Gleich besser, beruhigt sie sich. Das passt für hier. Klassikradio. Das geht. Es ist ganz anders als sonst. Sie wird vieles anders angehen müssen. Sonst wird das nichts. Das spürt sie genau.

Am nächsten Tag ist die Verbindungstür zu Degenwalds Büro immer noch verschlossen. Elsa unternimmt nichts dagegen. Stattdessen geht sie das Profil der verdächtigen Personen durch. Aurelia und Götz Bramlitz, Fred Maihauser, Birgit Leiner. Sie arbeitet bis in den Nachmittag hinein. Dann ruft Anna an.

»Kann Lars am Wochenende kommen?«

»Natürlich.«

»Okay«, Anna will auflegen.

»Anna!!!«

Zu spät. Sie war schneller als Elsa.

Wenn Lars kommt, denkt Elsa, ist das ein gutes Zeichen.

Gegen Abend ruft Degenwald an.

»Was haben Sie herausgefunden?«

»Noch nichts.«

»Sauber. Das höre ich gern.«

»Sparen Sie sich die Ironie. Das Ganze ist eine Heidenarbeit. Und die Leute kommen mir nicht gerade entgegen.«

»Sagen Sie bloß.«

»Hören Sie, Degenwald! So geht das nicht. Ich mache mir Gedanken darüber, warum Sie nicht gesprächiger sind. Anstatt zusammenzuarbeiten, kocht hier wohl jeder sein eigenes Süppchen.«

Es knackt in der Leitung. Elsa schaut auf den Hörer in ihrer Hand.

Anna hat Stöpsel in den Ohren. Sie geht ganz in der Musik auf. Lars kommt. Endlich. Sie hat ihn angerufen. Mut macht sich bezahlt. Sie werden es beide zum ersten Mal tun, wenn Lars bei ihr ist. Zwei unbeschriebene Blätter, noch ohne Narben und Altlasten. Anna lächelt selig. Die Welt ist in Ordnung.

Als Elsa nach Hause kommt, duftet es verführerisch. Anna hat Spiegeleier mit Speck und Bratkartoffeln gemacht und auf dem Tisch stehen Blumen. Elsa ist überrascht.

»Hast du Hunger?«, will Anna von ihr wissen.

»Und wie.« Elsa kommt näher. »Du kochst?«

»Ich hatte Lust dazu.«

»Fantastisch.«

Elsa geht ins Bad, um sich die Hände zu waschen, dann setzt sie sich erwartungsvoll an den Tisch. Anna kommt, das Geschirrtuch umgebunden und mit der Pfanne in der Hand, ins Esszimmer. Zwei Spiegeleier und eine Portion Bratkartoffeln rutschen auf ihren Teller. Dann setzt sich auch ihre Tochter.

Elsa weiß, dass sie nichts über Lars sagen darf. Selbst die Aussage, dass sie sich über seinen Besuch freue, wäre zu viel. Sie nimmt Annas gute Laune als Geschenk. Es beschert ihr einige Stunden illusorischen Glücks. Ganz unerwartet.

In der Nacht kann Elsa nicht schlafen. Der Disput mit Degenwald macht ihr zu schaffen. Sie liegt lange sinnierend im Bett. Schließlich steht sie auf, geht ins Bad, zieht sich den Bademantel über und verkriecht sich mit einem Stapel Akten, die sie aus dem Büro mitgenommen hat, ins Wohnzimmer. Sie studiert Bramlitz' Aussage von vor 20 Jahren, dann die seiner Frau. Als sie den Ordner schließen will, stutzt sie. Unten, wo die Aussage der Vernommenen unterschrieben wird, liest sie ›Anong Bramlitz‹. Elsa nimmt das Schriftstück aus dem Ordner und hält es unter die Leselampe, die neben dem Beistelltisch steht. Ohne Zweifel. Frau Bramlitz hat anstatt mit Aurelia mit Anong unterschrieben. Elsa heftet das Blatt zurück in den Aktenordner. Nachdenklich schaut sie auf den Schieledruck, der an der Wohnzimmerwand über der Garnitur hängt.

Degenwalds Wagen quietscht um die Kurve und hält auf seinem Parkplatz. Elsa steht am Fenster und schaut hinunter. Wenig später geht die Tür nebenan und ihr Telefon klingelt. Doch es ist nicht Degenwald, sondern Ben Fürnkreis. Aurelia Bramlitz sei heute früh tot aufgefunden worden, am Wössener See, wenige Kilometer von ihrem Zuhause entfernt. Elsa verspricht, sich sofort auf den Weg zu machen. Auf dem Gang klopft sie an Degenwalds Tür.

Ohne auf ein Herein zu warten, tritt sie ein. Degenwald sitzt mit verbissenem Blick vor seinem PC.

»Sie wissen es von Ben, nehme ich an?«, murmelt er, ohne aufzublicken.

Nach Sekunden des Schweigens mustert er sie scharf. Elsas Versöhnungslächeln erstirbt. Schließlich steht Degenwald auf, zieht sich seinen Parka an und meint: »Ich wollte sowieso gerade los.« Wie selbstverständlich steigt Elsa unten in ihren Wagen und folgt Degenwalds Audi auf die Bundesstraße.

»Da hinten ist es.« Degenwald deutet auf die spiegelglatte Fläche des Sees, der hinter einer Baumgruppe unscharf zu erkennen ist. »Im Hochsommer kommen die Jugendlichen zum Schwimmen hierher.«

»Und jetzt?«, fragt Elsa.

»Zum Sterben hätte ich mir was anderes ausgesucht«, umgeht Degenwald ihre Frage.

Gemeinsam kämpfen sie sich durchs Gebüsch, auf das dunkelbraune Gewässer zu.

Die Tote liegt rücklings am Ufer. Ihre Beine werden von kleinen Wellen umspült. Dr. Horn steht gebückt über ihr und seufzt laut und vernehmlich.

»Ich versteh's nicht«, wiederholt er mehrmals hintereinander. »Ich versteh's wirklich nicht.«

»Was du nicht verstehst, interessiert mich nicht, Michael«, murrt Degenwald, als er näher kommt. »Ich will nur wissen, seit wann Aurelia Bramlitz tot ist.«

»Vermutlich seit vier, fünf Stunden. Es muss also zwischen zwei oder drei Uhr heute früh passiert sein.«

»Wissen Sie schon, woran sie gestorben ist, Dr. Horn?«, mischt Elsa sich ein.

»Ertrunken ist sie jedenfalls nicht.« Dr. Horn dreht die Tote ohne Vorankündigung um. Elsa schluckt. In Aurelia Bramlitz' Rücken ist deutlich eine Stichwunde zu erkennen.

»Ob sie erstochen wurde, ist noch zu klären«, meint Michael Horn und deutet auf das Blut, das sich um die Wunde verteilt hat. »Anscheinend wurden aber keine großen Gefäße getroffen. Vielleicht ist die Lunge verletzt worden. Das blutet auch nicht gerade üppig«, fügt der Gerichtsmediziner an.

»Frau Bramlitz ist, wenn ich Sie recht verstehe, irgendwo mit einem Messer attackiert worden, um dann hierher transportiert zu werden?«

Jedes Mal, wenn Elsa eine Leiche sieht, wundert sie sich, warum sie das Ganze derart mitnimmt. Sie hat schon so viele Tote gesehen, und doch irritiert es sie immer wieder aufs Neue.

»Ist sicher auszuschließen, dass sie nicht hier angegriffen wurde?«, Degenwald will es genau wissen.

»Sie hier, am Wasser, zu erstechen, wäre idiotisch. Da hätte er sie gleich ertränken können«, mutmaßt der Gerichtsmediziner.

»Nettes Gespräch.« Ben Fürnkreis gesellt sich zu ihnen. Fast lautlos ist er wie aus dem Nichts aufgetaucht und fixiert Elsa mit einem eindringlichen Blick.

»Ich weiß noch absolut nichts«, verkündet er. »Ein Taschentuch, das von jedem stammen könnte, ein abgebrochenes Streichholz und eine Zigarettenkippe. Mehr hab ich nicht.«

»Na, immerhin.« Degenwald tut bescheiden. »Wie lange bist du jetzt bei uns, Ben?«

Fürnkreis zieht die Stirn in Falten. »Drei Jahre?«, überlegt er laut.

»Reicht das nicht, um mitzubekommen, dass der Satz ›Ich weiß noch absolut nichts‹ bei uns fehl am Platz ist?«

Frünkreis schluckt, grinst dann aber in seiner gewohnten Art und tippt sich wie ein Soldat an die Stirn. »Jawoll, Sir! Wird erledigt, Sir! Sie kriegen von mir, was immer Sie wollen, so schnell Sie es wollen und wie Sie es wollen.«

»Wie steht's mit Reifenspuren? Irgendwie muss die Täterin oder der Täter das Opfer schließlich hierher geschafft haben. Zu Fuß ist das ja schwer zu machen. Da kommt am ehesten ein Wagen infrage.«

»Stimmt«, antwortet Fürnkreis. »Wenn das Wetter mitgespielt hätte, wäre das eine Option gewesen. Nur leider hat es mal wieder geregnet. Eventuell brauchbare Reifenspuren sind in der Nacht aufgeweicht worden. So was nenne ich Pech.«

»Morgen wissen wir definitiv mehr«, erlaubt sich Hörnchen anzumerken. »Geht mal nicht vom Schlimmsten aus. Wir finden denjenigen schon, der das auf dem Gewissen hat. Mit oder ohne Reifenspuren.«

»Morgen?«, Degenwald ist nicht mehr zu halten. »Fängst du jetzt auch noch damit an? Wer hat bis morgen Zeit?«

Elsa amüsiert sich köstlich.

»Und? Haben Sie sich schon eingelebt, Frau Wegener?«, brummt Hörnchen in ihre Richtung. Wahrscheinlich hat er tiefes Mitgefühl mit ihr.

»Und wie«, gibt Elsa mit einem Blick auf Degenwald an. »Mit Dr. Degenwald zusammenzuarbeiten ist eine Freude. Er hat so etwas Warmes, Aufbauendes. Außerdem ist er sehr kooperativ.« Elsa lächelt verhalten.

Fürnkreis kann sich nicht länger beherrschen und prustet ein Lachen heraus.

Ein Schwarm Vögel schreckt hoch und fliegt über ihren Köpfen hinweg Richtung Dorf davon.

Elsa hebt den Siegerdaumen. »Alle für alle und keiner für keinen.« Ob sie jemand verstanden hat, wagt sie zu bezweifeln.

Degenwald jedenfalls scheint ihren Kommentar überflüssig zu finden. »Ich will die Tatwaffe«, ist alles, was ihm noch einfällt.

»Vermutlich ein gewöhnliches Küchenmesser«, teilt Dr. Horn mit.

»Wer hat sie überhaupt gefunden?«, redet Degenwald weiter.

»Ein Jogger. Nicht aus der Gegend. Urlauber. Ich hab ihn zum Arzt geschickt. Der Arme hat seine erste Tote gesehen.«

Ben Fürnkreis beißt sich ein Stück Haut vom Daumen. »Und dieser Jogger hat nichts gesehen oder gehört?«

»Er hat die Leiche entdeckt. Das war's. Sie lag genauso da, wie wir sie vorgefunden haben. Er hat sie nicht berührt, sagt er zumindest. Er schaut sich regelmäßig Krimis im Fernsehen an, deswegen wusste er, dass er auf keinen Fall irgendwo hingreifen durfte.«

»Wo, verdammt, ist das Messer?«, regt Degenwald sich auf. Er hat heute eine Laune, die jedem auf den Nerv zu gehen scheint.

»Ich hätt's auch mitgenommen, wenn ich der Täter wäre.« Elsa fixiert ihren Kollegen.

»Wir lassen das gesamte Areal im Umkreis von, sagen wir …«, Degenwald überlegt, »… drei Kilometern absuchen. Mit Hundeeinsatz. Vielleicht hat er das Messer weggeworfen?«

»Wie kommen Sie die ganze Zeit auf einen Täter? Vielleicht war es ja eine Sie?«

Elsa wirft einen letzten Blick auf Aurelia Bramlitz, die sie mit glasigen Augen anschaut. Die dunklen Haare sind auf der rechten Seite an ihre Wange geklebt. Der braune Lippenstift verläuft in einer helleren Schattierung bis zur Nasenspitze hin. Ob sie sehr gelitten hat?, überlegt sie voller Mitgefühl.

Fürnkreis zückt sein Handy und tippt eine Nummer ein. »Schickt uns die ganze Mannschaft zum Wössener See. Wir suchen die Tatwaffe, vermutlich ein Küchenmesser. Alles andere bitte auch mitbringen. Na ja, ihr kennt das ja.« Fürnkreis steckt das Handy zurück in seine Hosentasche.

Degenwalds Gesicht wirkt eine Spur zugänglicher.

6. KAPITEL

Anna rennt durch die Bahnhofshalle. Die Uhr an der Wand zeigt kurz vor sechs an. Jeden Moment läuft der Zug ein, aus dem Lars aussteigen wird. Anna ist derart nervös, dass sie keinen klaren Gedanken fassen kann. Lars wird das Wochenende bei ihr verbringen. Anna hat sich alles in den schönsten Farben ausgemalt. Sie wird Elsa wegschicken, damit sie das Haus für sich hat. Soll ihre Mutter doch wieder die Nacht im Büro verbringen. Sonst denkt sie sich ja auch nichts dabei. Anna ist fest entschlossen, die Situation zu ihren Gunsten zu nützen.

Eine Frauenstimme sagt den ICE aus Köln an, der jeden Moment auf Gleis 3 einläuft. Anna grinst ein Mädchen an, das an der Hand der Mutter festgebunden zu sein scheint, und streckt ihm schließlich die Zunge heraus. Der Zug fährt ein und hält. Die Türen öffnen sich und die ersten Reisenden steigen aus. Anna sucht in der Menge nach Lars. Eine Endfünfzigerin mit zwei Riesenkoffern zwängt sich durch die Tür. Sie ächzt und stöhnt, als bräche sie jeden Moment zusammen. Langsam lässt der Strom der Aussteigenden nach. Anna wird unruhig. Ihre Augen springen hin und her. Sie läuft den Zug ab. Irgendwo muss Lars schließlich sein. Aus der vorletzten Tür springt ein junger Mann mit Gitarre. Er sieht verdammt gut aus, hat einen Dreitagebart und eine Baseballkappe verkehrt herum aufgesetzt. Anna schluckt. Lars ist es nicht.

Mehr als 20 Männer mit Schäferhunden schlagen lange Stöcke in den Boden und suchen das Areal ab. Degenwald und Elsa stehen am Wegesrand und beobachten die Aktion.

»Ich möchte mich bei Ihnen entschuldigen«, sagt Elsa plötzlich.

Degenwald starrt weiter geradeaus und erwidert nichts.

»Dafür, dass ich Ihnen unterstellt habe, Sie wollten mich ebenfalls flachlegen.«

Degenwald sagt immer noch nichts.

»Das war idiotisch.«

Anstatt einer Antwort bekommt Elsa einen kurzen Seitenblick zu sehen.

»Sie haben Probleme mit Ihrem Mann. Ich entschuldige es mit Ihrer privaten Situation«, sagt Degenwald erst Minuten später.

Elsa kann ihn immer weniger ausstehen. Warum, weiß sie nicht.

Elsas Golf hält vorm Revier. Sie steigt aus und rennt die Treppen hinauf. Ihr ist ein Gedanke gekommen, den sie schon länger in sich spürt, den sie aber nicht wahrhaben will.

Sie betritt ihr Büro und fährt den Computer hoch. Dann durchforstet sie sämtliche Verdächtige im Fall Silke Maihauser. Sie geht die Liste von A bis Z durch und presst angespannt die Lippen aufeinander.

Sie muss noch mal zu Fred Maihauser fahren. Je eher, desto besser. Sie zieht die Jacke, die sie gerade erst ausgezogen hat, erneut an und rennt die Treppen hinunter.

Vor Maihausers Villa angekommen, hat sie eine exakte Strategie entwickelt. Sie wird aufs Ganze gehen. Sonst wird das nie was.

Gott sei Dank brennt Licht hinter vielen Fenstern. Elsa läutet an und hört die Stimme einer Frau.

»Maihauser.«

»Frau Maihauser? Hier ist Elsa Wegener. Ich müsste Ihren Mann sprechen. Ist er zu Hause?«

»Muss das sein, um diese Uhrzeit?«

»Glauben Sie mir, ich hätte auch lieber Feierabend und säße vorm Fernseher.«

Der Summer ertönt. Elsa drückt das Tor auf. Sie weiß, dass sie heute noch einen Schritt weiterkommen wird.

Fred Maihauser hat den Mund voll, als er das Zimmer betritt. Offenbar hatte er sich gerade dem Abendessen hingegeben. Elsa steht an seinen riesigen Schreibtisch gelehnt und dreht sich um.

»Herr Maihauser.«

Fred Maihauser kommt auf sie zu. Er scheint wütend zu sein.

»Was soll das, Frau Wegener?« Er schluckt, was immer er im Mund hat, hinunter. »Ich habe Sie doch gebeten, auf meine Frau Rücksicht zu nehmen.«

»Herr Maihauser, ich tue, was ich kann, aber ich ermittle in einem Mordfall und seit heute Morgen in zwei.«

»Ich hab schon gehört. Furchtbare Sache. Wer war's denn?«

»Das wissen wir noch nicht. Die Ermittlungen haben gerade erst begonnen. Sie bauen ein Haus ja auch nicht in einem Tag.«

»Tja, da haben Sie allerdings recht.«

Maihauser deutet endlich auf einen Sessel und Elsa nimmt Platz. Er setzt sich ihr gegenüber. »Aber wir machen's kurz, ja?«

»Machen wir.«

Elsa wagt den entscheidenden Vorstoß. »Wie hat es Ihnen damals eigentlich gefallen, dass Ihre Frau auch ein Verhältnis mit Karl Degenwald hatte, der heute in dem Fall ermittelt?«

Maihauser starrt sie an, als habe sie behauptet, seine Frau wäre gar nicht seine Frau gewesen.

»Wie kommen Sie denn darauf?«, platzt er dann heraus.

»Beantworten Sie bitte meine Frage, Herr Maihauser.«

Maihauser schlägt die Schuhspitzen aneinander und schaut dann hoch. »Davon weiß ich nichts«, sagt er endlich.

»Sind Sie sicher?«

»Ganz sicher. Ich weiß nichts davon, dass Silke was mit Karl hatte.«

»Aber von den anderen Affären wussten Sie?«

»Früher oder später.«

»Hat Ihre Frau es Ihnen gesagt oder sind Sie selbst draufgekommen?«

»Herrgott! Was kramen Sie denn in alten Zeiten rum? Wie so was halt läuft. Die Leute stecken einem was. Man findet einen Brief, hört ein Telefonat zufällig mit an. Dann schnüffelt man rum. Sucht nach einer Bestätigung.«

»Ihre Frau hat Ihnen nie freiwillig gesagt …?«

»Das wäre doch unerträglich gewesen.«

»Aber Sie sagten doch beim letzten Mal …?

»Sie missverstehen da was. Meine Frau hatte einen ausgeprägten Freiheitsdrang. Dazu stand sie und das sagte sie auch. Aber nie, dass sie jetzt mit diesem oder jenem Kerl ins Bett steigt. Das wär ja pervers. Ich bin doch kein Masochist.«

Elsa seufzt und steht auf. »Danke, Herr Maihauser. Das war's schon.«

Maihauser ist erleichtert. Er fühlt sich in Elsa Wegeners Gesellschaft wie ein kleiner Junge, der nicht weiß, was er im nächsten Moment verbergen soll, um nicht bestraft zu werden.

Elsa steigt in den Wagen und legt den Kopf aufs Lenkrad. Der Schuss ist nach hinten losgegangen. Trotzdem. Irgendwas an Maihausers Gestik war falsch. Elsa weiß nicht, was es ist, aber sie spürt es. Aus Erfahrung weiß sie, dass hinter Behauptungen, die rigoros abgestritten werden, ein Fünkchen Wahrheit steckt. Dass Maihauser nicht hinter die Affäre mit Karl Degenwald gekommen war, bezweifelt sie. Kein einziges Wort davon nimmt sie ihm ab. Nur, weshalb lügt er in diesem Fall? Hat er selbst mit dem Mord an seiner Frau zu tun? Erhofft er sich Schutz von Degenwald? Sind die beiden in eine Sache verstrickt, ohne von der Rolle des jeweils anderen zu wissen? Zumindest von der, die jeder offiziell gespielt hatte. Als sie sich das ins Gedächtnis ruft, fühlt sie sich besser.

Anna hat sich in ihrem Zimmer eingeschlossen und lässt ihr Handy, das sie vorsorglich schon in der Hand hält, nicht los, als müsse sie jeden Moment rangehen. Und tatsächlich, wenige Sekunden später läutet es. Lars, liest sie auf dem Display.

»Lars!« Anna ist völlig aufgebracht. »Wo steckst du?«

Anna hört zu, was Lars erklärt, und nach wenigen Sätzen ist ihre Welt wieder in Ordnung. Sie drückt die Aus-Taste, lässt sich rücklings auf den Boden fallen und weint vor Erleichterung.

Verliebt zu sein, kann einem das Leben vergällen. Anna ist gerade dabei, das herauszufinden.

Elsa ruft Anna an. Die ist sofort am Telefon. Sie müsse noch mal weg. Lars sei bei der falschen Station ausgestiegen, nehme den Regionalzug und wäre gleich da. Sie fahre mit dem Rad zum Bahnhof, um ihn abzuholen.

»Wann soll ich zu Hause sein?«, fragt Elsa diplomatisch.

»Ach, weißt du …«, beginnt Anna schmeichelnd.

»Wäre es dir recht, wenn ich heute später käme?«, kommt Elsa ihr entgegen.

»Ja, mach du nur, was immer du vorhast. Auf Lars und mich musst du keine Rücksicht nehmen. Wir kommen schon zurecht. Zu Essen haben wir genug. Der Kühlschrank ist kurz vorm Bersten. Wir reden und hören Musik. Vielleicht gehen wir auch noch ins Kino.«

Elsa schmunzelt. »Gut. Dann sehen wir uns morgen früh. Wartet nicht auf mich. Es kann, wie gesagt, später werden. Ich verhalte mich leise, wenn ich heimkomme.«

»Ciao, Mama.«

»Ciao, Anna.«

Elsa legt auf und stellt fest, dass sie für Sekunden ihre Jugend vorm inneren Auge ablaufen hat lassen. Ihre erste Liebe, Matthias, zwei Jahre älter als sie. Der Sohn der Nachbarn. Wie sehr hat sie gelitten, als es aus war, weil er sich in eine Ältere verliebt hatte, die ihm mehr bieten konnte. Und wie schön war es gewesen. Die heimlichen Küsse, die verstohlenen Treffen im Dunkeln, gleich um die Ecke, im kleinen Park mit der versteckten Bank unter einer Trauerweide. Das war ihr Platz gewesen. Über drei Monate ging das so. Jeden Abend bei der Trauerweide. Ihren Eltern hatte sie weisgemacht, sie gehe zum Sport. Ständig hatte sie sich pro forma in den Trainingsanzug gezwängt und ihn, kaum war sie aus der Tür, wieder ausgezogen.

Sie registriert, dass sie sich noch immer an fast jedes Detail erinnert. Was Matthias jetzt wohl machte? Sicher war er verheiratet oder zum ersten Mal geschieden. Wer führt heute schon ein durchgängig glückliches Leben?

Elsa steht auf und geht zum Fenster. Sie schaut einige Minuten hinunter, ins Nichts. Was soll sie mit dem bevorstehenden Abend anfangen? Zu Hause kann sie so bald nicht auftauchen. Sie will Anna ihr kurzes Glück gönnen. An ihrer Tür klopft es. Ben lugt hinein.

»Sie schickt der Himmel«, empfängt ihn Elsa.

»Wieso?«, fragt Ben und kommt endgültig ins Zimmer.

»Wissen Sie schon Näheres?«

Ben schüttelt den Kopf. »Ich bin eher privat hier.«

»Was machen Sie heute Abend?«, kommt Elsa ihm zuvor.

Ben breitet seine Lippen aus. Er ist am Ziel, ehe überhaupt etwas in Angriff genommen zu haben. So müsste es immer sein.

Der Italiener ist eine Zumutung. Elsa stochert lustlos im Fisch herum.

»Wenn die hier italienisch kochen, dann hab ich morgen unsere Fälle aufgeklärt«, gibt Elsa von sich und besänftigt sich mit einem Schluck Wein.

»Na ja, ich hab auch schon besser gegessen«, pflichtet ihr Ben bei.

»Trotzdem nett, dass Sie mich eingeladen haben, Herr Fürnkreis.«

»Ben! Hab ich Ihnen letztens schon gesagt. Ben klingt irgendwie besser.«

Einige Zeit lang essen sie schweigend.

»Warum gehen Sie wieder mit mir aus?«, fragt Ben plötzlich. »Ich hatte den Eindruck, Sie wollten, dass es beim einmaligen Kinobesuch bleibt.«

»Ihre Intuition funktioniert tadellos, Ben.«

»Und warum sitzen wir dann hier?«

»Die Wahrheit?«

»Die Wahrheit!« Ben schaut sie fast ängstlich an.

Sicher bekommt er nicht oft eine vor den Bug, bei seinem Aussehen, ist sich Elsa sicher.

»Wie alt sind Sie, Ben?« Elsa bereitet den Angriff strategisch vor.

»Das beantwortet meine Frage nicht«, verteidigt er sich.

Elsa lächelt ihn süß an und er gibt nach.

»31.«

»Sehen Sie.«

»Es stört mich nicht …«, fährt er dazwischen, ehe sie ›40‹ sagen kann.

»Ich bin 40.«

»Es stört mich nicht«, wiederholt er und schenkt ihr ein so umwerfend charmantes Lächeln, dass Elsa für einen Moment überlegt, ob sie unter den Umständen länger zurechnungsfähig ist.

»Mich aber. Außerdem hab ich momentan keinen Bock auf Beziehungsfrust. Ich stecke nämlich bis zum Hals drin.«

»Ihr Mann?«

»Ja, ich werde die Scheidung einreichen.«

»Sorry! Das wusste ich nicht.«

Der Kellner kommt und schenkt Wein nach. Sie stoßen erneut an und trinken.

»Trotzdem, schön, dass Sie hier mit mir sitzen, Elsa.«

»Meine Tochter ist verliebt. Ihr Freund aus Köln ist zu Besuch. Ich will, dass sie das in Ruhe genießen kann.«

Bens Stirn runzelt sich zusammen, als sei er gerade dabei, in Windeseile zu altern.

»So ist das also.« Er lässt die Gabel achtlos neben den Teller fallen.

Elsa kriegt ein schlechtes Gewissen.

»Sie sind ein Arschloch in Frauenkleidern, wissen Sie das?«

Als er sie so beschimpft, fühlt Elsa sich gleich besser.

Sie wacht kurz nach fünf auf. Aus Annas Zimmer dringt leises Kichern zu ihr hinüber. Elsa dreht sich auf die andere Seite und stöhnt. Sie packt sich ihr Kissen und wirft es sich über den Kopf. Sie ist erst seit zwei Stunden im Bett. Die ganze Nacht hat sie mit Ben verredet. Über Gott und die Welt. Zum Schluss haben sie sich Witze erzählt. Elsa hat schließlich kapituliert, weil ihr partout keiner mehr eingefallen ist. Schließlich haben sie gemeinsam eine Flasche Wodka geleert und Ben setzte zu einer schmalzigen Rede an, in der er beteuerte, ihr zu verzeihen, dass sie ihn für diese Nacht als Aufbleibhilfe benutze. Dafür musste sie ihm versprechen, noch mal mit ihm auszugehen. Er gebe nicht auf. Schließlich habe er noch jede Frau bekommen, auf die er scharf gewesen sei. Das sei ja wie beim Wettbewerb, meinte Elsa dazu und prustete ihr Wodka-Lachen hervor. Diesmal werde er sich mit einer Abfuhr zufriedengeben müssen.

›Das wollen wir erst mal, hicks, sehen‹, murmelte Ben dazwischen. Sie hätten keinen Zeitpunkt ausgemacht, bis wann es ihm gelingen müsse. Also bestehe Hoffnung, denn sein Charme potenziere sich von Woche zu Woche.

›Ich kriege Angst, huch‹, meldete Elsa darauf an und kicherte wie Anna.

Danach hatten sie Karten gespielt, Doppelkopf. Das hatte so lange gedauert, bis es dem Wirt reichte. Er wolle schließen, er sei müde.

Als Letztes hatte Ben Kästchen auf den Asphalt gemalt und sie waren über die Vierecke und den Stein gehüpft.

›Wir sind total blöde‹, hatte Ben fröhlich attestiert.

Elsa stimmte zu. ›Richtig, Ben! Wir sind blöd, saublöd, aber es ist irre lustig.‹

Er hatte sie an sich gezogen und ihre Lippen gestreift, ehe sie was dagegen unternehmen konnte.

›Schweinepriester‹, schrie sie ihm entgegen. Und ein verkniffenes Lächeln schickte sie hinterher.

7. KAPITEL

Das Weckerläuten hat Elsa verschlafen. Selig liegt sie im Bett, die Beine angezogen, wie ein unschuldiges Baby. Ganz entspannt wirkt sie zwischen den weißen Laken. Als sie die Augen öffnet und auf den Wecker schaut, ist es aus mit der Ruhe. Verfluchte Scheiße! Sie springt ohne eine Schrecksekunde aus dem Bett und schmeißt dabei das Plumeau hinunter. Dann rast sie ins Bad, steckt sich die Zahnbürste ohne Zahnpasta in den Mund und dreht die Dusche auf, damit das Wasser schon mal warm wird.

»Anna?«, ruft Elsa viel zu laut, während sie den Kopf aus der Tür streckt. Speichel tropft auf den Boden. Von Anna und Lars keine Antwort. Elsa lässt es gut sein und stellt sich unter die Dusche. Das angenehm warme Wasser rinnt ihr über den Körper. Sie spürt, wie sich ihre Muskeln entspannen. Sie schäumt sich die Haare ein und duscht das Shampoo hinunter, dann dreht sie auf kalt und wird endgültig wach.

Sie schiebt die Duschwand zur Seite und stellt sich auf die Badematte, die sie vorgestern in einem Baumarkt gekauft hat. Sie hat ein neues Zuhause. Alles wirkt gewöhnlich. Besondere Vorkommnisse scheint es nicht zu geben. Elsa rubbelt sich die Haare trocken. Fönen fällt heute flach. Sie schminkt sich im Eilverfahren, nur Wimperntusche und einen Hauch Lipgloss, dann springt sie in Cordhosen und einen bequemen Pullover, darüber einen Blazer, fertig. In der Küche liegt ein Zettel von Anna. Sie sei mit Lars im Ort, brunchen. Seit wann kann man so früh brunchen, wundert sich Elsa, schiebt den Gedanken jedoch beiseite, weil sie hinausrennt und in den Golf steigt.

Als der nur leise ruckelnde Laute von sich gibt, weiß sie, dass sie gewaltig zu spät kommen wird.

Der VW-Händler reicht ihr den Schlüssel.

»Sie haben einen guten Kauf getätigt.« Ihren alten Golf hat Elsa in Zahlung gegeben. In den nächsten Wochen soll er verkauft und der erzielte Betrag gegengerechnet werden. Damit hat sie sich einverstanden erklärt. Degenwald hat schon auf ihrem Handy angerufen. Wo sie bleibe. Es gebe Probleme mit ihrem Wagen, erzählte sie wahrheitsgetreu.

Jetzt setzt sie sich in das neue Golfmodell in silbermetallic mit Lederausstattung und legt den ersten Gang ein.

»Servus«, winkt ihr der Händler hinterher.

Elsa ärgert sich, weil sie zu viel Geld ausgegeben hat. Ledersitze – sie wundert sich über sich selbst. Wieso hat sie dem zugestimmt? Sie passiert die Firmeneinfahrt und fährt auf die Bundesstraße. Nachdem sie ordentlich Gas gegeben hat, wird sie an der nächsten Kreuzung von einer Polizeistreife angehalten. 20 Stundenkilometer zu schnell. Was sie dazu zu sagen habe, fragt der Polizist.

»Nichts«, entgegnet Elsa.

Beim Mittagessen muss ihr Degenwald das Geld für ein belegtes Brötchen vorstrecken. Anstatt sich zu wundern, grinst er hinterhältig.

»Sie in der Bredouille zu wissen, das ist es mir wert. Fühlen Sie sich von mir eingeladen, Frau Kollegin.«

»Das hätten Sie wohl gern, was? Morgen kriegen Sie das Geld zurück. Verlassen Sie sich drauf.«

Degenwalds Grinsen kann das nicht erschüttern.

Niemand kann Elsa von etwas überzeugen, wovon sie selbst nicht überzeugt ist. Sie hat ein untrügliches Gespür für Zusammenhänge. Degenwald hat einen Blick für Frauen, besonders für attraktive. Elsa ist das nicht verborgen geblieben. Deshalb ist es für sie naheliegend, dass er Silke Maihauser näher gekannt haben dürfte. Eigentlich sieht Degenwald ziemlich gut aus, sinniert sie. Wenn sie 20 Jahre zurückrechnet, sieht sie einen faltenlosen Kriminalisten auf dem Weg nach oben vor sich. Einen Mann, den eine Frau wie Silke Maihauser nicht kaltlässt. Er wird alles versucht haben, sie zu erobern, vor allem, da bekannt war, dass sie Zerstreuung suchte. Elsa weiß noch nicht, wie, aber sie wird wen auch immer so lange verhören und Akten wälzen, bis sie auf ein Indiz stößt. Karl Degenwald weiß mehr, als er zugibt. Dem ist Elsa auf der Spur.

Am Abend, als sie erschöpft und übernächtigt nach Hause kommt, findet sie Anna und Lars, aneinandergekuschelt, auf dem Sofa. Er hat seine Riesenhand auf ihrem Oberschenkel liegen. Eitel Wonne, denkt Elsa und nimmt sich vor, gleich morgen mit Anna zu sprechen. Wenn es was Ernstes ist, reichen Kondome nicht aus. Ob Anna überhaupt schon mit ihm …? Elsa ist zwiegespalten.

Lars, den Elsa erstmals richtig mitkriegt, begrüßt sie wohlerzogen. Mit seinen verwaschenen Jeans und dem übergroßen Sweater, all das auf über 1,90 Meter verteilt, sieht er imposant aus. Elsa versteht, dass Anna sich in ihn verliebt hat.

»Habt ihr alles, was ihr braucht?«, fragt sie.

Anna beeilt sich zu nicken.

»Wenn ihr wollt, lade ich euch zum Essen ein. Nein, keine Sorge, ich komme nicht mit.«

»Super«, freut Anna sich. »Und wohin?«

»Ist euch überlassen. Haben Sie schon den Führerschein, Lars? Sie sind doch 18, nicht wahr?«

»Bin ich, Frau Wegener. Aber ich mach ihn gerade erst. Beim nächsten Mal, wenn ich komme, könnt es klappen, mit dem Fahren, meine ich.«

Annas Gesicht strahlt ohne Ende. Das nächste Mal, hat Lars gesagt. Elsa versteht, was das für Anna bedeutet. Es klingt nach nicht enden wollender Liebe. Nach Zukunft und Behaglichkeit, nach einem Leben zu zweit. Nach Glück.

All das hat Elsa früher auch für sich in Anspruch genommen.

Elsa betritt Degenwalds Büro, ohne anzuklopfen. Sie legt ihm das Geld für das belegte Brötchen auf den Schreibtisch und geht durch den Verbindungsraum hinüber in ihr Büro.

Kaum sitzt sie am Schreibtisch, ruft er an. Sie erwartet eine Standpauke, irgendwas Persönliches.

»Wir haben das Messer«, sagt er ohne Emotion.

Elsa springt auf.

Michael Horn kratzt sich an der Stirn.

»Normales Küchenmesser, wie man es in jedem Haushaltswarengeschäft zu kaufen kriegt.«

»Wieso hat er oder sie es weggeworfen?«, überlegt Elsa laut.

»Mich wundert's nicht«, brummt Hörnchen genervt. »Er hat's vorher geschrubbt und geputzt. Das blinkte fast, als es gefunden wurde. Daran ist aber auch nicht die Spur von irgendwas zu entdecken.«

»Wie?«, fragt Elsa nach. »Sie wollen mir weismachen, jemand verletzt oder tötet mal eben Aurelia Bramlitz, zückt dann sein Putzmittel, um die Tatwaffe zu schrubben und danach in den Wald zu werfen? Das ist doch meschugge.«

»Da steckt was dahinter«, spekuliert Degenwald. »Vielleicht wollte er, dass wir die Waffe finden.«

»Und daran verzweifeln, weil wir keinen Millimeter weiterkommen, auch wenn wir die Tatwaffe haben.« Hörnchen kratzt sich erneut am Kopf. »Manchmal ist unser Job echt zum Draufscheißen.« Degenwald verzieht die Stirn. Hörnchen deutet den Gang hinunter.

Elsa ist ans Fenster gegangen und steht grübelnd davor. Mit dem Zeigefinder der rechten Hand spielt sie an ihrer Lippe herum. Ob die Morde an Aurelia Bramlitz und Silke Maihauser zusammenhängen? Es gibt nicht den leisesten Hinweis dafür. Und trotzdem, Elsa muss die ganze Zeit darüber nachdenken. Irgendeine Verbindung muss es geben, da ist sie sich sicher.

Elsa hetzt die Treppen hinunter. Degenwald und Hörnchen hat sie zurückgelassen. Ihr ist plötzlich ein Gedanke gekommen. Sie weiß, dass sie einen Seitenweg beschreiten wird, aber sie kann nicht anders. Degenwald wird noch eine Weile bei Hörnchen zu tun haben. Also hat sie freie Hand.

Sie steigt in ihren neuen Golf und gibt Gas. Der Motor läuft ordentlich. Ein beruhigendes Gefühl, mit einem neuen Modell zu fahren anstatt mit ihrer alten Kiste, freut sich Elsa. Sie überlegt, einen Teil ihres Aktiendepots, das sie als Vorsorge fürs Alter angelegt hat, zu verkaufen, um den Wagen zu bezahlen.

Als sie, in Traunstein angekommen, den Gang entlanggeht, steuert sie direkt Degenwalds Büro an. Sie schaut sich kurz um und betritt es. Sein Schreibtisch ist mit Akten und Papieren überfüllt. Elsa entdeckt seine Aktentasche unter einem Wust von Aufzeichnungen. Sie nimmt die abgegriffene Ledertasche an sich und geht damit in ihr Büro. Dort angekommen, schließt sie ab und seufzt erleichtert. Einen kurzen Moment lang zögert sie und macht sich bewusst, was sie vorhat. Dann öffnet sie die Tasche. Da ist es, Degenwalds Portemonnaie. Das hat sie gesucht.

Sie wollte Psychologin werden, seit sie zum ersten Mal verliebt war und das Ganze ein schlechtes Ende nahm. Nächtelang hat sie gegrübelt, warum ihr Freund sie verlassen hatte. Warum Menschen tun, was sie tun, das begann sie zu interessieren. Warum sie spürte, was sie spürte und wie sie damit umging, das wurde ihr wichtig. Wenn du am Boden liegst, bist du auf dem Weg nach oben. Den Spruch las sie in einem Buch und er half ihr, ihren Liebeskummer zu bewältigen. Trotzdem, oder gerade deswegen, sie wollte menschliche Beweggründe studieren. So viel stand fest.

Während sie sorgfältig in Degenwalds Geldbörse kramt, weiß sie, dass sie etwas finden wird. Degenwald ist kein Mensch ohne Gefühl, er nimmt Dinge wichtig, auch wenn er das ab und zu zu verbergen sucht und den Kühlen herauskehrt. Wenn er etwas mit Silke Maihauser gehabt hat, dann war das zu einer Zeit gewesen, als er noch sehr jung gewesen war. In dem Alter geht es in die Tiefe. Wenn er etwas für sie empfunden hat, dann gibt es Erinnerungen. Einen Brief, ein Foto, irgendetwas. Durch den Fund von Silkes Leiche ist, wenn Elsas Gefühl sie nicht trügt, das Ganze wieder aktuell geworden. Für Degenwald muss es wie eine unfreiwillige Reise in die Vergangenheit sein. Er muss sich den Dämonen der Jugend erneut stellen. Einer heimlichen Geschichte, von der niemand etwas wissen darf. Wenn das nicht an die Substanz geht.

Die Psychologin in Elsa weiß, dass man Spuren der Vergangenheit mit sich trägt, es ist wie ein innerer Zwang, ganz besonders, wenn es sich um eine Liaison handelt, die nicht ans Licht der Öffentlichkeit darf. Man kann nicht anders, als sich mit den Schatten vergangener Lebensmomente herumzuschlagen.

Komm schon, Degenwald, spornt Elsa sich an. Sie geht jeden Geldschein durch, sucht im Fach, wo Kredit- und Visitenkarten aufbewahrt sind. Nichts. Elsa zieht instinktiv die Schultern hoch. Irgendwas muss existieren. Und dann hält sie es plötzlich in der Hand. Einen unscheinbaren, zusammengefalteten Zettel, dem man ansieht, dass er nicht von gestern stammt. An den Ecken ist das Papier verblichen und brüchig. Elsa zittert, als sie ihn auseinanderfaltet. Auf einem gewöhnlichen Notizblatt steht in kleiner sorgfältiger Schrift geschrieben: ›I h d l! S.‹

Ich hab dich lieb. Silke. In Elsa jubiliert es, als sie drüben die Tür aufgehen hört.

Sie wirft die Tasche und das Portemonnaie in ihre Schublade und donnert sie zu. Ein heißer Strom geht durch ihren Körper. Sie fühlt sich, als habe sie im Kaufhaus geklaut und sei dabei erwischt worden. Hastig steht sie auf und entriegelt die Tür. Kaum hat sie sich wieder hingesetzt, da lugt bereits Degenwalds Kopf aus der Verbindungstür.

»Wo sind Sie denn so schnell hin?«

Elsa holt ihr bestes Lächeln hervor. »Mir ist ein Gedanke gekommen und der hat mich ins Büro getrieben.«

»Aha«, meint Degenwald nicht ganz überzeugt. »Und? Darf man an Ihren Gedanken teilhaben?«

»Es hat mit Aurelia Bramlitz zu tun.«

»Dacht ich's mir doch, die Bramlitz …«

»… oder die Maihauser«, ergänzt sie rasch und begutachtet Degenwalds Gesicht, als müsse sie ihm die kleinste Regung entlocken.

»Ich tippe auf die Bramlitz. Das Aktuelle interessiert einen doch.«

»Falsch«, pokert Elsa. »Eine schöne Frau wie Silke Maihauser interessiert mich natürlich besonders. Und die 20 Jahre, die zwischen Tat und Fund der Leiche liegen, machen den Fall auch nicht uninteressanter. Silke Maihauser ist mein Favorit.«

»Meiner auch«, gibt Degenwald unumwunden zu.

Elsa wundert sich. Kein Zucken um die Mundwinkel, aber schwitzen tut er, obwohl es heute alles andere als warm ist.

Warte nur, denkt sie bei sich. Ich werde dir schon beikommen.

Anna schwebt den Bürgersteig entlang. Seit Lars sie in Bayern besucht hat, ist es um sie geschehen. Beim Gehen streicht ihre Hand sachte über den Bauch. Sie fühlt sich wie neugeboren, als wenn sie jetzt erst auf die Welt gekommen wäre. Einfach himmlisch.

Ihr Handy klingelt, als sie vor der Videothek angekommen ist.

»Lars?«, haucht Anna ins Telefon. »Ich vermisse dich ohne Ende, weißt du das?«

»Anna?«, hört Anna Lars' männliche Stimme an ihrem Ohr.

»Red nur weiter. Es ist so schön, dir zuzuhören.«

»Anna. Hör mir mal zu.«

»Tu ich doch!«, lacht Anna ins Telefon.

»Es war echt super bei dir. Wahnsinn! Die Landschaft, die Ruhe, wenn ich's auch nicht für immer aushalten würde.«

»Na, dann komm halt so schnell wie möglich wieder her. Wenn's dir so gut gefallen hat.«

»Deine Mutter ist auch echt geil.«

»Ja, hätt ich ihr gar nicht zugetraut, dass sie so cool sein kann. Sie mag dich. Das ist ein gutes Zeichen.«

»Anna, es ist so … Ich … Es …«

»Was denn, Lars? Jetzt red schon.«

Anna hat die Tür zur Videothek in der Hand, zögert und bleibt noch vorm Geschäft stehen.

»Es hat keinen Sinn, das mit uns, Anna. Ich mag dich, wirklich. Aber du da unten und ich hier oben. Das kann nicht funktionieren.«

Anna schluckt und glaubt, sich verhört zu haben.

»Lars«, sagt sie nur.

»Tut mir echt leid, Anna. Ich mein's nicht böse. Sorry, aber eigentlich will ich sowieso frei sein. Ich bin so einer, der nicht lange überlegen will, was er jetzt zu tun oder zu lassen hat. Ich steh nicht so auf ernste Sachen.«

Anna hört seine Stimme und verbindet die einzelnen Worte zu ganzen Sätzen. Sie hört immer nur ›nein, nein, nein‹.

»Wenn du mal wieder in Köln bist, meld dich, dann gehen wir was trinken, okay?«

Eine Antwort kriegt Anna gerade noch hin. Sie presst sich ein abgehacktes ›Ja‹ heraus. Danach lässt sie sich auf den Asphalt sinken und bleibt vorm Eingang der

Videothek auf dem Boden sitzen. Dass die Kälte von unten ihren Körper hinaufkriecht, das kriegt sie gar nicht mit. Sie ist von einem Moment auf den anderen gestorben. Innen rührt sich nichts mehr, nur noch dieser unbändige, unstillbare Schmerz, der sie fast um den Verstand bringt.

Elsa horcht nach drüben, während sie vor ihrem Computer sitzt und nichts tut. Ihre Gehirnzellen arbeiten im Akkord. Jeden Moment wird Degenwald registrieren, dass seine Aktentasche verschwunden ist. Was dann? Sie kann ihn schlecht darüber in Kenntnis setzen, dass sie die mal eben entwendet hat, weil sie hinter ihm herspioniert. Also muss sie ihn ablenken. Sie muss ihn aus dem Büro weglotsen, ehe er ihr auf die Schliche kommt. Elsa steht auf und weiß plötzlich, was sie zu tun hat. Jetzt, wo sie Blut geleckt hat, gibt sie nicht auf. Degenwald hat etwas mit dem Fall Maihauser zu tun, sonst hätte er längst zugegeben, dass er mit Silke Maihauser ein Verhältnis hatte. Elsa wird die Flucht nach vorn antreten. Sie wird sich Zutritt zu Karl Degenwalds Leben verschaffen. Die einzige Möglichkeit, Indizien, Hinweise oder sogar Beweismittel zu ergattern. Und sie wird jetzt damit beginnen.

Kurz entschlossen betritt sie Degenwalds Büro. Sie weiß, dass sie alles in die Waagschale werfen muss, wenn sie gegen einen Mann wie ihn antreten will.

Ein aufreizendes Lächeln umspielt ihre Mundwinkel. Elsa spürt, wie die Spannung sich in ihr aufbaut. Sie fasst Degenwald unterm Arm. Sein fragendes Gesicht bohrt sich in ihre Augen, während er aufsteht.

»Darf ich Sie heute Abend zum Essen einladen? Spaghetti Bolognese. Wenn wir den Einkauf gemeinsam erledigen und in der Küche ein Team bilden, schaffen wir es mit dem Essen bis halb acht.«

Elsa drückt ihm seine Aktentasche in die Hand. Gerade so, als habe sie das Denken für ihn übernommen. »Die sollten Sie nicht vergessen«, meint sie beiläufig.

Degenwald hebt sachte die Augenbrauen. Mehr ist ihm nicht anzumerken, als er mit Elsa das Büro verlässt.

8. KAPITEL

Mit Befremden im Gesicht steht er wenig später in Elsas Küche.

»Haben Sie zwei linke Hände oder was hält Sie vom Öffnen der Tomatendose ab?« Elsa versucht, einen lockeren Ton anzuschlagen.

Degenwald zögert einen kurzen Moment. Dann nickt er und sucht nach dem Öffner. Nachdem er ihn gefunden hat, wird er tätig. Er öffnet die Dose und stellt sie neben Elsa hin. »Einsatzbereit«, murmelt er. Sonst nichts. Ein einziges Wort ist alles, was ihm zu entlocken ist.

»Fein, danke«, merkt Elsa an. Sie lächelt. Dann streut sie Majoran aufs Fleisch, rührt kurz um und drückt anschließend eine Knoblauchzehe in den Topf. Als das erledigt ist, stellt sie den Dunstabzug an und verschließt den Topf mit dem Deckel.

Mit einem ausgeklügelten Plan wird sie diesem Mann neben sich beikommen. Ist die Strategie erst einmal festgelegt, wird die Person Elsa Wegener zum Selbstläufer. Dieser Umstand war es, der sie zur personifizierten Erfolgsquote gepuscht hat. Die Anzahl der aufgeklärten unter den Fällen, mit denen man sie in Köln betraut hatte, war überdurchschnittlich hoch gewesen. Es kam nicht nur auf Fleiß und geschicktes Analysieren an. Genauso wichtig waren Kampfgeist und Erfahrung. Das Entscheidende aber war stets etwas anderes gewesen. Intuition. Dieses seltsame Gefühl, das sie nicht benennen konnte. Der Gradmesser dafür, ob die Richtung der Ermittlungen stimmte. Mehr als einmal hatte man sich darüber gewundert, wie sie an Beweismittel herangekommen war. Ihre Antwort war immer dieselbe gewesen. Schweigen. Was zähle, sei, dass man etwas in Händen hielte. Das war alles, was man ihr entlocken konnte.

Egal, wie interessant ein Fall anfangs erschien, Elsa fühlte sich erst infiziert, wenn es sie richtig gepackt hatte. Irgendein Detail musste sie aus der Reserve locken. Es war immer etwas anderes, was sie Feuer fangen ließ. Bisher jedenfalls. Diesmal hat der zündende Funke gefehlt. Der Fall Silke Maihauser hat sie kaltgelassen. Nach außen hin hat sie natürlich daran gearbeitet. Aber das bedeutete nichts. Es kam darauf an, dass sich nichts in ihr drin gerührt hat. Bis ihr Verdacht auf Karl Degenwald fiel. Mit ihm als Verdächtigen beginnt die Sache interessant zu werden. So sehr, dass ihre private Situation ihr nicht länger einen Strich durch die Rechnung machen und sie ablenken kann.

Jetzt brennt sie. Noch nicht lichterloh, aber das wird schon werden. Elsa hat es auf Dr. Karl Degenwald abgesehen. Diesen seltsamen Mann, mit dem sie, von einem Tag auf den anderen, zusammenarbeiten muss. Er fungierte als Streichholz im Fall Maihauser. Er hat das Feuer entzündet. Sie braucht nur noch nachzulegen.

Elsa grinst in sich hinein. In der Küche riecht es verführerisch. Nach Italien, Sonne, Meer, Entspannung und Belanglosigkeit. Sie greift nach dem Rotwein, den sie, gemeinsam mit Hartmut, aus der Südsteiermark mitgebracht hat, und sucht den Korkenzieher.

»Seien Sie so nett und dekantieren den Wein?«, schlägt sie Degenwald vor. In ihren Augen blitzt es gefährlich. Das Tier in ihr hat Blut geleckt. Jetzt kann sie nichts mehr aufhalten. »Früher bin ich ab und zu für ein paar Tage die südsteirische Weinstraße entlanggefahren. Gamlitz, Leutschach. Sie kennen das vielleicht.«

Degenwald ist keine Reaktion anzumerken.

»Eine Rotweingegend ist es nicht gerade, aber das Weingut Lamprecht bringt einen ganz ordentlichen zustande. Vollmundig, mit einem Hauch Schokolade und Himbeere im Abgang. Zumindest schmecke ich das heraus.« Elsa schweigt einen Moment und stellt schließlich die Uhr am Herd auf 25 Minuten ein.

Sie merkt dem Mann neben sich an, dass zwar sein Körper anwesend ist, sein Geist jedoch nicht. Er ist wie eine Figur in Madame Tussauds Wachsfigurenkabinett. Er sieht aus wie Karl Degenwald, ist es aber nicht. Er hat seinen Körper zu ihr hingeschafft. Das ist aber auch schon alles. Vermutlich ist er noch immer damit beschäftigt, ihren plötzlichen Wandel einzuordnen. Von uninteressiert-ablehnend zu freundlich-kooperativ. Und als Draufgabe ein Abendessen der italienischen Art bei ihr zu Hause. Wenn das kein Sinneswandel ist. Er analysiert gerade, was sie dazu bewogen haben kann, ihm ein Stück Privatsphäre zuzugestehen. Egal. Sie wird den Vorteil, den sie sich verschafft hat, nutzen.

Elsa weiß, wie sie Degenwald in Sicherheit wiegen kann. Dieses Problem löst sich gerade, direkt vor ihren Augen, in Wohlgefallen auf. Wenn sie ihn erst mal auf ihrer Seite hat, wird sie seine Persönlichkeit aufrollen. Schonungslos. Sie wird ihren Kollegen ohne Schamgefühl entblättern. Jede Regung, jedes Manko, jedes schwer verdauliche Erlebnis, jede noch so kleine Verfehlung seinerseits wird ihr unter die Augen kommen. Denn er schweigt, wo es zu sprechen gilt. Er zögert, wo Handeln angesagt ist. Hinter seinem Grinsen lauert eine schweigsame Ernsthaftigkeit. Vielleicht ist es sogar Angst. Nackte Angst, entdeckt zu werden, überlegt Elsa. Als ein Gemisch aus heißem

Wasser, Sugo und Fett aus den Deckelritzen spritzt, dreht sie die Hitze zurück.

Degenwald wischt sich mit der Serviette über den Mund. Im Hintergrund leise Klänge. Elsa hat auf Musik zurückgegriffen. Musik öffnet jede emotionale Tür. Man muss nur wissen, welches Stück für welche Gelegenheit. Degenwald liebt Musik. Das hat sie schon aus ihm rausgekitzelt.

Er ist ein würdiger Gegner. Sie begreift blitzschnell, wo er bereitwillig Zugeständnisse macht und wo nicht. Er redet, scherzt, lacht, amüsiert. Er macht mit. Das Spiel ist eröffnet. Längst ist ihm klar geworden, dass die unsichtbare Wand, das Trennende zwischen ihnen, nur einen anderen Namen bekommen hat. Getarnte Freundlichkeit. Lockeres Geplauder, dann Anstoßen, einen Schluck Wein.

»Der Rotwein war eine hervorragende Wahl, Frau Wegener«, lobt er. Und dann lächelt er, wie Elsa es ihm nie zugetraut hätte. Er lächelt mit ihr um die Wette. Dabei strahlen seine Augen und in sein Kinn gräbt sich ein weiches Grübchen. Seine Zähne zeichnen seinen Mund harmonisch nach. »Bei einem Tropfen wie diesem kann man nur froh sein, wenn man zu Fuß nach Hause gehen kann.«

»Sie sagen es«, stimmt Elsa zu und trinkt ebenfalls. Bisher ist ihr nicht aufgefallen, wie gut Degenwald aussieht, wenn er entspannt ist. Der Wein steigt ihr zu Kopf. Sie verträgt nicht viel. Sei's drum. Sie muss die Stimmung ausnutzen. Sie will wissen, wo Degenwalds Knackpunkt liegt. Wo lässt sich das leichter herausfinden als bei einem lockeren Essen?

»Wartet wirklich niemand auf Sie, wenn Sie später nach Hause kommen?« Elsa wählt bewusst dieses heikle Thema.

Wenn sie derartige Fragen stellt, besteht kein Zweifel am privaten Charakter der Einladung.

»Wie schon gesagt, ich lebe allein. Allerdings …«, Degenwald schmunzelt vergnügt, »… wenn Sie übermorgen bei mir anläuten, wird Ihnen von meiner Haushaltshilfe geöffnet werden. Glauben Sie mir, das hat schon zu wilden Spekulationen im Ort geführt.«

Elsa lacht amüsiert auf. Für einen winzigen Moment legt sie ihre Hand auf Degenwalds Unterarm. Eine wohlüberlegte Geste. »So einer sind Sie also? Vergreifen sich am Personal?«

»Ich gestehe, wenn Lydia ihren berühmten Strudel zubereitet, vergreife ich mich an zwei, drei Stücken. Und manchmal bekommt sie auch einen Kuss von mir. Als Dankeschön. An der Harmlosigkeit der Geste mag jedoch kein Zweifel bestehen.«

»Das behaupten Sie«, kontert Elsa, hebt erneut ihr Glas und prostet Degenwald zu.

Anna sitzt bewegungslos im Dunkeln. Die Bank am Ufer des Flusses ist ihr Refugium. Nach Hause ist das Letzte, was sie will. Und sonst kennt sie hier niemanden. Keiner, zu dem sie gehen könnte. Sie ist allein. Eine Fremde, eine Aussätzige. Das Wasser der Ache rauscht gleichmäßig an ihr vorbei. Anna spürt, wie das Holz unter ihrem Hintern die aufkommende Kälte aufnimmt. Immer wieder ruft sie die Nummer ihrer Freundin in Köln an. Doch zum x-ten Mal antwortet nur die Mailbox. ›Hey, hier ist Beate. I'm on the road again. Call later. Bye!‹ Anna drückt Beates Stimme weg.

»Scheiße!«, entfährt es ihr. Dann atmet sie laut auf und versteckt den Kopf in beiden Händen. Das Licht der nächsten Laterne ist weit genug entfernt. Sie würde niemandem auffallen. Wenn sie hier einfach sitzen bliebe? Die ganze Nacht über. Den nächsten Tag? Anna spürt, wie der Drang, sich wehzutun, zunimmt. Sie will diesen verdammten Schmerz in ihrem Herzen loswerden. Ohne zu überlegen, steht sie plötzlich auf und macht zwei Schritte. Um zum Wasser zu kommen, muss sie eine steile Böschung überwinden. Na und?, treibt sie sich an. Sie setzt sich auf den Hosenboden und rutscht die Böschung hinunter. Mit lautem Spritzen landet sie in der Ache.

»Oh, Mist«, flucht Anna. Das Wasser fühlt sich kalt wie Eiswürfel an – und das im September. Die Feuchtigkeit kriecht durch ihre Jeans und nimmt sie in Empfang. Es kribbelt auf der Haut wie tausend Käfer. Jetzt muss Anna lachen. Unwirklich, viel zu laut. Sie platscht mit beiden Händen in den Fluss. Platsch, platsch, platsch. Dann lässt sie den Kopf sinken. Tiefer, immer tiefer, bis sie untertaucht. Ihr Schädel berührt die Steine auf dem Grund. Dort angekommen, öffnet sie Mund und Augen. Schwärze um sie herum. Der Fluss ergreift Besitz von ihr. Die Härte und Kälte des Wassers schmerzt derart, dass ihr Denken mit einem Mal ausgeschaltet ist. Zuerst kapiert Anna es gar nicht. Sie fühlt das Beißen und Zerren des Wassers. Deutlicher, als sie möchte, stärker, als sie vermutet hat. Doch das innere Messer, das in Form von Gedanken so lange in sie hineingeschnitten hat, ist stumpf geworden. Nichts rührt sich mehr. Ihr Kopf steht still. Endlich. Nichts mehr im Hirn. Totale Leere. Nur noch Wasser. In Anna rauscht es wie im Aquarium. Ihre Ohren saugen sich voll. Wenn sie jetzt noch aufhört zu atmen, ist Frieden. Selige Ruhe. Genau das ist es, was sie will.

Elsa steht neben Degenwald im Flur.

»Übrigens«, beginnt er plötzlich, »wir sollten noch mal alle Aussagen abklopfen. Irgendwas haben wir übersehen. Was Silke Maihausers Tod anbelangt, meine ich«, fügt er an.

»Ja, das glaube ich auch. Irgendjemand lügt immer, nicht wahr?« Elsa kann es sich nicht verkneifen, diese spitze Bemerkung in seine Richtung abzuschießen.

»Ach ja, eins noch.« Degenwald hat seinen Mantel übergezogen und steht in der geöffneten Tür. Von draußen strömt kalte Luft herein. Elsa fixiert ihn gespannt.

»Schön war es bei Ihnen. Danke!« Damit dreht er sich um und verschwindet in die Dunkelheit. Die Außenbeleuchtung springt an und bescheint den Rücken eines gut aussehenden Verdächtigen. Elsa grinst leise vor sich hin.

»Und richten Sie einen Gruß an Ihre Tochter aus. Von Degi.« Karl Degenwald hebt, während des Gehens, die Hand und biegt um die Ecke. Sein Körper verschwindet vor Elsas Augen.

Anna?, fällt ihr mit einem Mal ein. Sie schließt abrupt die Tür, geht in die Küche und inspiziert ihr Handy, das auf der Arbeitsplatte liegt. Keine Nachricht. Oben, im ersten Stock, präsentiert sich das leere Zimmer ihrer Tochter. Elsa schluckt schwer. »Verdammt«, presst sie hervor. Sie hat ihre Tochter vergessen, weil sie dabei ist, sich in einen Fall zu verrennen.

Elsa hastet die Treppe hinunter, schnappt sich ihr Handy, wirft eine Jacke über und verlässt das Haus. Vor der Tür ruft sie Annas Nummer auf. Nach dem Freizeichen springt die Mailbox an. Auch das noch! Sie rennt die Straße hinunter und blickt sich suchend um. Dunkelheit, gespickt mit der Helligkeit gleichmäßig auftauchender Straßenlaternen. Wo, um Himmels willen, bist du, Anna?, schreit Elsa innerlich. Dann rennt sie los. So schnell, wie sie noch nie zuvor gelaufen ist.

Degenwald steht mit nacktem Oberkörper an der riesigen Fensterfront. In der Hand ein Glas Wasser. Seine Schulter lehnt an einer der vielen Scheiben. Draußen ist nichts zu sehen. Nur die leisen Geräusche der Natur sind zu hören. Die des Holzes, des Wassers, des Windes, der Tiere. Degenwald hört den Uhu, den sich jemand, einige Häuser weiter, für die Jagd zugelegt hat. Schon vor über zwei Jahren. Das dumpfe ›Huhu, Huhu, Huhu‹ vermittelt ihm das Gefühl, daheim zu sein. Der Hof seiner Eltern ist sein Zuhause. Er hat Geld und Mühe in die Sanierung des alten Gehöfts gesteckt. Jetzt ist die Fassade originalgetreu wiederhergestellt. Die alte Holztür war nicht mehr zu retten. Die hat er eins zu eins vom Tischler neu anfertigen lassen. Die untere Etage wird kaum gebraucht Degenwald bewohnt fast ausschließlich das Dachgeschoss. Hier befindet sich sein Wohnzimmer, mit Blick auf den Hochgern, den Hausberg Unterwössens, ein kleines Arbeitszimmer und ein luftiges Bad mit Blick in den Himmel. Unten schläft er nur. Die Küche wird so gut wie nie benutzt. Er wohnt gern auf dem Land. Er mag die Stille und Beschaulichkeit. Dass das Haus böse Erinnerungen aufzuwarten hat, ignoriert er geschickt. Er hat mühsam gelernt, Dinge herauszufiltern. Für ihn ist das ein ähnlicher Prozess wie Ausmisten. Was man nicht mehr braucht, kommt in den Müll. Genauso hat er es nach dem Tod seiner Eltern gehalten. Das Sterben der beiden hat er akzeptiert. Die Umstände ihres Ablebens ausgelagert. Aus seiner Erinnerung vertrieben. Altlasten interessieren ihn nicht. Er hat sich darauf trainiert, nach vorn zu schauen. Ausnahmslos. Zumindest im Privatleben.

Beruflich tut er das Gegenteil. Er wühlt in Vergangenem, trotzt Erlebtem eine neue Bedeutung ab. Den Schrecken eines Verbrechens.

Der Fall Silke Maihauser stürzt ihn erstmals seit Langem in Unbehagen. Sein mühsam zusammengezimmertes Gerüst droht einzustürzen. Mit dem Fund der Leiche hat, nach all den Jahren des emotionalen Dösens und Schweigens, niemand mehr gerechnet. Fred Maihauser nicht. Götz Bramlitz ebenso wenig. Und er? Er hat sich seit damals einen Panzer aus Unnahbarkeit zurechtgelegt und eine vergangene, tiefe Liebe weggesperrt. Eine Liebe, die seine jungen Jahre beseelt, ja geradezu beflügelt hat. Eine Zeit lang zumindest. Bis das Gift der Eifersucht daran nagte. Doch all das, alle Erlebnisse, Erinnerungen, nicht aufgearbeiteten Gefühle waren nicht mehr existent. Alles ging gut. Bis Elsa Wegener in Bayern aufkreuzte.

Elsa keucht laut. Sie ist so lange gerannt, dass sie eine Pause einlegen muss. Ihr unregelmäßiger Atem dröhnt ihr in den Ohren. Sie hat die Hände gegen die Oberschenkel gestemmt. Ausrasten, einen Moment nur. Dann muss sie weiter.

Laut nach Anna zu rufen, hat Elsa vor einigen Minuten aufgegeben. Sie hat die Leute aus den Wohnzimmern und Betten geschreckt. Erbost hatten sich Fenster und Türen geöffnet und Menschen sie zur Ruhe ermahnt. Sogar beschimpft hat man sie. Ob sie getrunken habe? Randalierer dulde man hier nicht. Einer wollte sogar die Polizei verständigen. Man wolle den wohlverdienten Schlaf genießen. Falls sie jemanden vermisse, dafür sei die Polizei zuständig. Zuerst hat Elsa all das ignoriert. Hat weiter nach Anna gerufen. So laut sie konnte. Wieder und wieder. Was kümmerte es sie, ob man sie für verrückt hielt? Doch dann hat sie stumm weitergesucht. Sie darf keine Zeit durch unsinnige Diskussionen mit den Bewohnern des Dorfes verlieren. Ihr Kind, ihre Tochter, ist verschwunden. Mechanisch wischt Elsa die kalten Tränen von der Wange. Alles scheint sich gegen sie zu stellen. Was, um Himmels willen, ist mit Anna geschehen? Das ist der Gedanke, der sie beherrscht. Wo hält sie sich in diesem Moment auf, dem Augenblick, der ihrer Mutter körperlich das Letzte abverlangt? Elsa rappelt sich auf. Fährt sich über die Augen. Sie muss weiter. Ob sie kann oder nicht. Einen kurzen Moment lang überlegt sie, Karl Degenwald um Hilfe zu bitten. Er kennt sich aus, weiß, wo sie suchen könnten. Schneller, als der Gedanke gekommen ist, verwirft sie ihn wieder. Einen mutmaßlichen Mörder bittet man nicht um Hilfe.

Anna spürt nichts. Absolut nichts. Sie ist leichter als ein Vogel. Träumt sie? Ist sie ohnmächtig? Tot? Das Denken hat aufgehört. Ein für alle Mal. Egal, was es auch sein mag, dort, wo sie jetzt ist, will sie bleiben. Den Zustand, den sie erreicht hat, will sie beibehalten.

Elsa ruft sicher zum 20. Mal bei ihrer Tochter an. Ergebnislos. Anna geht nicht ans Handy.

Gleich hat sie den kleinen Ort durch. Jede Straße, jede Gasse, jeden Spielplatz, jedes Bushäuschen, jeden Hinterhof, jeden Stall, jeden Winkel hat sie abgeklappert. Wie groß mag die Chance sein, Anna heute noch wiederzusehen? In Elsas Kopf wirbeln die Gedanken hin und her. Vielleicht hält Anna sich gar nicht in der Gegend rund um Unterwössen auf? Vielleicht ist sie in Marquartstein, Grassau, Oberwössen, Reit im Winkl oder sogar am Chiemsee unterwegs? Bei Anna muss sie mit allem rechnen. Es ist schließlich nichts Neues, dass sie gern eigene Wege geht. Auch ungewöhnliche. Eine Möglichkeit, an die Elsa glauben will, ist die, dass Anna mit jemandem aus der Schule mitgegangen ist. Einer neuen Freundin oder einem neuen Freund. In der Sicherheit einer fremden Wohnung haben die Mädchen vielleicht nur die Zeit übersehen. Genauso wie sie. Gerade, wenn man einander kennenlernen will, über alles Mögliche quatscht, geht leicht jedes Zeitgefühl verloren. Natürlich, das war es! Dass sie nicht früher darauf gekommen war. Elsa blickt auf ihr Handgelenk. Kurz vor zwölf. Selbst für Anna ist es ein starkes Stück, um die Zeit noch nicht zu Hause zu sein.

In der Brauerei sind längst alle Lichter erloschen. Nur Götz Bramlitz sitzt im Büro. Immer noch. In seinem Arbeitszimmer brennt die kleine Leuchte auf dem Schreibtisch. Nach Hause gehen, das mag er nicht. Nicht nach allem, was geschehen ist.

Er arbeitet nicht. Er denkt nicht. Kein Interesse. Er sitzt und trinkt. Weißbier. Gleich aus der Flasche. Sitzen. Trinken. In sich hineinhorchen. Sonst nichts.

In diesem Zimmer hat er Silke Maihauser unendlich viele Male genommen. Meist von hinten. Das mochte er. Das Gefühl, hinter dieser schmalen Gestalt zu lauern. Wie auf der Pirsch. Kurz vorm Angriff. Sich an sie zu schmiegen. Mit einer Hand zuzupacken. Den Ton anzugeben. Auch sexuell. Gesprochen haben sie nur selten. Oft sogar kein Wort gewechselt. Nur eine Flasche Champagner miteinander getrunken.

Geschenke hat Silke ungern angenommen. ›Ich will dich verwöhnen‹, hatte er gesagt. Eine Frau wie sie verwöhnte man gern. So zierlich, so gertenschlank, so willig, so süß.

›Geschenke gehen nicht. Ich muss an Fred denken.‹ Jedes Mal das Gleiche. Im Grunde hat er es sogar verstanden. Sie hatte Stil. Niveau.

Wenn er Fred über den Weg gelaufen ist, hat er kein schlechtes Gewissen gehabt. Aurelia gegenüber war das anders gewesen. Ihr Blick ging tiefer. Sie hatte feine Antennen besessen. Aurelia war wie eine Kopie von Silke. Ebenfalls zierlich. Das gleiche weiche Lächeln.

Wenn du sie heiratest, kommst du von Silke los, hat er sich eingeredet. Ein plausibler Grund für eine schnelle Eheschließung. Natürlich war er verliebt gewesen. Trotzdem, mit Silke, das war etwas anderes. Wie ein Sog hatte es ihn zu ihr hingezogen. Keine Chance, sich daraus zu befreien. Ein Leben ohne sie? Unvorstellbar. Einen Ersatz hatte er sich erobern wollen. Anong. Aurelia. Doch die Abdrücke waren zu groß gewesen. Silkes Abdrücke auf seinem Körper und in seiner Seele.

Aurelia hatte es schnell begriffen. Er trinkt das Bier aus, schiebt die Flasche angewidert von sich weg. »Tot! Aurelia ist tot!«, wiederholt er. Plötzlich schlägt seine Faust hart auf der Schreibtischplatte auf. Die Vergangenheit ist lebendiger als je zuvor. Sie ist gerade dabei, sich in seine Gegenwart zu fressen.

Viertel vor eins. Elsa zittert am ganzen Leib. Noch einmal hat sie den Ort abgesucht. Sogar den Wössener See im Laufschritt umrundet. Schwierig bei der Finsternis. Jegliche Gewässer, vor allem Seen, sind ein Anziehungspunkt für Jugendliche. Jeder noch so aberwitzigen Möglichkeit nachzuspüren, das ist sie Anna, aber auch sich selbst schuldig. Doch alles Rennen und Bangen war umsonst. Sie muss sich ihre Niederlage eingestehen, muss Anna als vermisst melden. Eine Fahndung rausgeben. Unterstützung anfordern. Auch wenn sie selbst nur zu gut weiß, dass dann erst mal gar nichts geschehen wird. Außer warten. Ein ganzes Team, das sich darum kümmert, ein 15-jähriges Mädchen mit dunklen Haaren aufzuspüren, das wünscht sich Elsa insgeheim. Irgendwo in Oberbayern treibt sich ihre Tochter herum. Allein, verloren.

Dann ein Geistesblitz. Hartmut! Köln! Was, wenn Anna auf und davon ist? Nach Köln, zu ihrem Vater. Ohne ihr etwas davon zu sagen. Der zu erwartende Denkzettel für eine Mutter, die partout aufs Land ziehen wollte, ohne der Tochter ein realistisches Mitspracherecht einzuräumen. Elsas unnatürlich hochgezogene Schultern sacken in sich zusammen. Sie zückt, wie schon viele Male zuvor, ihr Handy, will Hartmut anrufen. Soll er seinen Triumph genießen. Den Triumph des Siegers. Er hat ihr den Zusammenbruch des Systems vorausgesagt. Jetzt ist seine Prognose eingetroffen. Schneller als erwartet.

Plötzlich entdeckt sie etwas Schemenhaftes. Nicht weit von ihr entfernt. Zuerst ist es nur ein schwarzer, länglicher Fleck am Boden. Am Ufer der Ache. Beim Näherkommen wächst sich der Fleck zu einem Menschen aus. Als die Umrisse des Körpers auszumachen sind, ist sie sich sicher. Dort hinten, wenige Meter entfernt, liegt ihre Tochter.

9. KAPITEL

Elsa hat Anna eine Wärmflasche ins Bett gelegt, nachdem sie aus der Wanne gestiegen ist. Dann hat sie die Nachttischlampe neben ihrem Bett gelöscht und das Zimmer verlassen. Jetzt steht sie an der Schwelle zur Treppe. Horcht. Kein Laut. Als sie auf Socken die Holzstufen hinunter will, setzt das Wimmern ein. Elsas Fuß verweigert den Dienst. Sie bleibt stehen. Wie angewurzelt. Horcht erneut und hört, wie dieser zarte Körper, dieses unterkühlte Menschenkind die Fassung verliert. Das leise Wimmern steigert sich in ein gleichmäßiges Weinen. Am liebsten möchte sie Anna fest an sich drücken. So fest, wie sie nur kann. Trost spenden. Kraft. Schutz. Aber sie darf nicht. Das wird jemand anderes übernehmen, weiß Elsa. Vermutlich Beate. Kein Wort hat ihre Tochter mit ihr gesprochen. Alles, was zählt, ist, dass es sie überhaupt noch gibt. Dass sie lebt.

Den Rest wird sie schon irgendwie hinkriegen. Bemühen. Geduld. Einfühlungsvermögen. Ihre Begleiter für die Zukunft. Sie hat sich vorgenommen, um ihre Tochter zu kämpfen. Mit allen Mitteln.

Um vier in der Früh ist Elsa noch immer wach. Nach allem, was sie durchgemacht hat, ist Schlaf das Letzte, woran sie denkt. Der vergangene Tag und die darauffolgende Nacht haben sie gezwungen, alle Emotionen durchzuspielen. Auch die, die sie nie am eigenen Leib erleben wollte. Ist derartig Aufwühlendes geschehen, blenden sich Schlaf und Entspannung aus. Elsa ist gut genug ausgebildet, um derartige Zusammenhänge bis ins Kleinste zu beherrschen. Auch wenn der Körper Ruhe signalisiert, der Geist bleibt wach. In dem Stadium, in dem sie sich befindet, hält man die Funktionen des Körpers irgendwie aufrecht. Elsa hat mit zwei Tassen grünem Tee und einer Scheibe Brot mit Käse nachgeholfen. Danach konnte sie weitermachen. Gut sogar. Das Gehirn funktionierte tadellos. Sogar die Motivation stimmte.

Jetzt sitzt sie vor ihrem Rechner. Erneut mit dem Tod zweier Frauen beschäftigt. Die Angst, zusammenzubrechen – wenn sie erst alle Gedanken zulässt, wieso sie Anna völlig durchnässt und vorerst nicht ansprechbar aufgefunden hat – schiebt Elsa weit weg. Ihre Tochter kommt später dran. Dafür muss sie frisch sein. Frisch und ausgeruht. Täterprofile jedoch kann sie in fast jeder Situation entwickeln. Verloren gegangener Schlaf stört da nur minimal.

»Du hast also in München Jura studiert«, flüstert Elsa leise vor sich hin. Ihre Finger hasten über die Tastatur. Sie hat vor, alles über ihren Kollegen Karl Degenwald herauszufinden. Auch das Nebensächliche. Es dauert nicht lange, bis sie fündig wird.

Ehepaar tot in Unterwössen gefunden. Zwei Leichen in einer Scheune. Der eigenen. Selbstmord ausgeschlossen. Fremdeinwirkung bewiesen. Ein Fall, der nie aufgeklärt wurde. Trotz zermürbender Verhöre. Kein Motiv. Keine wirklich brauchbare Spur. Kein Täter. Karl Degenwalds Eltern, die, dicht an dicht, nebeneinanderhängen. Elsa weiß, dass es ein entsprechendes Foto gibt. Sie muss es sich lediglich besorgen. Fürs Erste durchforstet sie sämtliche Berichte, derer sie habhaft wird.

Spät, kurz vor sechs, fährt sie den Rechner hinunter.

Jetzt kennt sie Degenwalds wunden Punkt. Der Mord an seinen Eltern. Hat er deshalb nie als Jurist gearbeitet, obwohl er das Studium durchgezogen und sogar eine Dissertation angehängt hat? Ist er deshalb – stattdessen – zur Kripo gegangen? Weil er dem Mörder der Eltern auf der Spur sein wollte? Mit Genehmigung sozusagen? Elsa weiß, dass die Psyche des Menschen viele Türen öffnet, um mit übermäßiger Belastung, lebensbedrohlichen Situationen und Ähnlichem fertig zu werden. Das Gefühl, in der Funktion eines Kriminalhauptkommissars, wenn nicht für die Eltern, so doch für andere da zu sein, kann vieles kompensieren. Auch nicht verarbeiteten Schmerz. Über den Tod geliebter Menschen beispielsweise.

»Grausames Unterwössen«, entkommt es Elsa. Ihre Stimme klingt unheilschwanger. Weshalb finden in dem kleinen, idyllischen Tal, das sie sich als neue Heimat zurechtgedacht hat, derart grausame Verbrechen statt? Die Degenwalds. Silke Maihauser. Aurelia Bramlitz. Alle tot. Was treibt die hiesigen Bewohner an, sich aneinander zu versündigen? Elsa spürt, wie sich der Haarflaum auf ihren Armen aufstellt. Verspätetes Grausen, denkt sie. Merkt, wie sie in ein feines Netz irritierender Empfindungen hineingezogen wird. Jetzt, da sie hier wohnt, hat sie Anteil an dem, was um sie herum passiert. Nicht nur als Kriminalpsychologin, auch als Mensch. Schuld lastet schwer auf Menschen. Auch wenn der Verdrängungsmechanismus anfangs greift. Ganz wird man sie nie los. Genauso, wie Kinder, die von Eltern geschlagen wurden, später oft selbst zu Gewalttaten neigen, genauso können Angehörige von Ermordeten in eine unheilvolle Spirale geraten. Gut möglich, dass Karl Degenwald den Tod seiner Eltern anfangs aufklären, alles besser machen wollte. Doch dann konnte es passiert sein, dass er in den Würgegriff des Verbrechens geraten war. Sühne, Reue, Rache. Schuld abtragen, richten, wo niemand sonst richtete. Spielte all das eine Rolle?

Ihren Nachbarn, dem Mann von der Tankstelle, der nie ohne Kippe zwischen den Lippen anzutreffen ist, dem Bäcker, der nie Brot isst wegen einer Unverträglichkeit, dem Brauereibesitzer, der nun keine Frau mehr hat, all den Wirten, die fürs Geschäft sorgen müssen, der Frau im Blumenladen, die eine kompetente Orchideenspezialistin ist, dem Apotheker, der viel lieber Schauspieler geworden wäre … Würde sie all diesen Menschen länger unbefangen begegnen können? Elsa ermahnt sich aufzuhören. Schluss mit all dem. Sie trinkt einen großen Schluck Wasser. Fährt sich müde über die Augen. Schließt sie für einen kurzen Moment.

Den Tod von Degenwalds Eltern kann sie nicht mehr aufklären. Stattdessen wird sie hinter die Fassade ihres Sohnes blicken. Herausfinden, was mit ihm passiert ist. Nach der Stunde Null. Es gibt immer die Zeit vor einem Mord und die Zeit danach. Den, der für das Leid von Silke Maihauser und Aurelia Bramlitz verantwortlich ist, den wird sie finden.

Mit Make-up kaschiert Elsa ihre Augenringe. Darin ist sie geübt. Durchgearbeitete Nächte kennt sie gut. Jahrelange Erfahrung macht erfinderisch, was das Aussehen am nächsten Morgen anbelangt. Nachdem sie sich von Anna verabschiedet hat, die heute nicht zur Schule geht, verlässt sie das Haus. ›Wir reden am Abend ausführlich‹, hat sie ihrer Tochter vorgeschlagen. Anna hat nur stumm genickt. Kleinlaut? Um Worte verlegen?

Oder nur bockig? Elsa ringt noch um die passende Antwort.

Im Büro angekommen, lässt sie sich in den Stuhl fallen. Gedankenlos stiert sie aus dem Fenster. Zwei Minuten? Drei, fünf? Die Zeit verliert jede Empfindung. Schon wieder Regen draußen. Dicke graue Wasserfäden, die kaum einen Zwischenraum zum Schauen freilassen. Die Wiesen sind mit Wasser vollgesogen. Bald stehen die Felder unter Wasser. Die Bäche und Flüsse schwellen an. Angst, nicht nur unter den Bauern.

Die Frau beim Bäcker, die ihr heute früh frisches Gebäck verkauft hat, redete sich die Sorgen von der Seele. Unerwartet offen und unzensiert. Obwohl sie eine Fremde ist, durfte sie mitreden. Elsa hatte, nach wenigen Sätzen ihrerseits, pflichtschuldig genickt, einen schönen Tag gewünscht und den Laden verlassen.

Beim kurzen Frühstück hat Anna sie kaum angeschaut. Sie schämt sich, vermutet Elsa. Die frischen Brötchen, das Dinkelbrot und die Brioches waren als Aufforderung an sie gedacht. Eine kulinarische Einladung zum Reden. Die hat Anna erst mal ausgeschlagen. ›Das Leben geht weiter‹, hat Elsa gemurmelt. Mehr zu sich als zu Anna. Eine idiotische Floskel. Elsa hofft, dass Anna es nicht gehört hat. Bis auf ein Kipferl, das sie in ihren Kaffee getunkt und gegessen hat, ist alles liegen geblieben. Das mit der Kaffeeabstinenz, das klappt auch nicht.

»Wer aus dem Fenster starrt, sieht das Wesentliche auf dem Schreibtisch natürlich nicht.« Eine Hand legt sich von hinten in ihren Nacken. Erschrocken fährt Elsa herum. Starrt den Mann an, der sich derart nah an sie herantraut. Ben Fürnkreis lächelt ihr entgegen. Sie hat ihn nicht hereinkommen hören. Elsa steht der Schreck ins Gesicht geschrieben. Einen Eindruck, den sie zu korrigieren versucht.

»Nanu? Schlecht geschlafen? Ist etwas aufs Gemüt geschlagen?«, will Ben von ihr wissen. Er fläzt sich, unaufgefordert, auf ihren Schreibtisch, schlägt die Beine übereinander und grinst. Dabei verschränkt er die Finger ineinander und legt sich die Arme, einer Stütze gleich, hinter den Kopf. Sein Blick deutet auf eine Notiz direkt vor ihr. Elsa versucht, Degenwalds Schrift zu entziffern: ›Bin unterwegs. Nehmen Sie sich noch mal Birgit Leiner vor! Lieben Gruß. D.‹

»Lieben Gruß?«, wiederholt Ben schmunzelnd. »Sollte ich etwas verpasst haben? Seit wann lasst ihr einander liebe Grüße zukommen? Schon in der Früh?« Ben grinst noch breiter, während er auf etwas anderes zu sprechen kommt.

»Die Leiner, die sollten Sie mal in die Mangel nehmen, Elsa. Für meinen Geschmack ist die nicht ganz dicht. Ein bisschen angeschmiert, was die Gehirnzellen und ihre Vorstellungen übers Leben anbelangt.«

»Das will noch nichts heißen«, bremst Elsa ihn. »Wo wohnt Frau Leiner eigentlich?«, will sie dann wissen.

»Im Nebentrakt der Maihausers. Ihre Eltern haben allerdings noch eine Hütte in den Bergen. Da hat sie früher fast jedes Wochenende verbracht. Von innen ist die gar nicht unansehnlich. Von außen ist allerdings nichts dahinter. Ihre Eltern leben seit Kurzem im Seniorenstift in Marquartstein. Ob es die Hütte jetzt noch gibt, weiß ich nicht. Aber das wird die Leinerin Ihnen sicher liebend gern auf die Nase binden. Reden ist schließlich ihre zweite Berufung, neben der, dem Maihauser alles vom Hals zu schaffen.«

»Dem Maihauser alles vom Hals schaffen?« Elsa grinst.

»Auf die Wortwahl würde ich ein bisschen aufpassen«, schlägt sie vor. »Wo liegt die Hütte denn?«

»Am Taubensee. Die Wanderstrecke um den See ist schön. Gehzeit vier Stunden, wenn man das Verkehrsamt in Schleching als Ausgangspunkt annimmt. Gutes Schuhwerk vorausgesetzt. Wenn Sie mögen, Frau Kollegin, zeige ich Ihnen den Weg über den idyllisch schroffen Gebirgssattel. Der führt über den Kroatensteig. Der Taubensee hat seinen Namen übrigens den Flusskrebsen zu verdanken. Die gibt's auch heute noch. Als Kinder haben wir damit alles Mögliche und Unmögliche angestellt. Die Landesgrenze zwischen Bayern und Österreich verläuft übrigens genau in der Seemitte. Dass der See ein bisschen düster wirkt, wird eine toughe Kriminalpsychologin höchstens zusätzlich reizen.«

»Informativer Vortrag, Ben«, bedankt sich Elsa. »Die Leiner-Hütte, befindet die sich auf bayerischer Seite?«

»Eben nicht. Die ist drüben, bei den Austrianern. Wenn wir einen Pass dabei haben, dürfte aber auch das kein Problem sein.« Ben lächelt Elsa verschmitzt zu.

»Sorry! Ich weiß nicht, ob jemand Stadtversautes wie ich sich gleich auf eine stundenlange Tour einlassen sollte. Wenn's beruflich sein muss, okay. Aber so, um Flusskrebse zu inspizieren?«

»War nur ein Vorschlag.« Ben hebt abwehrend die Hände. »Die Krebse hätt ma natürlich hinterher g'schmackig zub'reiten können. Mit einer Spur Knoblauch als Salat, mit Rahm verfeinert als Suppe, wie auch immer.«

Elsa hat noch nie mit einem Spurentechniker gearbeitet, der es derart oft schafft, sie aufzumuntern. Mit Ben fühlt sie sich in ihre Kindheit zurückversetzt. Nur ein bisschen spielen, dann hat der Tag einen Sinn. Augenscheinlich Bens Motto. Vielleicht sollte sie ihm endlich ein Kompliment für dieses Talent aussprechen. Doch dann lässt sie es bleiben.

Sie sollte sich möglichst rasch noch einmal mit Maihausers Haushälterin unterhalten. Nicht nur, weil Degenwald die Notiz hinterlassen hat.

Wenig später sitzt Elsa Birgit Leiner gegenüber. Anstatt überrascht über ihren Besuch zu sein, scheint die Haushälterin sich darüber zu freuen. Die kleine, untersetzt und kräftig wirkende Frau schnauft. »Gelobt sei Jesus Christus!«, jammert sie. »Wenn's oana verdient, Pause z' machen, dann meine Wenigkeit. G'schuftet hab i heit derartig, dass d' Hälfte g'nug wär.«

Mit zwei Tassen starkem Kaffee bewaffnet, gehen sie in Birgits kleines Wohnzimmer. In einem riesigen Korb in einer Ecke liegt ihr Schäferhund. Den kennt Elsa noch nicht. Er wedelt leise mit dem Schwanz, regt sich sonst aber nicht.

»Als Abschreckung für Einbrecher ist der aber nicht geeignet«, scherzt sie.

»Wenn S' sich da net vertun. 'S braucht nur a oanzig's Wort von mir. Nur a Wort. Dann is Hasso, mei Starker, zur Stelle. Gell, Hasso! Servus, mei Schatzerl.« Birgit krault den Hund ausgiebig. Für Elsas Geschmack zu lange. Sie blickt betreten auf ihre Armbanduhr. Seufzt.

Als das Kraulen vorbei ist, legt Birgit Leiner los. Sie redet und redet. Mischt Dialekt mit Hochdeutsch, was ein seltsames Kauderwelsch ergibt. Punkt und Komma sind ein Fremdwort für sie. Sie lässt kein gutes Haar an Silke Maihauser.

»Und Götz Bramlitz?«, fragt Elsa nach. »Ich nehme an, Sie wussten, dass er sich mit Silke traf. Damals.«

»Sicher! Glauben S', oane wia i kriegt so was net mit? Pfui Deibel. So a schmutzig's Mannsbild, der Bramlitz. Dem trau i allerhand zua.«

»Auch einen Mord«, fühlt Elsa vor, »oder zwei?«

Birgit überlegt nicht lange. »Alles trau i dem zua, hab i g'sagt. Ois is ois. Oaner wie der?« Sie lacht auf, schüttelt sich dabei, genießt die Emotion – das offensichtliche Angewidertsein – und fängt sich dann wieder. Gerade so wie jemand, der einen doppelten Espresso genießt, hinterher genug davon hat und Abstand von einem weiteren nimmt.

»Oaner wie der kennt koan Schrecken, a net vor der eigenen Visage. Der Bramlitz, der schaut net in den Spiegel. So oaner, der schafft an. Bei uns, moan i.«

»Genauso wie Ihr Arbeitgeber, Herr Maihauser.« Elsa prüft jede Regung in Birgit Leiners Gesicht.

»Beim Fred, des is wos anders. Der Fred Maihauser is a feiner. Hoart kann er scho sei. Aber fei nur in Notfällen.«

»Wenn die eigene Frau fremdgeht?« Elsa zögert, damit ihr Satz mehr Gewicht bekommt. »Für mich wäre das ein Notfall.«

»Reden S' net weiter«, fuhrwerkt Birgit. »Der Fred Maihauser hätt sei Frau nie um'bracht. Nie, schreiben S' sich des hintr d' Ohren. So an Notfall hab i net g'moant.«

Elsa will schon nach der Hütte fragen. Lässt es dann aber bleiben. Die ganze Zeit über hat sie sich in Birgit Leiners Gesicht und in ihrem Wohnzimmer umgesehen. Aber weder in dem einen noch in dem anderen gibt es etwas Interessantes zu entdecken. Birgit scheint durch und durch gewöhnlich zu sein. Eine Frau, die möglichst viel loswerden will, um sich dadurch aufzuwerten. Aber das tun viele, wenn auch auf ganz unterschiedliche Art und Weise. Ansonsten ist sie unauffällig. Trotzdem, redet Elsa im Stillen mit sich selbst. Die Hütte wird sie sich auf jeden Fall vornehmen. Aber zuerst muss sie sich Bergschuhe besorgen.

Der Verkäufer im Sportgeschäft in Unterwössen legt ihr die Rechnung neben die Tüte. »Für Sie zehn Prozent Skonto, Frau …?«

»Wegener«, gibt Elsa an.

»Fürs Wiederkommen, Frau Wegener.«

»Danke«, murmelt sie.

»Wollen S' sich unsere schöne Gegend a bisserl näher anschaun?«

»So ist es«, nickt Elsa. »Den Taubensee, schaffen den auch Ungeübte?«

»Freilich! Wenn S' da hin wollen, dann schaffen S' des a.«

Elsa nickt ein zweites Mal, greift nach der Tüte und will gehen.

»Bei uns, im Achental, herrscht bioklimatisch g'sehn a Reizklima. Alloa durch die Muldenlage von unserm Tal is des abg'mildert. Wegen der allseitigen Bergumrahmung. Verstehen S'? Die bietet Windschutz. Die Muldenlage, moan i. Sie san die meiste Zeit über in Traunstein, hert ma.«

Elsa schafft es zu nicken.

»Wos i eigentlich sagen wui, is Folgendes. Des Reizklima, von dem i red …« Der Mann macht eine Pause und wiegt seinen Kopf näher an Elsas heran. »Des bezieht sich net nur aufs Wetter. Wenn S' verstehn, wos i moan.«

»Sondern?«, hakt Elsa nach.

»Des bezieht sich auf die Menschen, die hier leben.« Erneutes Schweigen. Aber nur kurz. »Unterwössen nennt ma a …« Schon wieder legt der Mann eine Pause ein. Diesmal eine bewusst gewählte. »… Das Selbstmörder-Dorf.« Wenn der Schuhverkäufer mit einer Reaktion Elsas gerechnet hat, dann lässt er sich seine Enttäuschung über ihren gleichbleibenden Gesichtsausdruck zumindest nicht anmerken.

»Sechs Menschen ham sich in den letzten 20 Joar um'bracht. Vier gehn alloa aufs Konto oaner oanzigen Familie. I möchte koane Namen nenna.« Er hebt unschuldig die Hände. »Oana hat si aufg'hängt, weil er Männer liebte. Mit dem Ergebnis, dass si seine Frau vor den Regionalzug schmeißt. Stellen S' sich des amoi vor. Unappetitlich. Der Lokführer hat an Zusammenbruch erlitten und den Dienst quittiert. Hinterher. Damit net g'nug. Die Schwester von dem Schwulen hat nix Bessers zum doa, als sich die Autoabgase ihres BMW in d' Lunge zu pumpen. Reicht's fürs Erste?«

Elsa hat sich alles in Ruhe angehört. Noch immer ist an ihrem Gesicht nichts abzulesen.

»Wega der beiden Mordfälle. Dem alten und dem neuen. Deswegen san Sie in Traunstein, oder etwa net?«

Elsa wendet sich zum Gehen. Sie weiß, was jetzt kommt. Man hat eine Geschichte präsentiert, um das nötige Gesprächsklima zu schaffen. Jetzt erhofft man sich Neuigkeiten von ihr. Die Preisgabe spannender, ergötzender Details. Ein bisschen Abwechslung vom faden Durchschnittsalltag.

»Danke für die Wetterwarnung und für den Rest. Tut mir leid, dass die Menschen sich hier mit dem Leben derart schwertun. Aber weder Silke Maihauser noch Aurelia Bramlitz haben sich Gewalt angetan. Hier geht es um Mord.«

»Dann is unser Dorf net nur a Selbstmörder-Dorf, sondern …?« Der Mann schweigt betroffen.

Elsa greift ein. »Hüten Sie sich vor emotional aufgeladenen Vorverurteilungen. Woher der oder die Mörder stammen, liegt noch im Dunkeln. Aber jetzt muss ich wirklich gehen.« Sie nutzt die Chance. »Schönen Tag noch«, sagt sie und verlässt das Geschäft. Atmet auf, als sie draußen ist. Inzwischen hat der Regen aufgehört. Sanfte Sonnenstrahlen brechen durch die Wolkendecke. Zwei kleine blaue Himmelslöcher gibt es bereits. Gute Aussichten für ihre morgigen Pläne.

Gleich in der Früh wird sie aufbrechen. Vor dem Zollamt wird sie links zum Achberg abbiegen. Danach der Forststraße folgen, die rechts zum Streichen abzweigt. Vorbei an der Heider-Alm und der Chiemhauser-Alm. Bei der Streichenkirche, die mit einem Kunstkleinod aus dem 14. Jahrhundert aufwarten kann, wird sie eine Pause einlegen, danach den Gebirgssattel schaffen müssen, den Ben erwähnte. Der berühmte Kroatensteig. Elsa hat die Karte aufmerksam studiert. Sie überlässt nichts dem Zufall.

10. KAPITEL

Den ganzen Tag über läuft Degenwald ihr nicht mehr über den Weg. Auch per Handy keine Nachricht von ihm. Der Abend ist für ein Gespräch mit Anna reserviert. Als Elsa nach Hause kommt und in den ersten Stock hinaufgeht, blickt sie auf Annas geschlossene Zimmertür und einen Zettel: ›Sorry! Reden geht momentan nicht.‹

Sie entscheidet sich, den Willen ihrer Tochter zu respektieren. Was bleibt ihr auch übrig? Druck erzeugen wäre der falsche Weg. Auch wenn Reden für Anna erleichternd wäre, findet Elsa. Sie hofft, dass Beate ihre Pflicht als beste Freundin voll und ganz erfüllt. Noch nie war ihr das derart wichtig wie jetzt.

Zurück im Erdgeschoss richtet sie sich Abendessen in der Küche. Ein Brot mit Schinken, dazu ein kaltes Bier. Bramlitz-Bier. Später schaut sie sich den Anfang einer romantischen Liebeskomödie im Fernsehen an. Lange hält sie nicht durch. Beim ersten Kuss dreht sie ab. Ins Bett gehen, das wird sie mit dem angebrochenen Abend anfangen. Einfach ins Bett legen, schlafen und morgen früh aufstehen und beweisen, dass auch sie, die Städterin, sich den Bergen aussetzen kann. Besser als romantischen Küssen. Momentan zumindest.

Am nächsten Morgen die Ernüchterung. Ein Sturm fegt über Oberbayern. Er bringt eisige Temperaturen mit sich, die nicht mit dem Monat September zusammenpassen wollen. Im Radio wird eine Wetterwarnung ausgesprochen. Von Bergtouren und Ähnlichem wird dringend abgeraten.

Elsa fährt nach einem schnellen Kaffee, der als Frühstücksersatz gedacht war, nach Traunstein.

Dort angekommen, sieht sie Degenwalds grünen Audi auf dem Parkplatz stehen. Er ist also schon im Büro. Sie schaut kurz hinauf. Sucht sein Fenster. Als sie es gefunden hat, fällt ihr ein, dass heute die von ihm erwähnte Putzfrau bei ihm sauber macht. Übermorgen, hat Degenwald am Abend ihres gemeinsamen Essens erwähnt. Elsa dreht um und fährt zurück nach Unterwössen. In ihrer Straße angekommen, biegt sie in den Kirchackerweg. Den Hochgern im Blick, fährt sie die Straße mit den Einfamilienhäusern hinauf. Kurz vor Degenwalds Haus, das am Waldrand liegt, biegt sie in eine Parallelstraße, fährt sie bis zur Mitte und parkt ihren Wagen unauffällig neben anderen. Sie steigt aus ihrem Golf und steuert zu Fuß Degenwalds Domizil an. Von einem großen Garten bewacht, liegt das Haus einsam da. Obstbäume und Wiesen, sonst nichts. Elsa öffnet das Holztor und erobert den Garten. Bei der Eingangstür angekommen, klingelt sie. Es dauert eine ganze Weile, bis jemand öffnet. Als die Tür aufspringt, schaut ihr eine hübsche junge Frau entgegen. Vielleicht Mitte 30. Sehr ansprechend. Wo, um Himmels willen, bekommt man heutzutage solche Haushaltshilfen her?, schießt es Elsa in den Kopf.

»Ja bitte?«, fragt die Frau.

»Entschuldigen Sie, ich bin Dr. Degenwalds neue Kollegin. Elsa Wegener.«

»Lydia Schranz«, stellt die Haushaltshilfe sich vor.

»Karl hat wichtige Unterlagen zu Hause vergessen. Da ich ebenfalls in Unterwössen wohne und noch nicht unterwegs nach Traunstein war, hat er mich gebeten, sie ihm mitzubringen.« Elsa lächelt selbstbewusst. Keine Spur von

Unsicherheit in ihrem Ausdruck. Wie leicht ihr Degenwalds Vorname über die Lippen gekommen ist, fällt ihr auf.

Elsas Flunkerei zeigt Wirkung. Lydia tritt beiseite, hilfsbereit lächelnd. »Dann kommen Sie mal rein.«

Elsa betritt den Vorraum mit großem Selbstverständnis. Ein ungewöhnlicher Fall verlangt nach ungewöhnlichen Ermittlungsmethoden, motiviert sie sich im Stillen und schließt die Tür hinter sich.

Beim Umsehen fallen ihr die Schwarz-Weiß-Fotos auf. Alle mit Degenwald und seinen Eltern drauf, ist Elsa sich sicher. Sie streift Lydia mit einem Seitenblick. Die nickt.

»Dr. Degenwald und seine Eltern. Der ganze Flur ist damit tapeziert. Er hatte eine enge Beziehung zu ihnen.«

Die Frau bricht den Satz abrupt ab. Fast so, als sei ihr der plötzliche Einblick in die Seelenlage ihres Chefs sauer aufgestoßen. Sie deutet Richtung Treppe.

»Ich war gerade oben, im Dachgeschoss. Sie schauen sich um, brauchen mich nicht mehr, oder irre ich mich?«

»Nein, nein!«, entgegnet Elsa schnell. »Lassen Sie sich durch mich bitte nicht aufhalten. Ich werfe nur einen kurzen Blick ins Arbeitszimmer, finde hoffentlich rasch, was gesucht wird, und bin auch schon wieder weg.«

»Na dann!« Lydia nimmt die ersten Treppenstufen, als es in ihrer Hose läutet. Sie zieht ihr Handy aus der Tasche und nimmt das Gespräch an.

»Herr Doktor?«

Elsa schießt die Hitze in den Kopf, als sie hört, wen Lydia in der Leitung hat.

Mitten im Gehen bleibt die Haushälterin stehen und blickt sie an. Ausgerechnet jetzt ruft Degenwald zu Hause an. Wenn Lydia ihren Besuch erwähnt, ist sie geliefert.

Dann bricht ihr mühsam aufgebautes Gerüst von Vertrauen und privater Beziehung in sich zusammen.

»Sie rufen sicher an, weil Sie etwas vergessen haben«, spricht Lydia ins Handy. Sie winkt Elsa zu sich heran. Sie wird doch nicht etwa ihr Telefon an sie weitergeben wollen?, malt Elsa den Teufel an die Wand. Das Herz schlägt ihr bis zum Hals. Mit allem war zu rechnen. Damit nicht.

»Und was möchten Sie nun von mir?«, fragt Lydia ins Telefon. Degenwald spricht eine Weile. Lydia hört still zu, nickt hier und da. Sonst nichts.

»Selbstverständlich, das erledige ich sofort.« Lydia verabschiedet sich von Degenwald und beendet das Gespräch. Sie schaut Elsa an.

»Stört es Sie, wenn Sie allein im Haus bleiben? Ich muss kurz weg. In einer Viertelstunde wäre ich allerdings wieder da.«

Elsa spürt, wie die Spannung in ihr nachlässt. »Ich ziehe die Tür hinter mir zu, wenn ich fertig bin«, meint sie. »Machen Sie sich meinetwegen keine Gedanken.«

Lydia hat sich eine Jacke übergezogen und nickt. »Auf Wiedersehen, Frau Wegener«, sagt sie und verlässt das Haus.

Elsa bleibt allein zurück. Draußen fallen die ersten Blätter von den Bäumen. Der Sturm leistet ganze Arbeit. Einen Moment gönnt sie sich, um die Fassung wiederzufinden. Dann öffnet sie die erste Tür, die sich ihr bietet. Sie hat keine Zeit zu verlieren.

Elsa durchsucht alle Schränke, Schubladen, kleine und große Schachteln, Koffer. Sie gräbt sich durch Aktenordner, blättert Papier für Papier um und überfliegt querlesend deren Inhalt. Fotos und Dokumente kommen zum

Schluss dran. Für Feinheiten, das weiß sie, bleibt keine Zeit. Sie muss dem Himmel danken, dass sie eine Chance wie diese zugespielt bekommen hat. Allein in Degenwalds Haus. Zugang zu allen Zimmern. Paradiesische Zustände für jeden Ermittler. Alles, was Elsa findet, bleibt gewöhnlich. Nichts, das sie alarmiert, stutzig macht. Sie verschließt eine Schachtel mit privaten Fotos, darunter auch welche von Silke und Karl. Auf den Bildern ist nichts Spezielles zu entdecken. Elsa stellt die Schachtel zurück und hält kurz inne. Wenn Degenwald etwas versteckt hat, etwas Brisantes, wo könnte das sein?

Sie hastet die Treppe hinunter, zurück ins Erdgeschoss. Zum Garten hinaus liegt Degenwalds Schlafzimmer. Dort hat sie bisher nur flüchtig nachgesehen. Erneut durchsucht sie den begehbaren Kleiderschrank, die Kommode mit den Vinylplatten und den DVDs, den Nachttisch mit der Brillensammlung, dem Notizblock und alten beschriebenen Zetteln. Vor dem Regal mit den Büchern bleibt Elsa stehen. Sie überfliegt einige Titel. Als sie ein Buch herausnimmt, das ganz vorn platziert ist, entdeckt sie ein ungewöhnliches Lesezeichen im ersten Drittel des Taschenbuchs. Ein Hinweis, den sie fast übersehen hätte. Auf einem zusammengefalteten Stück Papier teilt Silke ihrem Liebhaber, Karl Degenwald, mit, dass sie schwanger ist. Vermutlich von ihm. Elsa atmet laut auf. Das haut sie um. Mit einer Nachricht dieses Kalibers hat sie nicht gerechnet. Sie sucht den Zettel auf der Vor- und Rückseite ab. Kein Hinweis auf ein Datum. Egal. Die Nachricht steht für sich. Wenn Silke Maihauser kurz vor ihrem Tod von Karl Degenwald schwanger war, dann wollte der sicher, dass sie sich von ihrem Mann trennt. Einer wie Degenwald schaut nicht zu, wie sein Kind bei einem wie Fred Maihauser aufwächst. Wenn das kein Motiv ist, dann weiß Elsa auch nicht. Aus der Pathologie hat sie nichts über eine Schwangerschaft erfahren. Vielleicht hatte Silke das Kind verloren oder abgetrieben? Vielleicht waren Karl und sie über die Tatsache, was ihre Schwangerschaft für ihre Beziehung bedeuten konnte, in Streit geraten. Derartig in Streit geraten, dass Karl Degenwald seine Geliebte getötet hatte. Erwürgt. In Elsa stritten alle möglichen Gedanken darum, wahrgenommen zu werden.

Warum deponiert ihr Kollege einen Brief seiner ehemaligen Geliebten in einem Buch? Elsa blickt auf den Titel: ›Verdrängungsmechanismen und ihre Folgen‹. Sie atmet erneut laut auf. Gleichzeitig rollt in ihrem Inneren eine Welle aus Entsetzen heran. Karl Degenwald, promovierter Jurist und Hauptkommissar der Kripo Traunstein, war in einen Mord verwickelt.

»Gratuliere, Elsa Wegener«, sagt sie laut. »Dein Gespür hat dich nicht im Stich gelassen.« Kaum hat sie den Satz ausgesprochen, geht die Haustür. Lydia Schranz ist zurück. Hastig stopft Elsa das Buch zurück. Ohne Aktenordner unterm Arm kommt sie der Haushaltshilfe entgegen. Die perfekte Antwort hat sie parat.

»Ich habe Karl alle Einzelheiten per Telefon durchgegeben. Die Akte wird also nicht mehr in Traunstein gebraucht. Am Abend will er ohnehin noch mal in Ruhe hineinlesen. Im Büro fehlt momentan die Zeit dazu.«

»Wenn jemand in Unterwössen jemals was mit diesem Phänomen, diesem Burn-out-Syndrom, zu tun bekommt, dann Dr. Degenwald«, merkt Lydia seufzend an. »Urlaub? Erholung? So was kennt der gar nicht.«

Elsa zuckt mit den Achseln und verlässt wortlos das Haus.

Während der Fahrt nach Traunstein telefoniert sie mit Dr. Horn. Eine Schwangerschaft Silke Maihausers könne er nicht bestätigen.

»Glauben Sie mir, damit wäre ich als Erstes rausgeplatzt. Das wäre doch eine Sensation gewesen. Auch für die Pathologie.« Seine Stimme klingt, nach kurzem Widerstreben, betrübt. »Aber ich habe trotzdem was Interessantes für euch. Betrifft allerdings nicht die Maihauser, sondern unsere zweite Leiche.« Elsa horcht auf. »Der Messerstich, den Aurelia Bramlitz kassiert hat, führte nicht zum Tod. Dafür hat es nicht gereicht.«

»Also ist auch das gefundene Küchenmesser nicht die Tatwaffe«, kombiniert Elsa.

»Sie sagen es«, bestätigt Michael Horn. »Aber es geht noch weiter. Die Bramlitz, und jetzt halten Sie sich fest, ist erstickt worden.«

»Erstickt«, entkommt es Elsa überrascht. »Das ist in der Tat eine brisante Neuigkeit.« Sie lenkt ihren Wagen an den Straßenrand, parkt ihn provisorisch in der Bucht einer Bushaltestelle, um Dr. Horn ihre ungeteilte Aufmerksamkeit schenken zu können.

»Ich habe vier dunkelblaue Fäden in ihrer Lunge gefunden. Die muss sie tief eingeatmet haben.«

»Wo könnten die Fäden herstammen?« Elsas Gehirn arbeitet auf Hochtouren.

»Dunkelblau. Vielleicht von einem Kissen oder einem Anzug, vermute ich mal. Aber das ist nur so dahergeredet, eh klar«, merkt Hörnchen an. »So was, wie das, was der Bramlitz passiert ist, nenn ich den rechtsmedizinischen Albtraum. Da ist schwer draufzukommen. Man hat ihr ein Kissen oder irgendetwas anderes Weiches, das ist aber lediglich eine Vermutung von mir, übergezogen und einfach so lange gewartet, bis ihr die Luft ausging. Dann war finito. Sendepause. Ein stiller Tod. Allerdings müssten Kohlenmonoxidspuren vom Erstickungsopfer im Kissen oder was auch immer es war, mit dem sie erstickt wurde, nachzuweisen sein. Sicher auch Speichelreste. Vielleicht sogar Blut.«

»Dann müssen wir also nur noch das besagte Erstickungsutensil finden«, spekuliert Elsa.

»Genau«, stimmt Hörnchen zu. »Was meine Erkenntnisse anbelangt, würde ich sagen, hiermit ist die Jagd eröffnet.«

»Eine Frage noch. Wieso der Messerstich?«, denkt Elsa laut nach. »Ich meine, wenn man das potenzielle Opfer hinterher ohnehin erstickt.«

»Keine Ahnung! Ihr seid die Ermittler. Vielleicht ist die Messerattacke im Affekt passiert. Auf jeden Fall war sie nicht tödlich. Vielleicht ist zuerst auch der Erstickungstod eingetreten und danach die Wunde mit dem Messer zugefügt worden. In den Gehirnen diverser Täter gehen die seltsamsten Dinge vor.« Hörnchen steht in diesem Moment sicher im weißen Mantel in seinem Allerheiligsten und spekuliert laut vor sich hin.

»Aber das ergibt keinen Sinn. Weshalb sollte jemand doppelt töten beziehungsweise eine gut sichtbare Verletzung zufügen, wenn das Opfer sowieso schon k. o. war?« Elsa versteht die Vorgehensweise der Täterin oder des Täters nicht.

»Fragen S' mi net derlei, Frau Wegener. Dafür sind nun wirklich Sie und unser geliebter Karli zuständig. Meine Verehrung! Ich muss hier weitermachen. An Arbeit mangelt's mir wirklich nicht, wie Sie sich vorstellen können. Rufen Sie an, wenn's weitere Fragen gibt. Den Bericht hab ich derweil als PDF-Datei geschickt.«

»Danke, Dr. Horn. Vielen Dank, dass Sie noch mal nachgehakt haben. Hervorragende Arbeit«, bedankt sich Elsa.

»Ich mache nur meinen Job. Obwohl ...« Dr. Horn zögert. »Wenn eine Frau wie Sie mir ein Lob ausspricht, sollte ich's vermutlich still genießen.«

Lächelnd drückt Elsa den roten Knopf ihres Handys. Ohne in den Rückspiegel zu schauen, lenkt sie den Wagen aus der Haltebucht. In dem Moment fährt ihr der Bus, für den die Haltestelle vorgesehen ist, fast hinten drauf. Entnervtes Hupen. Hoch oben, hinterm Steuer, gestikuliert der Fahrer wild in ihre Richtung. Elsa hebt entschuldigend die Hand. Der Golf schert aus, verlässt den Seitenstreifen und reiht sich mühelos in den Verkehr ein.

Anna hat die ersten Unterrichtsstunden überstanden. In der Pause erreicht sie, nach unendlich vielen Anläufen, Beate.

»Sag mal, bist du abgetaucht, oder was geht ab?« Anna ist dermaßen wütend, dass sie Beate am liebsten die Freundschaft kündigen würde. »Call later!«, äfft sie die Mailboxstimme ihrer Freundin nach. »Du hast nicht zurückgerufen. Unter Freunden ist so was hammerstark, würd ich sagen.«

»Ich weiß, Anna. Tut mir superwahnsinnig leid. Aber ich war so was von alle. Hab voll die Grippeviren erwischt. Den Zustand kann man nur nicht zurechnungsfähig nennen.«

»Und ich war am Arsch, Beate. Du weißt, was das bedeutet. Da braucht man jemanden. Nicht irgendwann. Sofort!«

»Was ist denn passiert?«

Anna hält ihr Handy fest ans Ohr gepresst. Beates Stimme klingt belangloser als sonst, fällt ihr auf.

»Lars hat Schluss gemacht. Das ist passiert. Hat mich hängen lassen. Von einem Tag auf den anderen. Weißt du, ob da was läuft? Mit 'ner anderen?«

»Anna!« Beates Stimme ist anzuhören, dass sie sich nicht entscheiden kann zwischen Schweigen oder Sprechen.

»Sag mal, ist dein Sprachzentrum durch die Grippeviren in Mitleidenschaft gezogen? Red schon, verdammte Scheiße.« Anna hat jeden Bezug zur Realität verloren. Längst hat sie aufgehört, ihre Worte mit Bedacht zu wählen. Alles, was aus ihr herausplatzt, ist ein einziger Vorwurf.

»Das mit Lars …? Mensch, Anna.« Beate seufzt und redet dann weiter. Auch sie voller Emotionen. »Das konnte doch nicht gut gehen. Der ist eine Nummer zu groß für dich.« Beates Worte klingen wohlüberlegt, gerade so, als habe sie schon länger an dem Dialog gefeilt.

Anna will etwas entgegnen, weiß aber nicht, was, so aufgewühlt ist sie. Alles, was sie kann, ist, laut ins Handy schnauben.

Anstatt ihrer spricht Beate weiter. Jetzt mit fester Stimme. »Mach mal halblang, Anna. Ich meine ja nur, in Anbetracht der Lage, dass du da unten bist, in diesem Bayern-Kaff, und Lars hier, in the city, in Köln.«

»Hat er 'ne andere?«

»Weiß nicht.«

»Hat er?«

»Ich bin mir nicht sicher.«

»Jetzt sag schon. Wir sind zwei Teile von einem. Deine Worte. Originalton. Wir sind Herzensfreunde, das haben wir uns mal geschworen, Beate.«

Beate atmet ins Telefon, als würde ihr die Luft ausgehen.

Anna wird es zu blöd. »Gehst du mit ihm aus, oder was ist los? Sonst redest du doch auch, wie dir der Schnabel gewachsen ist.« Anna hat einfach drauflosgeredet. Worte ausgespuckt, ohne nachzudenken. Nie hätte sie damit gerechnet, ins Schwarze zu treffen.

»Woher weißt du's?« Beates Stimme ist plötzlich kleinlaut. Wie die eines geprügelten Kindes. »Ich war zweimal mit ihm auf der Piste. Nichts Spezielles. Was ist denn schon dabei?« Beate spricht, als müsse sie ihr Gewissen vor sich selbst reinwaschen. Nur irgendetwas sagen, das die Situation herunterspielt.

»Getroffen hast du dich mit ihm? Die Nachricht hast du wirklich mit Schallgeschwindigkeit weitergegeben. Schön, dass ich auch davon erfahre!« Anna kann es kaum glauben.

»Wir waren in einem Club. Was ist schon dabei? Rumhängen, trinken, tanzen. Du weißt, was für ein super Tänzer Lars ist.«

»Famos, eh klar.« Anna macht eine kurze Pause, dann bricht es aus ihr heraus. »Sag mal, spinnst du? Ziehst dir meinen Freund rein und sagst noch nicht mal was? So was nenn ich verschärft danebenbenommen. Gibt es keine anderen Kerle in Köln? Hast du so was nötig? Hängst dich an ihn ran und schmeißt mich aus dem Rennen. Unsere Freundschaft hat die Emissionswerte eines umgekippten Feuchtgebietes erreicht! Ich hab dich mal gekannt. Such dir jemand anderes, den du kopieren kannst. Mit mir nicht mehr!« Wutentbrannt drückt Anna Beate weg. Einen Moment zögert sie, dann pfeffert sie das Handy in die Wiese. Die Zornesröte ins Gesicht geschrieben, presst sie die Lippen derart fest aufeinander, dass sich die Rillen ihrer oberen Schneidezähne ins Fleisch meißeln. Die Wut kriecht in Anna hoch, nimmt sie wie eine Festung ein.

Als keine Wut mehr zu spüren ist, lediglich Entsetzen über den Verrat, fühlt Anna, dass sie sich dem hingibt. Hingabe ist ihre einzige Alternative. Ohne Kompromisse lässt sie all ihre negativen Gefühle zu, bis sie, völlig unerwartet, wie eine Seifenblase zerplatzen. Die Ansammlung ihres Gefühlschaos ergießt sich in sie und damit scheint es, als sei diesem emotionalen Treiben in ihr der Treibstoff ausgegangen. Anna steht stocksteif da, als sie den Impuls zu lachen verspürt. Sie kann nicht dagegen an. Wie von selbst prustet es aus ihr heraus. Ein wildes, krächzendes, lautes Lachen. Sie gibt sich auch dem hin, lacht, bis sie nicht mehr kann. Jetzt ist sie nicht mehr rot vor Wut, sondern vor Lachen. Beharrlich ergibt sie sich auch diesem seltsamen Gefühl. Wartet darauf, dass es abebbt. Schließlich, als das Ärgste überstanden scheint, torkelt Anna Richtung Schultor. Lautes Klingeln hat schon vor Minuten das Pausenende angekündigt.

»Hey!«, hört sie hinter sich eine Stimme. Noch immer lachend, dreht sie sich um. Vor ihr steht Mister Pickelgesicht aus der Videothek.

»Was machst du denn hier?«, meint Anna abschätzig. Nicht, dass es sie tatsächlich interessieren würde, aber unhöflich will sie auch nicht sein. Nicht, nachdem Beate ihr vorgeführt hat, was Freundschaft nicht sein sollte.

Der Junge aus der Videothek deutet mit dem Kopf Richtung Schulgebäude. »Wir sollten reingehen, wenn wir keinen Ärger wollen.«

»Na ja, vielleicht hast du recht.« Dann meint sie: »Wie heißt du eigentlich?«

»Anton. Aber sag lieber Dino.«

»Dino? Wie Dinosaurier? Schräg. Echt schräg. Hätt ich dir übrigens gar nicht zugetraut.«

»Ach so«, meint Dino verunsichert. »Wieso eigentlich?«

Anna überhört seine Frage und fängt mit etwas anderem an. »Lass uns ein Abkommen schließen, Dino. Du sprichst weiterhin Deutsch mit mir, ich meine, so, dass ich dich verstehen kann – das scheinst du ja ohnehin die letzte Zeit geübt zu haben – und dann geht das mit deinem Namen klar. Dino!« Anna wiederholt den Namen und schüttelt dabei den Kopf. Sanft wie ein Lamm und völlig unerwartet lächelt sie. »Warum zur Abwechslung nicht mal normal drauf sein?«, flüstert sie dann und legt den Zeigefinger an die Lippen. Dino starrt sie an, als sei sie ein Weltwunder. Einträchtig gehen sie auf den Eingang der Schule zu.

»Das mit dem Abkommen geht klar«, meint er nach einer ganzen Weile, als sie schon das Schulgebäude betreten haben.

Wenn man nur dieses Bild nehmen würde, müsste man glauben, sie und dieser Junge seien Freunde. Anna ist mit einem Schlag klar geworden, dass Freundschaft nicht dadurch entsteht, dass man sie lautstark verkündet. Freundschaft ist ein Geschenk, das man erhält, wenn man jemandem alles gibt. Hat sie nicht die ganze Zeit sich selbst verraten? Der wichtigste, beste Freund, den sie je haben könnte.

11. KAPITEL

Im Büro, in Traunstein, hängt Elsa sich ans Telefon. Als Erstes versucht sie herauszufinden, wer damals Silke Maihausers Gynäkologe war. Das Unterfangen – an sich eine Kleinigkeit – gestaltet sich unerwartet schwierig. Die Praxis von Silkes Frauenarzt gibt es nicht mehr, erfährt sie. Sein Nachfolger, ein Arzt in mittleren Jahren, erzählt ihr, überaus freundlich, dass Nikolaus Angermaier, von dem er die Praxis übernommen hatte, sofort nach dem Verkauf in den Ruhestand getreten und nach Gran Canaria ausgewandert sei. »Er hatte Probleme mit der Haut. Psoriasis. Der quälende Juckreiz und die unschönen roten Flechten haben ihn ganz schön zermürbt.« Entschlossen, dem ein Ende zu setzen, habe er das Meer mit seiner beruhigenden salzhaltigen Luft angesteuert. »Unser Klima hier hat ihm nicht sonderlich behagt. Und Kortisonsalben schmieren ist auf Dauer auch nicht das Wahre.«

Elsa wundert sich, wie genau sie alles erläutert bekommt. Um sich weitere Einzelheiten zu ersparen, hakt sie nach, will wissen, ob es alte Karteikarten, Unterlagen oder Aufzeichnungen irgendwelcher Art gebe. Als Nachfolger übernehme man doch sicher auch den alten Patientenstamm, zumindest teilweise.

»Stimmt«, bestätigt ihr Gesprächspartner. »Nur, eine Patientin namens Silke Maihauser, die habe ich leider nicht übernommen. Der Name ist mir nie untergekommen. Daran erinnere ich mich, in Anbetracht der Meldungen aus der Tagespresse.« Und Aufzeichnungen aus jener Zeit könne er ihr auch nicht zur Verfügung stellen. So gern er würde. Er habe damals gründlich ausgemistet, lediglich das Nötigste aufbewahrt. Alter Plunder belaste doch nur. Nicht nur privat, auch was ein Unternehmen anbelange, und das führe er als Arzt nun mal.

Elsa bläst die Luft aus der Lunge und tippt nervös mit dem Kugelschreiber auf die Schreibtischunterlage. »Vielen Dank«, sagt sie enttäuscht und legt auf.

Als Nächstes forscht sie nach Angermaiers spanischer Adresse. Das ist im Handumdrehen erledigt. Die Nummer auf ein Papier kritzelnd, stellt sie die nächste Verbindung her.

Spanien, sinniert sie vor sich hin, während es bei Angermaiers läutet. Das wäre jetzt was für sie. Im September konnte man dort noch herrlich baden. Warme Sonnenstrahlen genießen. Relaxen. Ein Buch lesen. Gut essen gehen. Farben aufsaugen. Dolce Vita. Elsa gerät ins Schwärmen. Endlich wird am anderen Ende abgehoben. Eine weibliche Stimme holt sie in die Realität, erkundigt sich auf Spanisch, wer am Apparat sei.

»This ist Elsa Wegener from Germany. Can I talk to Dr. Angermaier, please?«

Stille am anderen Ende. Offenbar wird der Hörer weitergereicht. Nach wenigen Augenblicken hört Elsa eine weibliche deutsche Stimme. »Angermaier. Wer spricht, bitte?«

»Frau Angermaier?« Elsa atmet erleichtert auf. »Elsa Wegener. Kripo Traunstein. Ich ermittle in einem Mordfall, der über 20 Jahre zurückliegt. In dem Zusammenhang müsste ich dringend mit Ihrem Mann sprechen.«

Am anderen Ende Seufzen. Danach ein kurzes Räuspern. »Mein Mann ist vor zwei Monaten an einem Herzinfarkt verstorben. Er kann Ihnen nicht mehr zur Verfügung stehen.«

Elsa schüttelt leise für sich den Kopf. Das kann doch nicht wahr sein.

»Mein aufrichtiges Beileid, Frau Angermaier. Darf ich Ihnen kurz einige Fragen stellen? Es dauert wirklich nicht lange. Vielleicht erinnern Sie sich ja an eine Patientin namens Silke Maihauser.«

»Ich möchte nicht unhöflich sein, aber ich war nicht die Sprechstundenhilfe meines Mannes, auch wenn das oft üblich ist. Ich kann Ihnen keine Auskünfte erteilen. Ich bitte um Verständnis.«

»Trotzdem! Sie haben in Marquartstein gelebt. Da bekommt man doch einiges mit. Sicher hat Ihr Mann Ihnen, vielleicht abends beim Essen, das ein oder andere Detail hinsichtlich seiner Patienten erzählt. Die ärztliche Schweigepflicht endet doch meist beim Ehepartner. Denken Sie bitte nach. Ihre Hilfe könnte sehr wichtig sein. Es geht darum, ob Silke Maihauser schwanger war.«

»Ich kann Ihnen wirklich nicht helfen, weil ich nichts weiß. Absolut nichts! Haben Sie mich jetzt verstanden? Rufen Sie nicht mehr an. Ich werde nicht abheben. Guten Tag!« Elsa hört es leise knacken.

Aufgelegt. Sie starrt auf den Hörer in ihrer Hand, wirkt genervt. »Wenn alle so hilfsbereit wären …«, murmelt sie und legt das Telefon energisch zurück auf den Schreibtisch. Einige Minuten lang denkt sie schweigend nach. Noch immer bohrt sie mit dem Kugelschreiber in die Lederauflage. Überschlägt in Gedanken, was sie am schnellsten weiterbringen würde. Dann legt sie das Schreibgerät zur Seite.

Die Krankenhäuser, fällt ihr ein. Sie nickt zur Bestätigung.

Erneut ist Telefonieren angesagt. Sie überprüft sämtliche Spitäler inklusive Privatsanatorien und Wellness-Kliniken. Doch niemand kann ihr etwas über Silke Maihauser sagen. Keine Schwangerschaft, kein Hinweis darauf, dass sie ein Kind verloren oder eine Abtreibung vorgenommen hatte. Silke Maihauser tauchte nirgendwo auf. Erst beim letzten Anruf hilft man ihr weiter. Ja, eine Patientin namens Silke Maihauser habe es gegeben. Elsa horcht auf. Allerdings sei es um etwas höchst Banales gegangen. Frau Maihauser habe sich einem Check-up unterzogen.

»In ihrem Alter?«, wundert sich Elsa. »Ich meine, eine junge Frau lässt sich doch nicht grundlos durchchecken. Seien Sie mir nicht böse, aber das finde ich ungewöhnlich.«

»Mag sein«, entgegnet die Schwester. Im Hintergrund hört Elsa hektisches Gemurmel. Offenbar braucht man ihre Gesprächsteilnehmerin bei Wichtigerem.

»Nichtsdestotrotz ist es so gewesen. Mehr kann und darf ich Ihnen nicht sagen. Einen angenehmen Tag noch!«

Erneut sitzt Elsa mit dem Hörer in der Hand da. Keinen Schritt weitergekommen.

Vielleicht hatte Silke die Schwangerschaft nur erfunden. Aber wenn ja, aus welchem Grund? Weshalb griff eine Frau zu solch drastischen Mitteln? Um Karl Degenwald unter Druck zu setzen? Vielleicht wollte sie ihren Mann ja doch verlassen. Konnte es nicht sein, dass ausgerechnet Degenwald der Mann fürs Leben für sie gewesen war? Andererseits gab es auch eine andere Variante. Was, wenn Silke für Degenwald nur eine Affäre dargestellt hatte und nicht umgekehrt? Genauso, wie Bramlitz für Silke nur ein Mann für zwischendurch gewesen sein konnte. Elsa schießen tausend Gedanken durch den Kopf. Ungeordnete, bruchstückhafte. Variable Wahrnehmungen und Möglichkeiten. Die muss sie samt und sonders auf Tauglichkeit abklopfen. Wie soll sie sonst weiterkommen und das Motiv finden? Das wirkliche Motiv dieses Mordes, der schon so lange zurückliegt und den Täter offenbar in all der Zeit unbehelligt hat weiterleben lassen. Dazu braucht es schon einen besonders perfiden Charakter, weiß Elsa.

Sie muss Degenwald näher kennenlernen. Er ist einer der Schlüssel zur Aufklärung dieser Tat. Das spürt Elsa fast körperlich. Wie er denkt und empfindet, das hat sie zu interessieren. Erst wenn sie das begreift, wird sie dahinterkommen, was damals in ihm vorgegangen ist. Nicht an der Oberfläche, sondern tief in ihm drin.

»Abgesehen davon, musst du dieses verdammte Kissen finden oder was immer es war, mit dem Aurelia Bramlitz, diese wunderbare Frau, erstickt worden ist«, spricht Elsa leise für sich.

Sie fühlt, wie sich der Druck in ihr verstärkt, der sich jedes Mal einstellt, wenn sie einen Fall unbedingt und zügig lösen will. Egal, wie lange sie brauchen würde. Sie muss sich die Zeit nehmen, all das herauszuarbeiten. Dabei geht sie wie ein Bildhauer vor. Mit einer Vision fängt alles an. Einer Ahnung, wer als Täter infrage kommt. Wenn sie das manifestiert hat, kommt die grobe Arbeit dran. Ausschließen, den Dingen Struktur und Form geben. Handlungshintergründe freilegen. Eine schwierige, anstrengende Phase. Ist diese halbwegs zufriedenstellend erledigt, wird sie langsam feiner. Die Schlinge zieht sich immer mehr zusammen. Die Menschen, die Verdächtigen kommen in Bewegung. Begehen Fehler. Widersprechen und verraten sich. Das ist der Zeitpunkt, der Elsa alles abverlangt. Sie darf keine groben Fehler mehr zulassen. Sie muss ständig präsent sein. Hochkonzentriert. Motiviert. Ganz zum Schluss, wenn sie die Schlinge derart stark zusammenzieht, dass es einem geistigen Erstickungstod des Tatverdächtigen gleichkommt, lässt alles nach. Der Höhepunkt baut sich auf, genießt sich sozusagen selbst in seiner erhabenen Schönheit. Der Anblick der Gerechtigkeit, nennt Elsa es insgeheim für sich. Das ist ihr der liebste Moment. Was jetzt noch zu tun bleibt, ist lediglich, die feinen Straubreste wegzupusten, um das Werk freizulegen. Eine Mörderin oder ein Mörder stehen nackt vor ihr. Ihre Psyche liegt sozusagen auf dem Serviertablett bereit und spricht eine Geschichte. Die Geschichte, die ihr das Motiv und die Tat zum Geschenk macht. Danach großes Aufatmen. Jedes Mal wieder.

Elsa steht auf, öffnet die Verbindungstür, die die Pufferzone zwischen ihrem und Degenwalds Büro darstellt, und findet sich einige Sekunden später in dem verwaisten Zimmer ihres Kollegen wieder. Wo treibt dieser Mann sich eigentlich ständig herum? Keine Mitteilung an sie, wo und was er vorhat. Er ermittelt anscheinend im Alleingang. Dass Elsa genau dasselbe tut, ignoriert sie wohlweislich. Sie zückt ihr Handy und ruft ihn an. Doch sie erwischt nur die Mailbox.

»Dann eben nicht«, murmelt sie. Entschlossen, weiterzuarbeiten, auf keinen Fall lockerzulassen, geht sie zurück in ihr Büro und ruft stattdessen Anna an.

Als Elsa am Abend nach Hause kommt, entdeckt sie einen Blumenstrauß auf dem Esstisch. Weiße Lilien.

»Himmel, sind die elegant«, stellt sie überrascht fest. »Sind die etwa von einem Verehrer?« Anna steht mit einem Mal hinter ihr. Ihre Stimme klingt streng. Geradezu forschend.

»Hast du die Blumen entgegengenommen?«

»Ne, ich hab bloß den Zettel von Fleurop gefunden. Mit dem bin ich dann rüber, zum Blumenladen. Sind ja nur ein paar Schritte. Da hat man sie mir dann gegeben. Willst du die Karte nicht lesen?« Anna ist neugierig, treibt ihre Mutter zum Handeln an.

Elsa öffnet den kleinen weißen Umschlag. ›Danke für den angenehmen Abend. Karl Degenwald.‹

»Mein Kollege«, stellt sie in Annas Richtung fest.

»Degi! Klar, mein Erinnerungsvermögen funktioniert. Was Ernstes?«

»Ja, wir arbeiten zusammen. Könnte nicht schlimmer sein.«

»Vermutlich nicht.« Jetzt grinst Anna.

Endlich weiß Elsa, was Degenwald mit Lydia Schranz zu besprechen hatte, als sie in dessen Haus gewesen war. Er hatte seiner Haushaltshilfe den Auftrag erteilt, Blumen für sie zu besorgen. Muss eine seltsame Situation für Lydia gewesen sein. Verflixt und zugenäht, hadert Elsa mit sich. Dass etwas Derartiges passieren konnte, hatte sie außer Acht gelassen. Ein verhängnisvoller Fehler. So etwas konnte sie sich nicht leisten, denn um ein Haar wäre sie aufgeflogen. Und das wär's dann gewesen mit ihren Plänen bezüglich Karl Degenwald.

Elsa hat es sich auf der Couch im Wohnzimmer, mit Blick auf den Kachelofen, bequem gemacht. Den Rücken gegen die Garnitur gelehnt, sitzt sie da. Im Radio wird Klassik gespielt. Halbherzig lauscht sie den Klängen Ravels. Parallel dazu grübelt sie. Nach einem kurzen

Gespräch mit Anna ist sie erleichtert. Kein Wort über das, was vorgefallen ist. Keine Erklärung, weshalb Elsa sie pitschnass vorgefunden hatte. In einem erbärmlichen Zustand. Einem, der viele Fragen offen lässt. Aber für eine Tochter, die herummotzte wie immer, für die bestand Hoffnung.

Elsa ist eingenickt, als das Schlagen der Kirchturmuhr ihren Körper durchdringt wie eine tatsächliche Berührung. Hart und unerwartet. Sie schreckt hoch und schaut sich um. Einige kurze Atemzüge lang muss sie sich orientieren. Dann weiß sie wieder, wo sie ist, und auch ihr Gehirn hat seine Arbeit wieder vollständig aufgenommen. Die beiden Morde, der Irrsinn ihrer privaten Geschichte mit Hartmut, ihr Verdacht bezüglich Karl Degenwald. Alles fällt ihr wieder ein. Einen Moment scheint Elsa keine Luft mehr zum Atmen zu finden. Alles um sie herum erdrückend, bleischwer. Du musst dieses Wirrwarr um dich lichten. Schnellstens sondieren. Zumindest einen Teil davon. Raum im Hirn schaffen. Sonst säufst du echt elend ab, schießt es ihr durch den Kopf.

Wie aus der Zeit gehoben, sackt sie in sich zusammen. Spielt es eine Rolle, wann etwas passiert? Jetzt, heute oder morgen? Wie soll sie sich mit all den Gefühlen auskennen? Den eigenen und den fremden. Denen, die ihre Arbeit an sie herantragen. Die Sorge um Anna hat sie noch gar nicht in ihr Gehirn gehoben. Panik hilft nicht. Sie versucht, Ruhe zu bewahren.

Zuerst muss sie sich um die Arbeit kümmern. Die Ermittlungen ziehen sich hin. Erfolge lassen auf sich warten. Da muss sie den Hebel ansetzen. Nur, wie Karl Degenwald aus seinem Versteck locken? Indem sie ihn aufscheucht? Natürlich! Das ist der Schlüssel. Die Schonzeit ist vorbei. Sie wird ihn mit ihren Vermutungen konfrontieren. Ein unerwarteter Schlag ist immer noch besser als dieses gleichbleibende Dahindümpeln. Entschlossen steht Elsa auf. Sie hastet in den Flur, zieht sich ihre Jacke über und verlässt noch mal das Haus.

Ein kurzer Spaziergang ist nicht das Schlechteste. Sie geht zielsicher den Kirchackerweg hinauf. Die Straße ist vom Mond und den Straßenlaternen fast taghell.

Als sie vor seinem Haus ankommt, hinter dessen Fenstern kein Licht mehr brennt, fühlt sie sich erleichtert. Etwas anzugehen, ist besser als abzuwarten. Sie läutet zweimal hintereinander, ohne vorher auf die Uhr zu sehen. Wie spät es ist, dieser Gedanke existiert nicht in ihrem Gehirn. Sie will weiterkommen. Das ist alles, was sie beschäftigt. Oben springt Licht an. Dann ein weiteres, im Flur. Als Letztes öffnet sich die Tür. Elsa starrt in den Vorraum, den sie bereits gut genug kennt. Sie lächelt, obwohl ihre Mitteilungen nicht zum Lachen sein werden. Ohne eine Aufforderung zum Eintreten ist sie in Degenwalds Haus eingedrungen.

»Elsa? Was ist denn los? Ich hab schon geschlafen.« Degenwald ist offensichtlich nicht aufgefallen, dass er sie beim Vornamen nennt. Anstatt sich dessen gewahr zu sein, gähnt er verstohlen, wirkt dabei aber alles andere als schläfrig.

»Vielen Dank für die Blumen, falls ich später nicht mehr dazu komme.«

Elsa registriert die Aufmachung ihres Kollegen. Mit seiner dunkelblauen Jogginghose und dem engen weißen T-Shirt steht er vor ihr. Die Haare auf eine Art und

Weise zerstrubbelt, für die ein Friseur in München wahrscheinlich eine horrende Summe verlangen würde. Ein Bild von einem Mann. Für sein Alter zumindest, schickt Elsa gedanklich hinterher. Sie zieht die Aufmerksamkeit ihres Blickes vom Äußeren Degenwalds ab, versucht, sich zu fassen.

»Gern geschehen. Aber jetzt möchte ich wissen, was Dramatisches passiert ist.«

»Ich muss mit Ihnen reden.«

»Unter vier Augen, nehme ich an?« Degenwald kämpft gegen ein Schmunzeln an.

Vielleicht ist er versucht, ihren Besuch – zu dieser Zeit – auf das Konto ›angenehme Fortsetzung des letzten Abends‹ zu verbuchen, fällt Elsa plötzlich ein.

»Unter vier Augen. Ganz recht.«

Sie folgt Degenwald hinauf ins Wohnzimmer. Er bringt mehrere Stehlampen zum Leuchten, gleichzeitig bietet er ihr einen Platz in der Sitzlandschaft an, die die riesige Glasfront abschottet.

»Danke, ich stehe lieber«, lehnt sie mit sachlicher Stimme ab. »So lange dauert es nicht. Ich bin beruflich hier.«

»Ah ja?« Degenwald schaut sie interessiert an.

»Es geht um den Mord an Silke Maihauser. Ich will nicht lange drum herumreden. Sie unterhielten damals eine Beziehung zu Frau Maihauser. Keine oberflächliche, um es auf den Punkt zu bringen. Sie standen in sicher schmerzhafter Konkurrenz zu Fred Maihauser, Götz Bramlitz und wem sonst noch.«

Degenwalds Augen verengen sich zu Schlitzen. Sein Blick sagt deutlich: Halt.

Elsa bemüht sich, es zu ignorieren. »Sie haben Silke

geliebt. Und eines schönen Tages war sie schwanger. Von Ihnen. Zumindest hat sie das behauptet. Hat Sie die Neuigkeit, bald Vater zu werden, sehr durcheinandergebracht?« Elsa erwartet keine Reaktion und redet weiter. »Haben Sie ab diesem Zeitpunkt, als Sie annehmen konnten, dass Ihre Geliebte ein Kind von Ihnen unterm Herzen trug, überhaupt noch klar denken können?« Elsa ist derart nah an Degenwald – der am Rücken seiner Garnitur lehnt, während sie mit ihrem das Holz des einzigen Schrankes im Raum ertastet – herangetreten, dass sie seinen Atem spürt.

»Hören Sie auf! Sie gehen entschieden zu weit«, unterbricht er sein beherrschtes Schweigen. »Ich höre mir diesen Unsinn nicht länger an.«

»Ach, wirklich. Ist das Ihr Ernst? Ich kann Sie vorladen lassen, wenn Ihnen das lieber ist. Dann reden wir im Büro weiter.«

Völlig unerwartet packt Degenwald Elsa bei den Schultern und stiert sie an. Sie spürt körperlich, wie die Zeit sich in zwei Hälften teilt. Sauber, wie mit einem Messer durchtrennt. Die eine Hälfte ist die Zeit vor diesem Gespräch und die andere die danach. Ob sie mit ihrer Aktion zu weit gehen könnte, die Frage hat sich ihr bisher nicht gestellt. Doch es ist dieser Augenblick, in dem sie leise in ihr aufsteigt. Ballongleich, zuerst unbeschwert, dann von Degenwalds Blick angeheizt.

Plötzlich weiß Elsa nicht mehr, ob ein Teil der Wirklichkeit um sie herum in Verwirrung gerät oder ob sich das Ganze nur in ihrem Gedächtnis oder ihrer Vorstellung abspielt, beides offenbar vor Unordnung strotzend.

»Sie gehen unprofessionell und dazu unhöflich vor.« Degenwald hat sie losgelassen und die Arme fest vor seinem Bauch verschränkt. Die unerbittliche Härte seiner Stimme lässt keinen Zweifel an der Ernsthaftigkeit der Aussage.

»Sehr interessant«, schießt Elsa zurück. »Sie hielten es bis jetzt weder für nötig, von Ihrer Affäre zu berichten. Noch davon, dass Sie Vater werden sollten. Was ist damals passiert? Bekomme ich darauf eine Antwort von Ihnen oder muss ich die Zusammenhänge selbst herausfinden? Dass ich es tun werde, muss ich nicht versprechen. Das wissen Sie bereits.«

»Verlassen Sie mein Haus. Sofort!«

Degenwalds Blick deutet Richtung Treppe.

»Sie hatten ein Motiv, Silke Maihauser umzubringen, Dr. Degenwald.«

»Ja, ich hatte eine Affäre mit Silke, aber das hat nichts mit dem Mord an ihr zu tun. Ja, sie sagte, dass sie ein Kind erwarte – woher Sie das wissen, will ich lieber gar nicht erfahren. Aber dann war sie plötzlich tot. Und offenbar war sie doch nicht schwanger gewesen. Sonst hätten wir das längst von Michael Horn erfahren. Mehr kann ich dazu nicht sagen.«

Degenwald hat das Nötigste ausgespuckt wie schlechtes Essen, während er Elsa die Treppe hinunter begleitet.

»Sehr hilfreich, sehr entgegenkommend. Muss ich dankbar sein, dass Sie doch noch reden? Zumindest das Allernötigste. Sozusagen die bescheidene Variante der komplexen Wahrheit? Sie wissen schon, dass das Ganze Ihren Kopf kosten kann?«

Zum ersten Mal, seit sie in seinem Haus ist, spricht Elsa etwas aus, das Degenwald offenbar gelten lässt. Er zuckt kurz mit der Schulter, senkt den Blick und hebt ihn dann wieder.

»Gute Nacht, Frau Wegener. Wo kein Feuer ist, muss man nicht löschen.« Seine Hand fährt ihren Rücken entlang, bugsiert sie, fraglos schnell und geübt, die letzten Stufen hinunter. Unten öffnet er die Tür, schaut sie an, mit fast traurig erschrockenem Blick. Keine weitere Erklärung, nichts. Er schließt die Tür hinter ihr.

Da steht sie nun. Vor Degenwalds Haustür. Die halbdunkle Landschaft um sie herum zerfällt in unordentliche Einzelteile. Bäume, Häuser, Autos. Alles in ihrem Kopf beginnt mit einem Mal zu einem fernen Gespenst zu verkommen.

Mit erzwungener Ruhe tritt sie den kurzen Heimweg an, überlässt sich den sich überschlagenden Gedankenfetzen, die nicht länger wissen, was richtig und was falsch ist.

12. KAPITEL

Wenige Stunden später – der Morgen ist noch jungfräulich – parkt Karl Degenwald seinen Wagen demonstrativ neben Götz Bramlitz' Jeep mit dem auffälligen Kennzeichen. Nach einem Glas Rotwein mit Michael Horn am vergangenen Abend und der unleidlichen Geschichte mit Elsa Wegener steht für ihn fest, wen er ins Visier zu nehmen hat. Harte Bandagen sind angesagt. Anders kommt man bei einem wie Bramlitz nicht weiter. Dunkelblaue Fasern in Aurelia Bramlitz' Lungen.

›Dass ich nicht lache‹, hat er vor dem Gerichtsmediziner nicht zurückhalten können.

Tief eingesogen, hat Hörnchen noch mal bestätigt und ihm mit dem Wein zugeprostet. Dunkelblau, da müsse er sofort an einen Anzug denken. Dunkelblau, das trügen sowohl dieser Bramlitz als auch Fred Maihauser liebend gern. Hörnchen hielt nie mit seiner Meinung hinterm Berg. Und das war gut so, fand Karl.

›Das liegt auch für mich auf der Hand‹, hatte er die Überlegungen des Mediziners bestätigt.

Er öffnet schwungvoll die Tür zur Brauerei. Mit Götz Bramlitz kann er nicht so gut. Er bemüht sich, es zu überspielen, aber es gelingt ihm mehr schlecht als recht. Etwas in seinem Inneren kommt ihm immer in die Quere. Wenn er den Brauereibesitzer sieht, macht er dicht. Aurelia dagegen hatte er gemocht. Nur wie Bramlitz mit ihr umgegangen war, das hatte ihm weniger imponiert. Teilweise hatte es ihn sogar abgestoßen. Immer der Tonangebende. Immer der Macho. Das war und ist Bramlitz' Rolle nach außen.

Und Aurelia, seine Frau? Die hatte stets gelächelt. Nicht kaltherzig, auch nicht süffisant oder spöttisch. Sie hatte einfach gelächelt. Freundlich, einnehmend. Er war nie dahintergekommen, wie und weshalb diese wunderbare Frau in seine Nähe geraten war, was in ihrem Kopf vorging. Damals wie heute nicht. Als sie hinter die Affäre ihres Mannes gekommen war, als feststand, dass Silke die ewige Gewinnerin in einem Spiel bleiben würde, in dem ein Spieler zu viel war, auch da hatte Aurelia vermutlich gelächelt.

Degenwald seufzt laut und durchschreitet entschlossen den Gang. An den Wänden bezeugen Bier-Bilder den Erfolg des Unternehmens. Flaschen, Gläser, schaumbenetzte Münder, zufriedene Gesichter beim Trinken. Darunter Werbesprüche, jeweils gekrönt vom bekannten Slogan, auf den Götz Bramlitz besonders stolz ist: ›Besser Bramlitz-Bier!‹ Kurz und bündig. Das merken sich die Leute, hatte er ständig geredet, auch, wenn er nicht danach gefragt worden war.

Degenwald spürt seine verspannte Muskulatur. Er hat schlecht geschlafen. Mehrmals ist er wach geworden. Als nichts half, hatte er sich ein Glas Milch mit Honig warm gemacht und das Beste gehofft. Erfolglos. Er hatte die Nacht mehr durchwacht als verschlafen. Der unerwartete Besuch Elsas hatte ihn nachdenklich, aber vor allem wütend gemacht. Mehr, als ihm lieb war. Konnte man dieser Frau ihre übertriebene Vorgehensweise ausreden? Mitnichten. Was ging nur in ihrem Kopf vor? Zuerst pirscht sie sich an ihn heran, überaus freundlich. Ein angenehmer Abend bei ihr zu Hause, der sofort sämtliche Alarmglocken in ihm zum Schrillen brachte. Er weiß, dass der Gedanke, man könne in Zukunft entspannt und erfolgreich als Team agieren, ein frommer Wunsch ist. Elsa kann wie ein wilder Stier sein. So viel hat er in der kurzen Zeit des Kennens begriffen. Nur, wer ist diese Frau tatsächlich? Hinter der verletzten Fassade der erfolgreichen Kriminalpsychologin. Wem würde er dort begegnen? Manchmal spürt er etwas verrückt Vertrautes zwischen sich und ihr. Ein Gefühl mit viel Erklärungsbedarf. Keinem vernünftigen Argument zugänglich. Degenwald weiß umso weniger, je mehr er grübelt. Deshalb entschließt er sich, es bleiben zu lassen. Alles, was ihm gewiss scheint, ist, dass es noch nicht vorbei ist zwischen ihnen. Mit Gewalt holt er sich zurück ins Hier und Jetzt. Es geht nicht darum, seine Kollegin zu begreifen. Er muss Bramlitz überführen. Zuerst einmal will er ihn nervös machen. Anständig nervös. Bramlitz soll Hören und Sehen vergehen. Degenwald will, dass er sich wie ein Panther im Käfig vorkommt. Seinem eigenen. Erschaffen aus Motiv, übersteigerter Beurteilung und Tat. Später wird er ihn endgültig aus der Reserve locken. So sehr, dass Bramlitz froh sein wird, wenn es vorbei ist. Und als Letztes will er ihn geständig sehen. Niederknien soll er, wegen seiner unauslöschbaren Schuld. Um die Erkenntnis reicher, dass Macht in Wirklichkeit dort beginnt, wo Ruhe, entschlossene Gelassenheit und letztendlich Mitgefühl und Liebe herrschen. Degenwald weiß, dass all das, vorerst, ein frommer Wunsch ist. Trotzdem geht er daran, den Wunsch mit der Wirklichkeit zu vereinen.

Umsehen will er sich. Ein paar Worte mit den Mitarbeitern der Brauerei wechseln, wie nebenbei. Auf Spurensuche gehen. Sich treiben lassen. Das mag er. Das ist seine Methode. Seine Melodie. Dingen einen Körper verleihen und eine Stimme. Seine Form der Intuition. Warum sollen immer nur Frauen mit dem Wort hausieren gehen dürfen?, fragt er sich. Dann fällt ihm Elsa erneut ein. Dass er ihr aus dem Weg gehen wird, ist ihm längst klar. Wenn er an sie denkt, wird er still. Das stört ihn. Mehr, als die verbalen Attacken, die sie ihm anfangs und auch letzte Nacht geliefert hat. Damit kann er umgehen. Ihre Freundlichkeit dagegen, ihr Entgegenkommen, das er ebenfalls kennenlernen durfte, als er bei ihr zum Essen eingeladen war, spielen ihm diese Stille zu. Ein harmonisches Gefühl, das das Lärmen ausblendet. Friedvolle Stille. Fast greifbar. Gegen dieses Gefühl muss er angehen. Davor hat er eine Heidenangst.

Das Verhör war starker Tobak. Eine eigene Geschichte sozusagen. Degenwald hatte harmlos begonnen. Zuerst hatte er nach Bramlitz' Ehe gefragt. Ohne auf etwas Spezielles anzuspielen. Als mit dieser gewöhnlichen Frage eröffnet war, kam er mit der nächsten, der nach den Hintergründen. »Private Hintergründe, um genau zu sein«, sagte er.

»Welche Hintergründe?«, hatte Bramlitz unwissend getan. »Es gibt keine.«

Dabei schien es, als wolle er in sich selbst verschwinden. Seinen Körper auslöschen und so einer verzwickten Situation entgehen. Degenwald war darauf trainiert, auch noch die kleinste körperliche Reaktion als Antwort auf das Verhör zu deuten.

Er wolle sämtliche Einzelheiten erfahren und werde auch nicht davor zurückschrecken, jeden, wirklich jeden Verrückten danach zu fragen.

»Kommt das einer Kriegserklärung gleich?«, hatte Götz Bramlitz forsch erwidert.

»Wenn Sie es so ausdrücken wollen.« Degenwald war

gelassen und bestimmt zugleich geblieben. »Ich habe zwei Morde aufzuklären. Und ich habe keine Lust zu warten, bis ein dritter geschieht.«

»Reden wir von dem an meiner Frau. Der interessiert mich persönlich«, polterte Bramlitz, wie es seine Art war. »Ich würde einen Finderlohn aussetzen, um den Kerl vor mir zu haben, den Abschaum, der so was tut. Wie kann man nur eine Frau wie Aurelia töten? Die Liebenswürdigkeit in Person. Wie kann man nur einem Menschen wie ihr so was antun?«

Durch die schweren Vorhänge in Bramlitz' Büro fiel eine Schneise Licht.

»Interessante Frage«, hatte Degenwald zugestimmt. »Ein Messerstich in den Rücken. Hinterrücks, um es noch deutlicher zu machen. Ein Sterbebett am Wössener See. Und, um das Maß voll zu machen, wird auch vorm Ersticken nicht zurückgeschreckt. Wie viel Fantasie, wie viel Ausdauer muss man haben? Mir gehen genau diese Überlegungen durch den Kopf. Aber ich vermute, dass diese alte Geschichte, dieses ständige Fremdgehen, dieses aufbrausende Getue um Sex und Hörigkeit selbst einem feinen, sensiblen Menschen wie Aurelia irgendwann zu viel wurden. Diese Geschichte ist wieder aktuell geworden. Durch den Fund von Silke Maihausers Leiche. In diese verhängnisvolle Geschichte sind Sie involviert, Herr Bramlitz. Sie und Ihre verstorbene Frau. Ist es ihr zu dumm geworden? Nach all den Jahren der Demütigung vor aller Augen. Hat sie jetzt, nach über 20 Jahren Schonfrist, den Dolchstoß versetzt bekommen? Vordringlich meine ich den psychischen Dolchstoß. Damit wir uns richtig verstehen.«

Degenwald gönnte Bramlitz nur eine kurze Pause und

sprach dann weiter. »Ist Ihnen die Messerattacke schwergefallen? Das Messer, das Sie ihr von hinten ins Herz rammen wollten, als sie herausfand, wie sehr Sie an Silke Maihauser hingen. Wie sehr Sie von ihr abhängig waren. Vielleicht so sehr, dass Sie auch da nicht vor einem Mord zurückschreckten. Hat Ihre Frau das herausgefunden? Hat sie all die Jahre mit einem verschwiegenen Mörder unter einem Dach gelebt? Sind Sie endlich geständig gewesen? Haben Sie den Mord an Silke Maihauser zugegeben? Ganz einfach, weil Sie mussten? Weil Aurelia Ihnen draufgekommen ist? Ein Fehler, den sie mit ihrem Leben bezahlt hat.«

»Aha«, mehr hatte Bramlitz darauf nicht erwidert. Er hatte sich fürs Zuhören entschieden. Offenbar wollte er herausbekommen, wie viel Pulver Degenwald zu verschießen bereit war. Immer zuerst den Feind verausgaben lassen. Bis er müde wird. Erst dann zum Gegenangriff übergehen. Seine Strategie, wohl aus dem Moment heraus geboren, vermutete Degenwald. Auch auf seine schärfsten Behauptungen reagierte Bramlitz plötzlich gelassen. Keine Zornes- oder Schamröte, die ihm ins Gesicht schoss. Nichts Einlenkendes, weil er überhaupt nicht sprach. Klugheit oder Dummheit? Das war die Frage. Vielleicht war er aber auch nur perplex. Sprachlos, weil er mit einem derartigen Feuerwerk an Behauptungen gar nicht gerechnet hatte. Degenwald wunderte sich ja selbst. Etwas in der Art, was er hier bot, hatte er sich vorher nicht zurechtgelegt. Er ging aufs Ganze. Er wollte die Konfrontation. Krieg, ohne eine Chance auf Waffenstillstand.

Degenwald setzte das Verhör beharrlich fort. Zuweilen blickte er sein Gegenüber ehrfurchtgebietend an. Kein Blick, den er üben oder sich vornehmen musste. Es war der Blick, den er Götz Bramlitz durchweg vorbehielt. Dem Mann, dem er alles zutraute. Es war wie ein Schauspiel. Ein Zwei-Personen-Stück. Die Spieler allein auf der Bühne, ohne Bühnenbild. Spielbereit, nachdem der Vorhang hochgegangen war. Der erste Akt hatte begonnen. Das Spiel das Publikum ergriffen. Gepackt saßen sie da. Horchten hinauf. Begutachteten die Darsteller. Applaus für die Motivation, die Energie der beiden. Jeder für sich in Höchstform. Das Ende allerdings blieb offen.

»Ich könnte mir sehr gut vorstellen, dass ein Mann wie Götz Bramlitz, Sie, diesen Mord begangen hat. Den an Ihrer Frau, um keine Frage offen zu lassen. Und ich wäre dafür, wenn Sie, lieber Herr Bramlitz, diese Bemerkung nicht ausblenden, sondern an sich heranlassen. Aber machen Sie nur, wie Sie glauben. Ich komme Ihnen schon bei.«

»Ist das eine Drohung?« Langsam rührte sich doch etwas in dem Brauereibesitzer. »Wie viel von diesem Schwachsinn muss ich mir noch anhören?«

»Es ist mehr als das. Keine Drohung. Wie kommen Sie nur darauf? Es ist ein Versprechen. Das Versprechen, Sie festzunageln.«

»Ich habe einen brillanten Anwalt. Ich arbeite nur mit den Besten ihres Faches. Den Geschmack seiner Sprache bekommen Sie bald zu schmecken. Nehmen Sie das als Einladung. Die Einladung, weiter mit mir zu kommunizieren. Darauf legen Sie es vermutlich an. Eine mündliche Einladung, speziell für Sie, Hauptkommissar Degenwald.« Bramlitz deutete mit dem Finger auf ihn. Er hatte sich über den Schreibtisch näher zu ihm hinbewegt. Seine Augen starr auf den erklärten Gegner gerichtet. Dabei hatte er seinen Kiefer nach vorn geschoben, schien mit den Zähnen zu malmen, sie ungelenk aufeinanderzuschlagen.

Na endlich. Es kommt Bewegung in die Sache. Degenwald rieb sich – gedanklich – voller Vorfreude die Hände.

Bramlitz jedoch griff nach dem Telefon, entschlossen, eine Nummer einzutippen. Die Schwere und Bedrücktheit, die einige Sekunden zuvor von ihm Besitz ergriffen hatten, fielen achtlos von ihm ab. Er war wieder in seinem Element, war der Handelnde. Der, der den Ton angab.

All das nahm Degenwald, mit seinen auf Empfang ausgerichteten Antennen, auf. Ohne lange zu überlegen, entschied er sich, Bramlitz diesen Moment zu vermasseln. Den würde er vor seinen Augen kappen wie ein Seil, an dem er sich festhält. Er stand auf und blickte von oben auf seinen Gegner herab.

»Kommen Sie morgen, gegen zehn, in mein Büro. Das hier war lediglich ein kleiner Vorgeschmack. Das Verhör findet dann dort statt. Ihr Anwalt ist selbstverständlich herzlich willkommen.«

Als er die Tür hinter sich schloss, hörte er, wie Bramlitz ein leiser Fluch entkam.

Respektable Leistung, Karl! Morgen geht es in die Verlängerung, motivierte er sich. Er ging den Gang, den er zuvor noch in die eine Richtung entlanggelaufen war, nun in die andere.

Elsa hielt sich zur selben Zeit wie ihr Kollege in der Brauerei auf. Da sie ihren Wagen auf der Rückseite des Gebäudes abgestellt hatte, sah sie Degenwalds Audi nicht, bekam nichts vom Beginn seiner Feindschaft mit. Einer, die vorerst einen Anfang gefunden hatte, nach langer Zeit des Sondierens, und die ein Ende offen ließ.

Elsa hatte anderes im Sinn. Sie steuerte zielsicher

Aurelias Büro an. Den Raum, in dem sie erstmals mit dieser faszinierenden Frau zusammengetroffen war.

Da niemand vom Personal auf sie aufmerksam wurde und sie den langen erleuchteten Gang ohne quälende Fragen nach dem Grund ihres Auftauchens geschafft hatte, betrat sie Aurelias Reich unbemerkt. Dort angekommen, schloss sie sachte die Tür hinter sich, um Ruhe und Zeit zu gewinnen. Ein flüchtiger erster Blick nahm den Schreibtisch ein und ließ ihre Finger geschickt Papiere vorsortieren. Offenbar Unwichtiges wurde beiseite geschoben, vorsichtig, um ja keinen Verdacht aufkommen zu lassen und nichts zu übersehen. Den Verdacht vorschnell tastender Hände, die nach einem Motiv suchten, einer Stecknadel im Heuhaufen. Hände, die darauf trainiert waren, Wichtiges einzukassieren. Manchmal sogar, ohne die benötigten schriftlichen Befugnisse von höchster Stelle vorweisen zu können. Irgendetwas, das dieser Frau, Aurelia Bramlitz, sozusagen posthum das Lächeln raubte und dem Mord an ihr eine Stimme gab. Dem war Elsa auf der Spur.

Sie hatte Glück, musste nicht lange suchen. Zuerst waren es belanglose Rechnungen, Bestellungen, ausgearbeitete Marketingstrategien, Steuerunterlagen, Anwaltskorrespondenz, Telefonlisten, die sie fand. Ein Gewirr ohne Ende.

Als ihr Blick, wenige Minuten später, an einem Schreiben hängen blieb, das einen Tag vor Aurelias Tod datiert war, stutzte sie. Gut lesbar hatte die erst vor Kurzem ermordete Ehefrau eines der mächtigsten Männer Oberbayerns Geschäftskorrespondenz mit Anong Bramlitz unterschrieben. Anong, nicht Aurelia, wie Götz seine Frau umbenannt hatte. Eingebürgert in Bayern und in sein Reich. Auf eine besonders schamlose Weise, wie Elsa fand.

Sie setzte sich. Eine automatisierte Geste in Momenten, in denen sie etwas registriert, worauf sie dennoch nicht vorbereitet ist.

Aurelia Bramlitz, die doppelt angegriffen wurde und deren Körper, zu allem Überfluss, auch noch in die Kälte einer Herbstnacht ausgesperrt worden war, hatte die Autorität ihres Namens zurückgefordert. Kurz bevor man ihr Gewalt angetan hatte. Elsa kam es wie das Paradoxon schlechthin vor. Der lautlose Schrei. Der ungenannte Name. Der Protest, den niemand hörte. Nur sie, sie hörte ihn. Überlaut. Deutlich. Jetzt, in diesem Moment. Zufrieden, weil Aurelia endlich aufbegehrt hatte. Wogegen, das wusste sie allerdings noch nicht.

Ein Fund von Bedeutung war ihr gelungen, das wusste Elsa. Ohne noch länger weiterzusuchen, trat sie aus dem Büro, ging, auch diesmal einem Phantom gleich, den Gang zurück, auf den Hinterausgang zu. Sie verließ den Bürotrakt der Brauerei, steuerte ihren Wagen an und stieg ein. Einen Moment verharrte sie hinter dem Lenkrad. Dann startete sie. Den Brief, den Aurelia mit Anong unterschrieben hatte, in der Sicherheit ihrer Jackentasche.

Zurück im Büro, hört Elsa Degenwald drüben telefonieren und dabei auf und ab gehen. Zu müde und kein bisschen motiviert, zu ihm hinüberzugehen, schnappt sie lediglich Gesprächsfetzen auf.

»… glaub mir, der war angestrengt bemüht, meine Bemerkungen auszublenden … ach was, sie in das Reich der Fantasie auszulagern … hatte wässrige Augen, wie sie nur jemand hat, der etwas zu verbergen sucht … und sein

Blick, der konnte meinem kaum standhalten … den kriege ich dran, darauf würde ich meinen eigenen Namen verwetten …«

Elsa sitzt wie festgewachsen in ihrem Bürostuhl. Geschafft von den vorangegangenen Stunden. Kurz lässt sie ihren Blick davonirren. Hinter ihrem Fenster ist der Sommer damit beschäftigt, sich auf den September auszudehnen. Vorhin, während der Autofahrt hierher, hat sie im Radio gehört, dass der Altweibersommer kräftig anklopfe. So laut, dass man ihn keinesfalls überhören könne. Warme, ja man könne sogar von heißen Tagen sprechen, die bevorstünden. Die 30-Grad-Marke läge im Bereich des Vorstellbaren. Deren Überschreitung wäre in einigen Städten Deutschlands voraussagbar. Wo zuvor dicke Jacken, Regenschirme und Zähneklappern angesagt gewesen waren, dürfe man jetzt getrost an Badehose und Bikini denken. Seen, die noch badetaugliches Wasser zu bieten hätten, würden vermutlich am Wochenende gestürmt werden. Happy hours, Beachfeeling und Holidays stünden auf dem Programm. Der Radiomoderator hatte jeden vernünftigen Menschen dazu aufgefordert, sich dieses Ereignis nicht entgehen zu lassen. Saharawinde mit passendem Feinstaub im Gepäck wären auch noch drin. Das Wetter spiele verrückt.

›Was soll's, Leute. Macht mit! Verabschiedet den verfrühten Herbsteinbruch und begrüßt, mit mir, den Rest an Sommer, der uns längst zusteht. Der Mensch besticht dadurch, dass er ein anpassungsfähiges Tier ist. In dem Sinne: Amüsante Tage, viel Spaß und heiße Gefühle. Servus, Bayern!‹

Elsa holt sich zurück in die Arbeitswelt. Sie steht auf, öffnet das Fenster und lässt die unerwartet laue Luft hinein. Dann zieht sie ihre Jacke aus und holt Aurelias Brief aus der Tasche. Bedächtig legt sie ihn auf ihren Schreibtisch. Streicht das Papier glatt und starrt nur auf die Unterschrift, die für sie alles verändert.

Später fährt sie durch den frühen Abend heimwärts, nur eines im Sinn. Zu Hause höchstens noch einen Film anschauen. Egal, was das Fernsehprogramm zu bieten hat, sie wird es konsumieren. Nichts tun müssen ist ihre Prämisse. Sich berieseln lassen. Ausspannen.

Der nächste Tag, das weiß sie, wird ihr einiges abverlangen.

13. KAPITEL

Früh um fünf steht sie auf. Während die Sonne sich noch hinter kalt glänzenden Berggipfeln darauf vorbereitet aufzugehen, schwebt graublauer Dunst träge über den Wiesen. Die Luft draußen ist angenehm frisch. Elsa steht auf dem Balkon und atmet sie genüsslich tief ein und aus. Heute wird der erste heiße Tag werden. Optimale Voraussetzungen für ihre Bergtour. Nichts kann sie davon abhalten, den Taubensee zu erobern.

Sie hat Degenwald eine kurze Notiz auf den Schreibtisch gelegt, nachdem er, tags zuvor, noch einmal weggegangen war.

Leider habe sie morgen den ganzen Tag über außer Haus zu tun. Keinen Gruß, nichts. Der Informationspflicht hatte sie damit Genüge getan. Es reicht, hatte Elsa sich gesagt. Sie ist nicht bereit, ihre Pläne schon vorab, zur Gänze, preiszugeben. Nicht, bevor sie weiß, ob es oben, am Taubensee, in der Hütte von Birgit Leiners Eltern, etwas Entscheidendes zu holen gibt.

Ihren Wagen stellt Elsa beim Verkehrsamt in Schleching ab. Entschlossen, den Weg in kürzester Zeit zu schaffen, bricht sie auf. Die neuen Bergschuhe an den Füßen, außerdem einen Rucksack mit zwei Wasserflaschen, Zwieback, Obst, einer Tafel Schokolade, Taschentüchern, Pflaster und ihrem Mobiltelefon dabei, fühlt sie sich perfekt ausgerüstet. Vor dem Sportplatz zweigt sie ab und nimmt den ausgeschriebenen Feldweg Richtung Wagrain. Später biegt sie vor dem Zollamt zum Achberg ab. Mit weit ausholenden

Schritten testet sie die Bequemlichkeit des neuen Schuhwerks und ihre Kondition. Zufrieden mit dem Kauf und mit sich, wird Elsa mutiger. Den Sonnenhut, den sie aufgesetzt hat, nimmt sie dann und wann vom Kopf, wedelt sich Luft damit zu und beginnt, das Ganze zu genießen. Was spricht dagegen, diesen Teil der Arbeit als Freizeit anzusehen? Eine Bergtour bei herrlichstem Spätsommerwetter. Dafür gäbe manch einer einen Urlaubstag.

War doch nicht so schlecht, nach Bayern zu ziehen, ist sie mit einem Mal sicher. Die Landschaft, die saubere Luft, die Ruhe der Bergwelt. Alles zusammen ein einziger Traum. Nach einer Stunde des Gehens macht sie Pause, cremt sich mit Sonnenschutz ein und trinkt eine halbe Flasche stilles Wasser. Obwohl es noch früh ist, spürt Elsa bereits das Aufkommen der beginnenden Hitzewelle. Wie ein Dunstschleier drängt sich eine zweite Luftschicht unter den ansonsten klaren blauen Himmel. Regelrecht wattiert sieht alles aus. Elsa blickt gen Himmel, lässt ihre Augen tanzen. Ein Seidenschleier, der den plötzlichen Sommer ausmacht. Das ist es, was sie wahrnimmt. Doch mit ihm kommen ungebetene Gäste. Es braucht nicht lange, bis ihr das klar ist. Elsa kommt kaum mit, so oft muss sie sich stechendes Getier vom Körper schlagen. Besonders die Bremsen scheinen es auf sie abgesehen zu haben. Die unscheinbar grauen Körper beißen sich in ihre Beine, Arme und den Nacken. Sie suchen die unmöglichsten Stellen, lechzen nach ihrem Schweiß und Blut und hinterlassen juckende rote Fleischwülste. Elsa gibt Speichel darauf und redet sich ein, dass das Jucken halb so wild ist. Es gelingt nur teilweise. Bald kratzt sie sich doch und flucht und lacht dann, weil sie sich so schnell aus der Ruhe bringen lässt. Und das an einem Bilderbuchtag.

Sie folgt der Forststraße, biegt schließlich Richtung Streichen ab und gelangt zur Heider-Alm. Eine Rast kommt nicht infrage, stellt Elsa sich selbst harte Bedingungen. Sie wandert weiter, bis sie die Chiemhauser-Alm vor sich liegen sieht und die Tafel Schokolade dran glauben muss. Mit großem Appetit isst sie, trinkt erneut, genehmigt sich noch zwei Stücke Zwieback und wandert gestärkt weiter. Sie ignoriert schweren Herzens die Streichenkirche und das besagte Kunstkleinod aus dem 14. Jahrhundert, denn langsam packt sie die Neugier. Ihre Gedanken, die zuvor noch zu schlafen schienen, höchstens träge dahinwanderten, ihrem Blick gleich, melden sich zurück. Mit aller Vehemenz. Könnte Birgit Leiner etwas mit dem Mord an Silke Maihauser zu tun haben? Wenn nicht als Handelnde, dann doch als Nebenfigur, als Mitschuldige? Elsa hat den kleinen Gebirgssattel im Blick. Das Panorama ist verheißungsvoll. Sie genießt einen kurzen Rundumblick, schnauft, prüft, ob ihr Mobiltelefon irgendwelche Nachrichten für sie hat – ohne Ergebnis – und geht weiter. Der Kroatensteig, den sie forsch hinter sich lässt, auch wenn sie ein erstes Brennen in den Fersen spürt, lässt bald den Taubensee in Erscheinung treten. Erneut bleibt Elsa stehen. Ein entzückter Schrei entkommt ihr, so fasziniert ist sie von dem tiefgrünen Wasser, das still und erhaben vor ihr liegt. Von Touristen keine Spur. Zu früh, vermutet Elsa. Sie ist froh, zu nachtschlafender Zeit aufgebrochen zu sein, mobilisiert ihre letzten Kräfte und hastet ans Ufer des Sees. Schuhe, Socken, Hose, Hut, T-Shirt, all das legt sie in Windeseile ab. Ein Hüpfer und sie ist im Wasser. Prickelnd umschließt sie das Nass. Sie muss erschrocken ausatmen, so kalt ist es auf der Haut. Trotzdem genießt sie die Erfrischung. Das Jucken der

Bremsenstiche lässt nach. Elsa macht einige Züge, dreht um, blickt direkt in die Sonne und kommt aus dem Wasser. Von Krebsen hat sie nichts bemerkt. Die sind ihr plötzlich wieder eingefallen. Einen Moment setzt sie sich auf einen Stein, lässt sich an der Luft trocknen und zieht sich schließlich wieder an.

Jetzt ist sie bereit, nach der Hütte von Birgit Leiners Eltern Ausschau zu halten. Sie hat am Abend zuvor ein weiteres Mal mit Ben telefoniert. Auf ihre Bitte hin hat er ihr den Weg genauestens beschrieben. Mit seinem Wissen ausgestattet, kann nichts schiefgehen, ist Elsa sich sicher. Erneut bricht sie auf. Eine Weile geht sie barfuß, froh, ihren Fußsohlen watteweiche Flechten, Moos und Gras bieten zu können. Seit langer Zeit fühlt sie sich wieder unbeschwert. Hartmut und alles, was mit ihm zu tun hat, ist weit weg. Die bevorstehende Scheidung kommt ihr plötzlich wie das Ereignis guter Freunde vor, nicht das ihre. Sie fühlt, dass sie das schaffen kann. Distanz hat sich eingeschlichen. Elsa freut sich, als sie es bemerkt. Sie wird ihrem ungewollten Neubeginn irgendwann, vielleicht sogar schon bald, nicht mehr mit Trotz, sondern mit Gelassenheit und Zustimmung begegnen. Und Anna? Der muss sie Zeit geben. Man kann den Ausspruch als blöden Satz abtun, aber er stimmt trotzdem. Mit Zeit im Gepäck bekommt man alles hin.

Die Hütte, die auf der österreichischen Seite liegt, ist schnell gefunden. Bens telefonisch übermittelte Landkarte leistet, vor Ort, perfekte Dienste. Das verwitterte kleine Haus wirkt wenig einladend. Elsa steht davor und schaut auf geschlossene Fensterläden und ein mit Holzschindeln gedecktes Dach, von denen einige durch den

Sturm der vergangenen Tage oder ein Unwetter zuvor arg in Mitleidenschaft gezogen oder ganz verschwunden sind. Die Eingangstür, die von der Sonne ausgeblichen ist, lädt eher dazu ein umzukehren. Früher habe der Schlüssel immer hinterm Haus gelegen, unter einem Stapel Brennholz, hatte Ben ihr versichert. Elsa geht dem nach und sieht sich hinter der Hütte um. Sie entdeckt das Fichtenholz und beginnt, den Turm abzutragen, der an der Hauswand lehnt. Es dauert eine Weile, bis sie das passende Holzstück findet, unter dem der Schlüssel auf sie wartet. Zufrieden ergreift sie ihn, schichtet das Holz halbherzig aufeinander und macht sich an der Vordertür zu schaffen. Im Handumdrehen ist sie in der Hütte, öffnet die Fensterläden, um Tageslicht hereinzulassen und die abgestandene Luft durch frische auszutauschen. Im Sonnenlicht sieht der Raum gleich viel freundlicher aus. Elsa schaut sich um. Was sie sieht, macht sie augenblicklich sprachlos. Bücher, alte Hefte und Zeitschriften, vergilbte oder achtlos weggelegte Fotos, angeschlagenes Steingut, gebrauchtes Geschirr, billige furnierte Regale, ein runder Tisch mit Stühlen drum herum. Alles dicht an dicht gestellt, geräumt, geschlichtet. Der höchstens zehn Quadratmeter große Raum ist überfüllt, scheint aus allen Nähten zu platzen. In einer Ecke stehen ein Ofen und eine Mini-Kochnische. In einer anderen ein mächtiger Ohrensessel aus braunem, halb zerschlissenem Leder. Elsa vermutet Pfoten und Zähne, nämlich das Temperament von Birgits Hund als Übeltäter. Der Sessel ist das Erste, was einem ins Auge springt, wenn der Raum sich vor einem auftut, stellt Elsa fest. Er nimmt ihn nicht nur ein, er scheint gar nicht in ihn hineinzupassen. Das Stück erschlägt das Zimmer, scheint es zu sprengen. Bei näherem Hinsehen entdeckt Elsa an der Seite, wo das genagelte Leder und das Eichenholz ineinander übergehen, das dezent angebrachte Logo eines Nobel-Möbelherstellers. Der Sessel ist offenbar ein sündhaft teures Stück. Wie geriet ein Möbel wie dieses in ein halb verwildertes billiges Sammelsurium? Nebenan befindet sich ein weiterer, ebenso kleiner Raum. Offenbar besteht der Grundriss der Hütte aus einem Raum, der in zwei gleich große Hälften geteilt worden ist. Auch hier, in Birgit Leiners Schlafstätte, herrscht verwahrloste Überfüllung. Ein einfaches Bett. Das karierte, offenbar benutzte Bettzeug aufgezogen. Am Fußende eine zusammengelegte Polyesterdecke. Neben dem Bett ein kleiner Tisch, mit Wasserflecken übersät. Auch in diesem Zimmer findet Elsa eine Unmenge von Büchern, vor allem Liebesromane, aber auch Krimis und Horrorgeschichten. Dazu, um das Potpourri komplett zu machen, heillos veraltete Tageszeitungen, auch einige neueren Datums, wie Elsa überrascht registriert. Beim achtlosen Aufheben stößt sie auf eine erst wenige Tage alte Ausgabe der bekanntesten bayerischen Gazette, die, auf der Titelseite, vom Fund von Silke Maihausers Leiche berichtet. Überrascht hält sie das von Glasrändern übersäte Papier in der Hand. Einige Sekunden lang lässt sie ihre Gedanken hierhin und dorthin schweifen, darauf fokussiert, den Grund des Fundes zu eruieren. Dann legt sie die Zeitung zurück. Draußen, das hat sie bereits überprüft, gibt es ein Plumpsklo, das von Fliegenschwärmen bevölkert ist. Ein sicheres Zeichen, dass vor nicht allzu langer Zeit jemand hier gewesen sein musste. Und das nicht nur für wenige Augenblicke. Ansonsten gibt es nur unberührte Natur zu entdecken, die sich aufspaltet in die Vögel am Himmel über einem und das Leben hinter den Bäumen, Sträuchern, Wiesen und Felsen. Elsa verliert keine Zeit und geht vom interessierten Hin- und Hersehen an die Arbeit. Eine, die ihr höchstes Vergnügen bereiten wird. Da ist sie sich schon jetzt sicher.

Die Sekunden, Minuten, ja sogar die Stunden vergehen mit doppelter Geschwindigkeit. Elsa scheint sie verloren zu haben. Ohne sich dessen gewahr zu sein, ist sie in Birgit Leiners Welt eingetaucht, wie sie zuvor durch den Taubensee geschwommen ist. Ohne langes Überlegen, ohne Zögern. Von ihr ist nichts mehr zu entdecken. Sie hat sich in ein Double der Person verwandelt, der ihr berufliches Interesse gilt. Mit Haut und Haaren, wie Elsa seit jeher arbeitet, geht sie auch hier vor. Derart intensiv, dass alles, was mit der wirklichen Welt draußen und ihrer tatsächlichen Person zu tun hat, verschwimmt. Folglich auch die Zeit. Draußen hat die Sonne ihren Höchststand erreicht und wieder verloren, wie Elsa sich selbst. Jetzt befindet sich die gelbe Kugel in einer Abwärtsbewegung, den Berggipfeln, dem Hügelland folgend. Die Nachmittagsstunden sind längst eingeläutet. Der Abend kündigt sich an. Die Luft verliert ihre drückende Schwüle und ist endlich angenehm warm. Einige Touristen sind angeschwärmt wie die Mücken. Sie haben sich des Taubensees bedient, um ihn schneller, als ihnen lieb ist – denn auch sie leiden unter den Bremsen – wieder zu verlassen. Von all dem bekommt Elsa nur am Rande mit. Sie vergräbt sich in die Menge von Zeitungen und Fotos, durchsucht jedes einzelne Möbel sorgsam, durchwühlt die Wäsche. Die Fotos geben zuerst nicht viel her. Birgit Leiner und ihre Eltern, in allen erdenklichen Posen festgehalten. Bei diversen Feiern. Beim Wandern. Beim Sitzen auf einer

Couch. Vor der Hütte, in der Elsa sich aufhält. Sie erkennt die Bergkulisse. Beim stillen Lächeln wandelt sich das Gesicht der beiden Alten, beim Grimassenschneiden erneut, sicher zu Birgits Freude.

Dazu Fotomengen von Hasso, dem Schäferhund. Ihn gibt es derart oft zu sehen, dass Elsa sich ihren Teil denkt. Obsession ist das Wort, das ihr dazu einfällt. Doch dann, in einem Schrank versteckt, Fotos von Fred Maihauser. Wie er vorm Fernseher sitzt. Im Garten, auf der Terrasse, am Hauseingang, vor der Mülltonne, auf der Toilette sitzend. Elsa schreckt innerlich zurück. Fred Maihauser, der auf der Toilette sitzt? Kein Irrtum! Er ist es. Was hat Birgit Leiner nur diesen Schnappschuss in die Hände gespielt? Dass sie heimlich ihren Chef fotografiert haben könnte, verwirft Elsa zuerst. Doch dann schwört sie diesem Gedanken ab. Schon eine ganze Weile dämmert es ihr. Birgits Obsessionen wachsen vor ihren Augen an, vermehren sich wie Ableger wuchernder Pflanzen, die sie früher, gemeinsam mit ihren Klassenkameraden, in der Schule gezogen hatte. Offenbar gibt es drei Themen in Birgits ansonsten unspektakulärem Leben. Ihre Eltern, die inzwischen im Seniorenheim leben, ihren Hund und Fred Maihauser. Birgit Leiner kann offenbar mit nichts anderem aufwarten. Ihr Leben gibt nicht mehr her als die eigene Herkunft, die Eltern, ergänzt von der sicheren Wärme, die ihr Hasso, ihr Hund, vermittelt. Bei all dem muss ihr Job, die Arbeit im Hause Maihauser, geradezu aufregend erschienen sein. Dort genoss sie ein Parallelleben. Rund um Fred Maihauser spielte sich etwas ab, von dem auch sie betroffen war. Physisch und psychisch.

In einem der Liebesromane, die die Haushälterin, einer Sucht gleich, liest, wird Elsa erneut fündig. Ein weiteres

Bild von Maihauser. Er steht neben Silke, seiner verstorbenen Frau, und lächelt gezwungen in die Kamera. Mit einem riesigen schwarzen ›X‹ hat jemand Silke aus Maihausers Leben herausgestrichen. Zusätzlich wurde der Kopf der jungen Frau mit schwarzem Kugelschreiber übermalt. Gott sei Dank nur halbherzig, sodass Elsa ihre Identität noch feststellen kann.

In ihr reift mehr und mehr ein Gedanke, der Form und Leben annimmt. Birgit Leiners Psyche mutiert, von Minute zu Minute mehr, zu einer Frau, die man gut und gern als besessen einstufen kann. Wenn sie in Fred Maihauser zu der Zeit verliebt gewesen war, als er in einer unglücklichen Ehe mit Silke lebte, konnte eine Frau wie Birgit da nicht das Leid ihres Geliebten zu viel geworden sein? Konnte sie derart darunter gelitten haben, dass sie sich zu einer unüberlegten oder, was noch schlimmer war, wohlüberlegten Handlung entschlossen hatte? Einer, die in der gewaltsamen Beendigung eines viel zu jungen Lebens gipfelte?

Elsa überkommt ein Schauer. Die feinen Haare auf ihrem Körper stellen sich auf.

Ihr Beruf konfrontiert sie ständig mit den übelsten Ausschweifungen, aber brutaler, vorsätzlicher Mord erscheint ihr nie selbstverständlich. Jedes Mal betrachtet sie die Tat durch ihre Augen als das Abscheulichste, was ein Mensch einem anderen antun kann. Jeder Fall bleibt dahingehend gleich, dass sie sich, meist hinterher, wenn die Täterin oder der Täter verhaftet ist, aufs Neue fragt, ob die Verurteilung etwas verbessert oder gar ändert. Ist nicht derselbe Impuls am Werk, der eine negative Handlung gegen den Willen eines Menschen ausübt und ihn – später – richtet? Kann man ein Unglück durch ein anderes auslöschen oder berichtigen? Ist überhaupt jemandem geholfen, indem man einen Menschen wegsperrt? Oft genug muss sie zugeben, dass es keine andere Möglichkeit gibt. Etwa bei Vergewaltigung, Kindesmissbrauch und vielem mehr. Oft jedoch bekommt sie Mitleid, erkennt, was einen Menschen dahin geführt, sozusagen irregeführt hat. Der Täter ist oft genug selbst Opfer. Nur die Zeit trennt beide Ereignisse voneinander. Und so wurde jemand zuerst missbraucht, an Leib oder Seele, bevor er selbst das Leben eines anderen missbraucht. Ein schrecklicher, unentrinnbarer Kreislauf.

Draußen, das stellt Elsa endlich fest, hat die Dämmerung eingesetzt. Es kann noch nicht lange her sein, da muss die vorangeschrittene Zeit die Berggipfel in ein zart rosarotes Lichtband gehüllt haben. Davon, wie von vielem anderen um sie herum, hat Elsa nichts mitbekommen.

Inzwischen ist sie sich sicher. Der zerschlissene Sessel im Wohnraum der Hütte stammt mit an Sicherheit grenzender Wahrscheinlichkeit aus der Villa von Fred Maihauser. Vermutlich handelt es sich um ein ausrangiertes Stück. Ersetzt durch ein neueres, teureres. Diesen Teil Leben hatte Birgit sich, wie auch immer, gesichert. Sie hatte – innerlich triumphierend? – auf demselben Leder gesessen wie ihr Arbeitgeber. Wie der Mann, den sie anhimmelte oder für dessen Wohlergehen sie ehern kämpfte. Gegen alle Widrigkeiten, alle Schlechtigkeit seiner Ehefrau, dieses Flittchens, wie Birgit Silke nannte.

Elsa weiß, dass sie für ihre Überlegungen, den Verdacht, dass Birgit etwas mit Silke Maihausers gewaltsamem Tod zu tun hat, Beweise braucht. Alles, was sie hier vorfindet, sind Indizien. Indizien, die für die Übernahme des Sessels sprechen, vermutlich gegen Fred Maihausers Wissen oder

Einwilligung, denn dann wäre ihm vielleicht die Schwärmerei seiner Angestellten oder ihr hartes Urteil, was Sitte, Anstand und Moral anbelangte, aufgefallen.

Elsa entscheidet sich, für heute Schluss zu machen. Sie hat genug gesehen. Morgen soll Ben Fürnkreis hier übernehmen. Die Spurentechnik hat sicher an ihrem Fund Interesse.

Sie spürt eine Mischung aus innerer Anspannung und nervöser Zufriedenheit über das, was sie vorgefunden hat, in sich aufsteigen. Doch da ist noch etwas anderes. Etwas, das tiefer geht und das sie am liebsten vor sich selbst verbergen würde.

Elsa sieht sich einer sie überrollenden Welle aus Entsetzen und Scham ausgesetzt. Diese beklemmende Mischung scheint ihr die Kehle zuzuschnüren, wenn sie an ihr letztes Zusammentreffen mit Karl Degenwald denkt. Dem Mann, dem sie einen Mord zugetraut, und, was noch schlimmer ist, das auf den Kopf zugesagt hatte.

14. KAPITEL

Degenwald trinkt einen Schluck Kaffee und beißt in eine Laugenbrezel. Er hat keinen blassen Schimmer, was ihn heute derart hungrig macht. Er könnte auf der Stelle ein fünfgängiges Menü verzehren. Dazu ein frischgezapftes Bier. Degenwalds Zunge schnellt über die Lippen. Eine heroische Vorstellung. Doch anstatt tatsächlich im Genuss zu schwelgen, hat er nebenan Götz Bramlitz' Anwalt sitzen. Angeblich könne sein Mandant heute nicht auf dem Präsidium erscheinen, hat ihm der schon von Weitem erfolgreich wirkende Jurist vor wenigen Minuten mitgeteilt. Mit verschlossener Miene und einem süffisanten Lächeln, das er der Nachricht hinterherschickte. Herr Bramlitz habe einen Zusammenbruch erlitten. Nach Vorlage des ärztlichen Attests, das er sich, darauf ging Degenwald jede Wette ein, aufgrund seiner hervorragenden Kontakte ergaunert hatte, blieb nichts übrig, als sich in sein Büro zurückzuziehen. In Ruhe zwei Bissen von der Brezel und etliche Schlucke Kaffee trinken, solange der noch heiß war, das kann er sich nun, in Anbetracht der Lage, durchaus leisten. Den Frust, der sich wegen des verpatzten Verhörs bei ihm einstellt, versucht Degenwald nicht an sich heranzulassen. Die Zeiten, als er so was nötig gehabt hatte, sind längst vorbei. Trotzdem fuchst ihn der Gedanke, dass Bramlitz wertvolle Zeit für sich herausschinden konnte. Zeit, die er dazu nutzen würde, sich vom letzten Verhör zu erholen und erneut innere Stärke und Überlegenheit auf sein Konto zu verbuchen. All das, um ihm demnächst, erstarkt, erneut gegenüberzutreten. Wie beim Gladiatorenkampf in der Arena in Rom, kommt es Degenwald in den Sinn. Er legt die Brezel achtlos beiseite. Als er aufsteht, wirft er einen automatischen Blick aus dem Fenster. Unten steuert Ben Fürnkreis dem Eingang zu.

Elsa hat den schnellen Weg ins Tal angetreten. Unbedacht tut sie Schritt um Schritt, setzt Fuß vor Fuß. Es ist mehr Laufen als Gehen. Die Dämmerung, die längst eingesetzt hat, treibt sie zur Eile an. Die Berge, noch wenige Augenblicke zuvor von einem letzten schwachen Lichtschein angestrahlt, versinken jetzt in starre Dunkelheit. Die Zeit, die sie zuvor, in der Hütte, vergessen hatte, bringt sich jetzt unangenehm in Erinnerung. An eine Taschenlampe hatte sie am Morgen, beim Packen des Rucksacks, nicht gedacht. Stumm hadert sie deshalb mit sich. Schimpft sich wegen des mangelhaft geplanten Trips aus. So etwas darf ihr einfach nicht passieren. Andererseits, einen Schatz an derart verqueren Indizien – der Birgit Leiners Psyche ein Stück weit offenlegt und ein dringendes Motiv für den Mord an Silke Maihauser liefert –, darauf hatte sie nicht gehofft. Alles, was sie oben am Berg gefunden hat, rechtfertigt, rückblickend, ihren Aufbruch.

Plötzlich erscheint alles im neuen Licht. Die Schuld, die sie die ganze Zeit über auf Karl Degenwalds Schultern geladen hat, ist nun auf die von Birgit Leiner übergegangen. Schwere Schuld. Schon bringt sie die Haushälterin des Opfers mit dem Wort ›Mord‹ in Verbindung. Ob vorsätzlich, bleibt abzuwarten. Es spricht viel dafür, dass es so gewesen sein könnte. Birgit Leiner ist schuldig. Auf die ein oder andere Weise. Das muss sie nur noch beweisen.

Elsa wandert bereits eine ganze Weile talwärts, als eine unbestimmte Angst in ihr hochkriecht. Plötzlich kommt ihr absurd vor, was sie da treibt. Gehen, sich abmühen. Immer nur einen Fuß vor den anderen setzen. Längst hat sie ihre Fersen mit Pflaster eingepackt. Notdürftig, im Dunkeln.

Zuvor, als es noch heller gewesen ist, hat sie etwas im Seitenfach ihres Rucksacks gefunden. Einen Auszug aus einem philosophischen Buch, das sie, nach einem Meditationslehrgang, aufmerksam gelesen hatte: ›Wer den Halt an sich selbst verloren hat, sucht bei anderen. Vor allem Fehler, Schwächen und Schuld. Wende dich einwärts. Dort findest du dich! Damit erlischt jede Schuld. Bei dir gibt es keine Verzweiflung, keinen Mord. Denn du bist und dort ist!‹

Elsa hat verstört innegehalten. Wäre damals ein sinnloser Mord verhindert worden, wenn Birgit Leiner nur einmal diese Zeilen gelesen hätte? Nein, zweifelt Elsa. Hören allein reichte nicht aus. Man muss erkennen.

Sie weiß nicht, ob sie den Rückweg schaffen wird. Bei der Dunkelheit. Zwar haben ihre Augen sich längst an die stetig zunehmende Finsternis angepasst, lassen sie nicht im Stich. Doch es ist nicht die Schwärze um sie herum, die sie ängstigt. Es ist die Außergewöhnlichkeit der Situation. Sie ist es schlichtweg nicht gewohnt, nachts in den Bergen herumzustreifen. Sie sehnt sich nach den Lichtern der Stadt. Und deren Geräuschen. Das kennt sie. Das würde ihr Sicherheit geben. Mit dem Schreien und Kreischen der Vögel, dem Raunzen fremder Tiere und dem monotonen Plätschern des Wassers kann sie nichts anfangen.

Vor lauter stummem Funktionieren ist alles Nachdenken in Vergessenheit geraten. Plötzlich fällt ihr ein, dass sie längst Degenwald hätte anrufen können. Hilfe anfordern.

Der Gedanke ist ihr keinen Moment gekommen. Bis jetzt. Elsa bleibt stehen und beginnt, panisch in ihrem Rucksack zu wühlen. Hastig durchforstet sie jeden Winkel. Wühlt sich durch benutzte Taschentücher, Zwiebackbrösel, Schokoladenpapier, leere Wasserflaschen. Von ihrem Mobiltelefon keine Spur. Plötzlich scheint möglich, dass sie es in der Hütte liegen gelassen hat. Beim Auspacken der Obstvorräte am Nachmittag. Die Ungewissheit, es könne so gewesen sein, treibt ihr den Angstschweiß auf die Stirn. Das Ganze ist zu banal, um wahr zu sein.

Dann schaut sie hoch. Die dunkelgrauen Umrisse der Bergkette türmen sich vor ihr auf. Ohne Sicherheitsabstand. Aber auch das gibt ihr keine Antwort auf die Frage, was sie tun soll. Einen flüchtigen Moment lang misst sie sich mit ihrer eigenen Unsicherheit. Überprüft, ob sie dagegenhalten kann. Und gibt auf. Erschöpft sinkt sie ins Gras. Kontrolliert ihren Atem. Nur nicht zu hastig werden. Gleichmut zeigen. Gelassenheit hilft überleben. In jeder Situation. Auch in dieser.

Anna sitzt gelangweilt vorm Fernseher, lässt sich berieseln. Neben ihr eine aufgerissene Packung Chips. Obwohl ihre Augen auf den viereckigen Kasten vor sich gerichtet sind, weiß sie nicht, worum es zwischen dem Mann und der Frau auf dem Bildschirm geht. Sie gähnt, schnappt sich eine Handvoll Chips, während die Protagonisten miteinander um Wahrheit und Verständnis ringen, steckt sie sich in den Mund und blickt kauend auf ihr Handgelenk. Dann holt sie das Handy aus der Hosentasche und ruft ihre Mutter an. Nach dem Freizeichen legt Anna sich die ersten Worte zurecht. ›Wo bleibst du? Beeil dich. Wir wollten miteinander zu Abend essen. Schon vergessen? Aber hallo!‹

Doch niemand hebt ab. Stattdessen springt die Mailbox an. Seltsam, findet Anna. Sie zögert, entscheidet sich blitzschnell gegen das Zumüllen der Box. Kein Lebenszeichen von Elsa. Das müsste sie sich mal erlauben, ärgert sie sich, als sie die Auflegetaste drückt.

Ob es nachts Tiere gibt, die ihr zu nahe kommen können, weiß Elsa nicht. Der Gedanke taucht im unpassendsten Moment auf. Rasch verdrängt sie ihn, versucht an etwas Aufmunterndes zu denken. Noch immer hastet sie Richtung Tal. Unten erkennt sie inzwischen erste kleine Lichtpunkte. Von Fenstern, Autoscheinwerfern, Straßenlaternen. Elsa atmet tief durch. Sie weiß nicht, ob sie noch in die richtige Richtung läuft. Die, die sie zu ihrem Wagen bringt. Dann wundert sie sich über derartigen Gedanken-Luxus. Hauptsache, sie findet überhaupt zurück. Kaum ist das zu Ende gedacht, meldet sich ihr schlechtes Gewissen. Anna wird sich vermutlich längst Sorgen machen. Sie lacht auf. Sich Sorgen machen? Den Zustand kann sie inzwischen blind beschreiben.

Plötzlich stolpert sie über eine Wurzel. Ihr Fuß knickt um. Ein scharfer, stechender Schmerz flammt auf. Elsa saugt laut die Luft durch die Zähne ein. Die Schwärze um sie herum verdichtet sich unerwartet noch einmal. Dann wird sie von einer Windböe erfasst. Instinktiv ist sie stehen geblieben. Versucht, sich zu fassen. Sie hofft, dass sie sich nicht den Fuß verstaucht hat. Das könnte böse enden. Ob sie weiterlaufen kann, ist alles, was sie interessiert. Nur keine Zeit verlieren. Sie kniet nieder, ertastet mit der Hand die schmerzende Stelle. Nichts zu erkennen. Kurze Erleichterung. Vorsichtig versucht sie weiterzugehen. Ein Schritt, ach was, höchstens ein halber. Dann ein spitzer Schrei. Jetzt ist sie sicher. Gleich wird ihr Knöchel wie ein Hefeteig aufgehen. Die Nacht im Gebirge ist ihr sicher. Ohne Decke, dafür mit Sonnenhut. Erneut lacht Elsa auf. Eine Spur hysterisch. Sie spürt mit einem Mal die ganze Last der Erschöpfung. Entdeckt gravierende Mängel an der eigenen Seele. Die Städterin hat sich zu viel zugemutet.

Sie lässt sich auf etwas Weiches gleiten. Lautlos und unfreiwillig bedrängen sie die Tränen. Entsetzt kämpft sie dagegen an. Weinen ist das Letzte, was sie will. Minutenlang sitzt sie da. Ohne etwas zu tun. Sitzen. Gar nicht übel, bemerkt sie plötzlich.

Dann beginnt sie zu sprechen. Einen Ansprechpartner gibt es nicht. Oder doch? Sie selbst hört sich zu. Aufmerksam. Sprechen, anstatt die Hoffnungslosigkeit ihrer Situation anzunehmen. »Nicht übel«, kommentiert Elsa. Reden kann sie. Darin ist sie Meisterin. Vielfach erprobt.

Sie erzählt sich die Geschichte, die sie gerade erlebt. Nur mit anderen Vorzeichen. Von einer Frau, die niemals aufgibt, ist darin die Rede. Von Reserven, die man im letzten Moment anzapfen kann. Vom Genie des Gehirns, das immer einen Ausweg zeigt. Auch wenn noch keiner erkennbar ist. Elsa redet und redet. Leise und bedächtig. Emotional und funkelnd. Brillant und stümperhaft. Hauptsache nicht aufhören. Nur keine Stille. Laut referiert sie weiter. Nach einer Weile murmelt sie nur noch, redet sich in eine seltsam entrückte Ruhe hinein, die noch nicht die ihre ist, aber vermutlich bald sein wird.

Sie weiß nicht, wie viel Zeit tatsächlich vergangen ist, denn es spielt keine Rolle. Unmerklich beginnt sie sich mit der Person in ihrer Erzählung zu identifizieren. Diese

Elsa, von der sie da hört, die bewundert sie. Eine famose Person. Mit der müsste man tauschen können. Ihr Ich annehmen.

Dann ein erneuter Gedanke. Elsa erinnert sich, dass es im Leben ein Phänomen gibt. Die Angleichung an eine subjektiv erlebte Wirklichkeit. Oder eine erdachte. Wenn ein Mensch lange genug – gedanklich – von etwas überzeugt ist, beginnt sich diese Überzeugung in seinem realen Leben zu manifestieren. Selbsterfüllende Prophezeiung. Sie hat lange genug Untersuchungen, Berichte und Versuche zu diesem Thema studiert. Während ihrer Ausbildung und danach. Aus purem Interesse. Elsa weiß, dass sie jetzt die einmalige Chance hat, diese Dinge zu überprüfen. Zumindest ansatzweise. Warum nicht leblose Theorie durch gelebte Wirklichkeit ersetzen? Das Leben neu formen. Diesen Moment mutieren lassen. So, dass er ihr zusagt. Genau! Elsa jubelt innerlich. Ein neues Ziel baut sich in ihr auf. Sie spürt, wie ein letzter Rest Kraft entsteht. Hat sie das Notdepot angezapft?

Sie wird hier sitzen bleiben. In zwei Personen gespalten. In die eine, die eine Geschichte erzählt, und die andere, die aufmerksam lauscht.

Während des Zuhörens wird sie die aufeinander abgestimmten Informationen der Erzählung ungehindert in ihr Gehirn vorlassen. Ohne Filter und Urteil der Realität. Wenn sie das geschafft hat, ist sie nahe dran, ganz nah. Der Wunsch, ihre ausweglose Situation durch eine akzeptable zu ersetzen, eine, die sie erlöst, hier rausholt, wird sich in Realität wandeln. Plötzlich ist Elsa überzeugt, dass es genau so kommen kann.

Anna steht in der Videothek und schaut sich um. Von Dino fehlt jede Spur.

»Verflixt«, murmelt sie. Dass er nicht da sein könnte, damit hat sie nicht gerechnet. Sie fragt ein Mädchen, das in den Gängen herumschlurft, wo er ist.

»Dino?« Das Mädchen starrt sie teilnahmslos an. »Nie gehört.«

»Anton«, versucht Anna es probeweise.

»Sag das doch gleich. Du suchst den Maihauser Toni? Der ist nicht da.«

»Das sehe ich selbst.«

»Ja, so is es halt.«

»Klar, aber wo kann ich ihn finden?«

»Kennst du die Maihausers nicht?«

»Offensichtlich. Ich hoffe, du brauchst es nicht schriftlich.«

Das Mädchen zuckt mit der Schulter. Ihre überlangen Arme hängen schlaff an ihr herunter. »Dein Pech«, ist das Einzige, was aus ihr herauszuholen ist.

»Das ist kein Spiel hier. Das ist echt wichtig. Krieg ich jetzt die Info, wo ich ihn finden kann, oder nicht?«

»Okay.« Das Mädchen macht eine völlig unsinnige Pause und räumt DVDs hin und her. »Du musst nach Marquartstein. Mit den Bussen ist es um die Zeit allerdings schwierig. Das weißt du hoffentlich?«

»Zerbrich dir nicht meinen Kopf.« Anna ist kurz davor durchzudrehen.

»Nimm halt das Rad. Im Notfall geht's natürlich auch zu Fuß. Aber das dauert. Die Maihauser-Villa ist nicht zu übersehen. Wir nennen sie den ›Bunker‹. Weil der alte Maihauser früher seine Silke da gebunkert hat.« Das Mädchen kichert.

»Ja, toll, crazy«, erwidert Anna und verdreht die Augen.

»Der Bunker ist oben, am Hang. Da wohnt der Toni. Mit seiner Mutter und dem Stiefvater.«

»Danke, war ne reife Leistung von dir.« Anna hebt den Siegerdaumen und ist schon dahin.

Ohne zu fragen, hat sie sich das Rad der Nachbarn ausgeborgt. Wieder einmal. Damit ist sie der Strecke nach Marquartstein auf den Leib gerückt. Im Ort angekommen, haben ihr zwei Passanten unter einer Straßenlaterne bestätigt, was ihr Blick ihr längst klargemacht hat. Das imposante Bauwerk mit der riesigen Mauer drum herum, im Dunkeln noch auffälliger aufgrund der vielen Lichter, das ist es.

»Die sind ja echt zugeschüttet mit Kohle«, seufzt Anna, eine Spur beeindruckt.

In etwa so hat sie es sich aufgrund der Erzählung des Mädchens in der Videothek vorgestellt. Dass Dino alias Anton beziehungsweise Toni hier wohnt, hätte sie ihm nicht zugetraut. Irgendwie sieht er so aus, als würde er nirgendwo wohnen.

Ach, shit, ärgert sich Anna. Sie hasst Menschen mit Vorurteilen. Dass ausgerechnet sie auf so was reinfällt, stößt ihr unangenehm auf. Daran muss sie arbeiten.

›Es ist das Vorrecht der Jugend, großzügig zu sein‹, hat ihr Vater immer gesagt. Dafür liebt sie ihn. Den Satz findet sie echt genial. Einfach entwaffnend. Genauso will sie sein. Wie schwer das ist, merkt sie gerade.

Sie hievt ihr Hintereil auf den Sattel und tritt kräftig in die Pedale. Das letzte Stück den Hang hinauf schiebt sie. Vor dem Bunker angekommen, ist sie außer Atem.

Sie rastet eine Weile. Völlig aufgelöst will sie Dino nicht gegenübertreten. Das Läuten geschieht wie von selbst. Die Überwachungskamera nimmt sie unbarmherzig in Empfang.

»Hallo, Schnuckelchen! Keine Angst, im Einbrechen bin ich miserabel. Ich biete auch keine Kosmetik an der Tür an. Und der Verdacht, ich könnte von den Zeugen Jehovas sein, ist leider auch Fehlanzeige. Nix mit Glauben und so.« Anna zeigt der Kamera die Zunge.

Es dauert nicht lange, dann hört sie ein leises Klacken, das vom automatischen Öffnen des Tores herrührt. Sie passiert die Eingangspforte und steuert die Haustür an. Das Rad hat sie achtlos an die Mauer gelehnt.

Im viel zu warmen Flur der feudalen Villa sieht sie sich dem breit grinsenden Gesicht Dinos gegenüber.

»Hey, so was nenn ich echt voll drauf. Was treibt dich hierher?«, will Annas Neueroberung wissen.

»Sind deine Eltern in der Nähe?« Anna schaut sich automatisch um.

»Keine Ahnung.« Dino grinst noch immer. »Spielt das eine Rolle?«

»Wir brauchen einen Wagen. Meine Mutter ist nämlich verschwunden.«

»Heilige Scheiße! Das klingt übel.« Dino ruft laut in die Tiefe des Hauses hinein. Als keine Antwort kommt, zuckt er mit den Achseln. »Das ist schon mal negativ«, meint er.

Anna will keine Zeit verlieren. »Kennst du die Telefonnummer von Degi?«

»Degi?« Dino scheint absolut nichts zu verstehen.

»Der ist nicht mit dir verwandt. Namenstechnisch, meine ich.« Anna seufzt. »Die Rede ist von Karl Degenwald. Von der Mordkommission in Traunstein. Soviel ich weiß, wohnt er bei uns um die Ecke. In Unterwössen.«

Dino nickt und geht voraus, tiefer ins Herz des Hauses. »Wenn der keine Geheimnummer hat, dürfte das kein Problem sein. Lass mich nur machen.«

Anna seufzt erleichtert. Genauso jemanden wie Dino hat sie gebraucht. Einen Typen, der ihr das Entscheidende abnimmt. Solange, bis sie wieder klar denken und selbst entscheiden kann, was als Nächstes zu tun ist. Und der keine Gegenleistung dafür erwartet.

20 Minuten später steht sie vor Degenwalds Haus. Dino zahlt das Taxi und kommt an ihre Seite. »Jetzt klingel schon. Ist doch Licht an«, drängelt er.

»Mach ich ja.« Anna schüttelt den Kopf und läutet an. Nach wenigen Atemzügen wird oben ein Fenster geöffnet. Degenwalds Kopf lugt nach unten.

»Hallo, ich bin's, die Anna. Kennen Sie mich noch?«

Degenwald lächelt zustimmend. »Könnte ich dich vergessen?«

»Schwierig. Ich hinterlasse meist einen bleibenden Eindruck.« Anna grinst geschmeichelt.

»Wartet, ich komme runter.« Degenwald will schon das Fenster schließen.

»Bringen Sie Ihren Autoschlüssel mit. Meine Mutter ist abgängig. Sie müssen uns suchen helfen.«

Unten, an der Tür, schüttelt Degenwald den Kopf. »Ist das erste Mal, dass eine Tochter die Mutter vermisst meldet.«

»Glaub ich gern. Sonst ist es immer umgekehrt, was?« Dino hat sich einen Kaugummi in den Mund geschoben und grinst schräg.

Anna funkelt ihn böse an. »Erstens: Mit dem Verschwinden eines Menschen treibt man keine Scherze. Und zweitens bietet man zuerst etwas an, bevor man sich selbst nimmt.« Anna stibitzt sich zwei von Dinos Kaugummis, schmeißt Degenwald, der ihr zuzwinkert, einen zu und steckt sich den anderen selbst zwischen die Zähne. Dino schweigt, ehrlich betroffen. Dann hebt er abwehrend die Hände. »Sorry, war nicht so gemeint.«

Degenwald deutet auf den Audi, der vor der Garage steht. »Steigt ein! Wir müssen uns ranhalten«, meint er auffordernd. Anna und Dino öffnen synchron die hinteren Türen. Dabei schauen sie einander an und müssen versöhnlich grinsen.

»Weiß jemand, wo die Suche beginnt?«, erkundigt sich Degenwald, während er den Wagen von der Auffahrt lenkt.

»Schön wär's.« Annas Augen verengen sich zu Schlitzen. »Ziel unbekannt.«

15. KAPITEL

Während der Fahrt erfragt Degenwald das Nötigste und erfährt, dass Elsa am Abend zuvor mit Ben Fürnkreis telefoniert hat. Daraufhin schweigt er eine ganze Weile. Anna starrt ausdruckslos in seinen Nacken, während er stumm die Straßen abfährt. Schließlich sucht sie seinen Blick im Rückspiegel und findet ihn.

»Warum sagen Sie nichts? Sie denken doch irgendwas.« Anna schaut ihn scharf an.

Degenwald hält am Straßenrand und dreht sich nach ihr um. »Also gut«, beginnt er. »Versteh mich jetzt bitte nicht falsch. Aber könnte es nicht sein, dass deine Mutter … Ich meine, kannst du dir vielleicht vorstellen, dass Ben und Elsa …« Der Satz reißt mittendrin ab. Degenwalds Lippen, die offenbar der Mut verlassen hat, sind mit einem Mal fest verschlossen.

Anna bringt seine begonnenen Satzfetzen in ihrem Kopf zu Ende. Ihre Stirn zieht unschöne Falten dabei. »Sie meinen, meine Mutter liegt eventuell mit diesem Kerl, diesem Ben, im Bett, während ich vor Angst fast umkomme und Sie nötige, hier völlig umsonst rauf und runter zu gondeln?« Anna atmet laut auf. Noch immer starrt sie Degenwald an, misst ihren Blick mit seinem. »Schminken Sie sich das ab!« Sie hat die Stimme erhoben, ohne es zu merken. Die Erregung, die jedes Wort in ihr auslöst, steht ihr deutlich ins Gesicht geschrieben. »Das ist absolut beknackt. Kapiert? Meine Mutter ist zuverlässig.«

Degenwald nickt mechanisch. »Schon verstanden,

Anna. War auch nur eine kurze Überlegung von mir. Berufskrankheit, verstehst du?«

Anna fühlt sich wie eine Löwin. Eine, die weniger um den Ruf ihrer Mutter kämpft als um das Gefühl, sich auf jemanden absolut verlassen zu können. Doch davon bekommt sie gar nichts mit.

»Ihre Vermutung ist absolut perfide. Eine Ausgeburt an Kopfdisziplin«, redet sie deshalb weiter. »Sex im angedeuteten Zustand? Tsss!« Sie schüttelt gnadenlos den Kopf. »Das ist die schlimmste Form von allen.«

Degenwald schluckt laut. Betroffen darüber, dass er mit einer Andeutung so viel angerichtet hat. Er entscheidet sich dafür, Annas Wortschwall nicht weiter zu kommentieren, greift stattdessen nach dem Handy, das er in der Hosentasche hat. Während er eine Nummer aufruft, steht plötzlich ein warmes Lächeln in seinem Gesicht.

»Du kannst beruhigt sein. Dein Einwand ist angekommen. Jedes einzelne, emotionale Wort. In Anbetracht der Lage rufe ich als Erstes Ben an. Vielleicht hat deine Mutter ihm anvertraut, was sie heute vorhatte.«

»Weise Entscheidung, Degi. Damit kann ich leben«, attestiert Anna. Endlich ist ihre Stimme ruhig und gefasst. Sie lehnt sich einen Moment gegen die kalte Lederbespannung des Sitzes zurück und streift Dino mit einem Blick. Draußen frischt der staubige Wind auf, der vor Kurzem begonnen hat, Ort und Umgebung einzunehmen.

Elsa ist eingenickt. Ihr Antlitz liegt ruhig, fast friedvoll. Doch der Sturm, den der Sprecher im Bayernradio angekündigt hat, weckt sie unsanft. Saharawind hat er ihn genannt, fällt Elsa ein. Und tatsächlich, bald spürt sie einen schmirgelnden Belag auf der Zunge. Peeling von innen! Ihre Situation erscheint ihr inzwischen derart grotesk, dass sie nur noch dagegen anlachen kann. Den letzten Rest Angst hat sie sich in den vergangenen zwei Stunden wegerzählt. Angst macht das Blickfeld klein. Danach hat sie der Philosophie, Psychologie und Physik ein Hoch ausgesprochen. »Euch habe ich die wichtigsten Erkenntnisse meines Lebens zu verdanken, und natürlich Hartmut und Anna.« Elsa brüllt den Satz in die – vom Wind abgesehen – Totenstille rings um sich herum. Als das erledigt ist, kauert sie sich zu einem Häufchen zusammen und schließt müde die Augen. Sie muss sie vor den Staubkörnern, die der Wind mitführt, schützen.

Unwirsch fährt Ben sich durchs Haar und durchschreitet seine Wohnung. Wenn er aus dem schmalen Fenster im Gang schaut, sieht er, dass der Chiemsee Schaumkronen aufbläht.

»Dieser verdammte Sturm und dieser sture Karl Degenwald«, schimpft er. Sein Handy liegt gut sichtbar auf dem Tisch im Flur. Unbeweglich, jeder Nachricht enthoben.

Als Karl ihn vorhin anrief, wusste er, dass etwas mit Elsa war. Nicht, was, aber dass etwas war. Mitkommen, war sein erster Gedanke. Doch Karl hatte ihn abgehalten. Zwischen seinen Worten hatte er die unformulierte Wahrheit verpackt, dass er Anna, Elsas Tochter, nicht unnötig beunruhigen wolle. Wenn er, Ben, mitkäme, würde das der Situation umso mehr einen Stempel aufdrücken. Den, dass ihre Mutter in Gefahr schwebe. Aber so? So machte es den Eindruck, Elsa habe sich ein bisschen verspätet. Deshalb fahre man ihr entgegen. Nichts sonst. Eine Geste der Höflichkeit.

Schwachsinn, ärgert sich Ben. Elsa braucht dringend

Hilfe. Jede, die sie kriegen kann. Was soll das Ganze sonst bedeuten? Vielleicht befindet sie sich schon lange in Gefahr? War verunglückt? In eine Felsspalte gestürzt? Dazu dieser unmenschliche Sturm, der dabei ist, mit jedem Atemzug jede verdammte Lunge auszuhöhlen. Feinsäuberlich. Mit Saharastaub. Himmel noch einmal! Ben spürt, wie sein Hals trocken wird. Jäh steht er auf, ignoriert jedes Gefühl von Solidarität mit Karl Degenwald und seinen Überlegungen, schnappt sich seine Wetterjacke und verlässt die Wohnung. In der Garage hat er zwei große Scheinwerfer liegen. Die wird er mitnehmen.

Birgit Leiner steht auf der Terrasse, beim Seitentrakt des Maihauser-Anwesens. Der Sturm fährt ihr durchs Haar. Wieder und wieder dreht sie sich um die eigene Achse, während der Wind an ihr zerrt und zieht. Sie spielt mit ihm. Ringelreihen. Einfach drehen, bis alles in ihr kreist. Nach einer Weile geht sie stumm den Garten ab. Bald ist sie hinter einem Ginsterbusch angekommen. Dort bleibt sie. Schiebt die wütend raschelnden Zweige sachte auseinander. Faltet sie. Zu ihrem Blick passend. In dem großen Sessel im Wohnzimmer sitzt Fred Maihauser. Allein. In der Hand einen Kognacschwenker. Zuerst trinkt er, dann senken sich, einer Ohnmacht ähnlich, zuerst seine Augenbrauen, dann die Lider. Dieser Anblick schneidet sich tief in ihr Herz. Leise seufzt sie. Sehnsüchtig. Dann ein Wimmern. Auf ihrem Gesicht prangt gespielte Zuversicht. Dann wieder Zweifel.

»Tramst?«, säuselt Birgit leise. Sie kichert. Kleinmädchengleich. »Tramst vom Glück? Von der Liebe?« Ihr Kichern schwillt an. Wird fordernd. Erneut nimmt ihr Blick Fred Maihauser in Gewahrsam. »I woaß scho, wovonst tramst, Schatzerl. Traust dir's nur net aussprechen. I woaß, i woaß! Hab koa Angst.«

Birgits Blick heischt nach Maihausers Aufmerksamkeit. Nach Zuwendung. Von all dem bekommt der nichts mit. Schließlich wird ihr Blick banal. Hanne, Maihausers Frau, kommt ins Zimmer, stellt ein Brett mit Schinken und Käse auf den Beistelltisch, neben Fred. Birgits Blick wird gehässig. Fast brutal. Sie lässt den Ginsterbusch zurückschnellen. Die Zweige peitschen in ihr Gesicht. Sie ignoriert den kurzen Schmerz, pflegt stattdessen ihren Blick, dreht um und geht – entrückt lächelnd – davon.

»Mei Zeit … woaßt, die kummt no. Glaub's ma, Schatzerl!«

Degenwald fährt den Forstweg aus, so gut es geht. Ein geländetaugliches Fahrzeug wäre jetzt hilfreich, ärgert er sich im Stillen. Um das zu besorgen, fehlt ihm die Zeit. Außerdem weiß er nicht, wo Elsa ist. Oben am Berg, eher unten, Richtung Tal, überhaupt noch in den Bergen? Sie konnte es sich am Morgen auch anders überlegt haben und nicht zum Taubensee aufgebrochen sein. Bei der letzten Schranke hält er an, bedeutet Anna und Dino auszusteigen.

»Taschenlampen haben wir. Eine für jeden.« Dann zögert er. »Ob du lieber hier, im Wagen, in Sicherheit bleiben möchtest, frage ich erst gar nicht, Anna.«

»Da liegen Sie völlig richtig, Degi. Ich lasse Mama nicht im Stich. Keine Chance.«

»Und du, Dino?« Degenwald streift den Blick des Maihauser-Sohnes.

»Ich bin dabei. Was sonst, oder?«

»Na dann.« Degenwald versichert sich, dass die beiden passendes Schuhwerk tragen – er schickt ein Stoßgebet gen Himmel, als Dank für die ewig gleichen Turnschuhe und Sneakers an den Füßen junger Leute. »Brechen wir auf. Ein Kinderspiel wird es nicht. Aber das wisst ihr vermutlich schon.«

Lose nebeneinander, um den in unregelmäßigen Abständen aufkommenden Windböen nicht zu viel Angriffsfläche zu bieten, gehen sie los. Schon bald beginnt Anna, laut und drängend den Namen ihrer Mutter zu rufen. Wieder und wieder.

»Scheißjob! Mama hat einen Scheißjob. Unterbezahlt und saugefährlich. Sieht man ja, wo sie das hinführt.« Nachdem Anna sich Luft gemacht hat, schweigt sie. Schon jetzt erschöpft. Dann setzt sich ihr Schreien fort: »Mama, ich bin's, Anna! Hörst du mich?«

Degenwald und Dino schauen einander an. Schweigend. Sich mit Blicken verständigend. Zu viel reden bringt nichts. Das treibt nur den Sand in ihre Münder. Bei Anna ist das etwas anderes. Die Angst um ihre Mutter bringt sie dazu, alles Mögliche und Unmögliche zu tun. Weil Degenwald das weiß, sagt er nichts. Erst wenn es zu viel für sie wird, wird er eingreifen. Vehement. Das weiß er auch.

Beim Telefonat mit Elsa, tags zuvor, hat Ben ihr drei Wege zum Taubensee durchgegeben. Den über Schleching, vorbei am ehemaligen Zollamt. Die zweite Variante über Hinterwössen, wenige Autominuten von Elsas Zuhause entfernt. Und letztlich über Reit im Winkl, vorbei am sonnigen Plateau, den er mit einem Stopp am reizvollen Hotel Peternhof schöngeredet hat. Den Weg über die österreichische Seite. Jetzt könnte er sich dafür ohrfeigen. Er wollte zeigen, dass er sich bestens auskennt, und Elsas

Stimme so lange wie möglich genießen. Was tat man nicht alles für eine Frau? Beeindrucken um jeden Preis. Volltreffer, aber anders als geplant. Seine eigenen Worte machten es ihm jetzt umso schwerer. Er hatte keinen blassen Schimmer, von welcher Seite aus Elsa es zum Taubensee probiert hatte.

Ben will die Suche mit einer Motocrossmaschine aufnehmen. Die leiht er sich von einem Freund, der in Hinterwössen lebt. Früher ist er regelmäßig Drachen geflogen. Von oben hat er jeden Winkel erforscht, Blick um Blick genossen. Das ist ihm jetzt von Nutzen. Genauso wie seine Kondition. Er wird die Maschine seines Freundes kreuz und quer durch den Wald jagen. Elsa kann überall sein. Mit den Scheinwerfern, die er dabeihat, wird er die Dunkelheit austricksen. Ausleuchten, suchen, finden. Das ist sein Plan. Ben spürt, wie sich ein gewisser Automatismus einstellt. Das kennt er vom Sport. Wenn er funktioniert wie eine Maschine, ist er am besten.

Der Wind ist stärker geworden. Anna hat aufgehört zu rufen. Ein einziger Satz Degenwalds hat sie überzeugt.

»Wenn du komplett ausfällst, hilfst du niemandem. Am wenigsten deiner Mutter.«

Schatten gleich durchforsten sie den Wald, die Wiesen, übersteigen Geröll, Wurzeln, Stümpfe, umgefallene Bäume. Anna ist so viel Natur fremd. Sie flucht über die Unordnung zu ihren Füßen. Es ist die Sorge, die heillose Angst um ihre Mutter, die sie so wütend macht. Dino schaut sie manchmal von der Seite an. Seine Augen leuchten. Wie angeknipste Knöpfe. Anna weiß nicht, was in seinem Gesicht vorgeht. Es ist ihr auch egal.

Lautes Motorengeräusch durchdringt den Wald. Anfangs fährt Ben gedankenlos herum. Seine hellen Scheinwerfer bohren sich jedes Mal, wenn er Halt macht, in die Dunkelheit. Er leuchtet die angstzuckenden Körper der Tiere ab. Vögel, Rehe, Murmeltiere, Mäuse, ein Uhu. Alles Mögliche. Er ist so sehr mit sich zugange, dass er Raum und Zeit, alles um sich herum vergisst. Er weiß nicht, ob er damit rechnet, sie zu finden. Er weiß nichts mehr. Doch! Eines weiß er noch. Dass er ein illusorisch überzogenes Gefühl für Elsa empfindet. Dieses Gefühl hat er zwischendurch immer wieder auf- und abgebaut. Auf Echtheit überprüft. Schließlich steht er nicht auf einen eindimensionalen Gefühlshaushalt. Er mag sie. Sie will ihn nicht. Auf diese Kombination pfeift er gewöhnlich. Aber so ist nun mal der Stand der Dinge. Das nach Außen gespielte Ich-krieg-dich-schon-noch-Gehabe nimmt er sich selbst nicht mehr ab. Vielleicht sollte er auf würdevolle Arroganz setzen? Oder, was noch besser ist, sich zurückziehen, in Ruhe seine Kraft bündeln und dann einen erneuten, letzten Vorstoß wagen. Doch das erscheint ihm banal, einfallslos. Erst einmal muss Elsa gefunden werden. Alles andere kommt später.

Dino sieht sie als Erster. »Da vorn, da liegt sie!«, brüllt er. Es ist mindestens drei Stunden her, seit sie aufgebrochen sind. Anna hält nichts mehr an Degenwalds und Dinos Seite. Sie rennt auf den dunklen Fleck am Boden zu. Stolpert über irgendwas, fängt sich und hastet weiter. Degenwald leuchtet ihr mit der Taschenlampe den Weg aus. Sie spürt ein Schluchzen, das in ihrer Kehle aufsteigt. Doch das unterdrückt sie. Als sie bei Elsa angekommen ist, geht sie in die Knie und wirft die Arme um sie. Sekundenlang hält sie ihre Mutter fest. Über ihr ist der Himmel sternenübersät, mit dem Muster graubrauner Wolken dazwischen. Panisch hält Anna Elsas Körper. Will ihn nie mehr loslassen. Wie soll sie sich mit all diesen Gefühlen nur auskennen?

»Mama! Mama!«, mehr bekommt sie nicht heraus. Ihr Mund, die Kehle, das Zentrum, das für die Bildung von Wörtern zuständig ist – abgestorben. Nach kurzem Widerstreben lässt sie von Elsa ab. Schaut sie an. Lächelt erleichtert. Ihre Angst, die gerade noch vorherrschend gewesen ist, verkommt. Löst sich auf, Fäden gleich. Wie ein Strickpullover, der Masche um Masche seine Existenz verliert.

Degenwald ist derjenige, der rational vorgeht. Er hilft Elsa auf die Beine, sieht sich ihren Fuß an, schultert sie, gemeinsam mit Dino, und trägt sie Richtung Tal. Um drei in der Früh sind sie, alle völlig erschöpft, zurück in Unterwössen.

Degenwald hat Ben, gleich nachdem sie Elsa gefunden haben, eine SMS geschickt. ›Wir haben sie. Du kannst wieder nach Hause.‹ Ben hat die Nachricht erst entdeckt, als er schon oben, am Taubensee war. ›Fuck you‹, hat er genervt geschrien. Dann ist er umgedreht, um heimzufahren.

Als Elsas Fuß mit essigsaurer Tonerde und Kühlbeutel versorgt ist, fährt Degenwald Dino nach Hause. Elsas Gerede über Birgit Leiner hat er erst einmal ignoriert.

Kaum ist er zu Hause, klingelt das Telefon. Er weiß schon, wer dran ist. Trotzdem hebt er ab.

»Ich bin's«, gibt Elsa sich unnötigerweise zu erkennen. »Ich kann nicht schlafen.«

»Ich hab's noch gar nicht versucht«, entgegnet Degenwald. »Aber ich würde gern.«

»Wir müssen reden.«

»Nicht jetzt. Morgen. Das heißt, in ein paar Stunden. Die brauch ich zum Regenerieren.«

»Dazu fehlt die Zeit. Wir müssen Birgit Leiner verhören. Sie hat vermutlich Silke Maihausers Tod zu verantworten.«

»Ach so? Plötzlich? Ich denke, ich hätte jeden Grund dazu gehabt? Ihre Worte.«

Elsa hat aufgehört zu sprechen. »Tut mir entsetzlich leid. Entschuldigen Sie vielmals«, sagt sie dann. »Ich hab mich wohl geirrt. Total verrannt wäre vermutlich richtiger. Aber das muss jetzt hintenanstehen. Wenn Sie wüssten, was ich oben, in der Hütte, gefunden habe, würden Sie nicht so ruhig bleiben.«

»Um sieben stehe ich wieder zur Verfügung, Frau Wegener. Bis dahin wird Birgit Leiner wohl kaum nach Südafrika ausgewandert sein.«

Er legt auf, ignoriert das erneute Klingeln und lässt dem Anrufbeantworter den Vortritt. Er macht es sich in voller Montur auf dem Bett gemütlich, um den Restschlaf zu kassieren, der es ihm ermöglichen soll, bald schon mit voller Kraft weiterzuarbeiten.

Elsa humpelt vorsichtig in die Küche. Es ist kurz nach sechs. Draußen hat der Sturm nachgelassen. Anna steht am Herd, hat Teewasser aufgesetzt und bereitet Müsli zu.

»Hi, Mama.«

»Guten Morgen, Anna. Was machst du so früh auf den Beinen?«

»Dasselbe wie du. Wach sein.«

Anna gießt Milch über eine Flockenmischung und gibt Rosinen und Honig dazu. Sie lässt die klebrige Masse in einem wirren Muster in die Schüssel laufen. »Du hast mir einen gehörigen Schrecken eingejagt. Mach das bitte nie wieder«, verlangt sie ernst von ihrer Mutter.

Elsa hat kurz den Arm um ihre Tochter gelegt.

›Du erdrückst mich‹, sagt Annas Blick.

Rasch zieht sie den Arm zurück. »Kommt nicht wieder vor. Das mit dem Wegbleiben.« Sie zögert. »Und die Armattacke selbstverständlich auch nicht.«

Anna lächelt gequält und rührt wie wild in ihrem Müsli herum. »Warum hast du nicht angerufen? Ich hab mir, verdammt noch mal, echt Sorgen gemacht.«

»Mein Handy liegt vermutlich oben, in einer Hütte am Taubensee. Anrufen war also nicht drin.«

»Ziemlich blöde Situation«, ist Anna rückblickend klar.

»Das kannst du laut sagen.«

Anna ist fertig mit Frühstückmachen, stellt sich und Elsa je eine mit Trauben verzierte Schüssel auf den Tisch. »Lass uns essen, dabei kannst du mir erzählen, worum es diesmal geht. Bei deinem Fall, meine ich.«

»Lieber nicht, Anna. Sag, wer war eigentlich der Junge, den du dabeihattest?«

»Dino Maihauser.« Anna beginnt mit Appetit ihr Müsli zu essen.

»Wie bitte?« Elsa schaut erstarrt hoch. Das Gemisch aus Flocken, Nüssen, Milch und Honig bleibt unangerührt auf ihrem Löffel liegen, den sie vor sich her balanciert.

»Was hast du denn?« Anna wundert sich einmal mehr über ihre Mutter. »Ist das eine Top-Neuigkeit, oder was?«

»Maihauser hat einen Sohn? Das hat er mir verschwiegen.« Elsa lässt abrupt den Löffel sinken.

»Dino ist nicht sein Sohn. Sein Vater ist irgendwer,

jedenfalls nicht Maihauser. Der ist bloß der Mann seiner Mutter.«

»Das wird ja immer interessanter.«

Um kurz nach sieben ist Elsa dabei, das Haus zu verlassen. Bevor sie aus der Tür ist, klingelt das Telefon im Flur. Es ist Ben, der sich erkundigt, wie es ihr geht. Elsa kann den Verdacht nicht abschütteln, dass er sich ungemein bemüht, cool und gelassen zu bleiben. Sie liefert ihm eine Kurzversion ihrer Erlebnisse und bittet ihn, sich die Hütte von Birgit Leiners Eltern vorzunehmen. Bei der Gelegenheit solle er auch ihr Handy mitbringen, das sie oben liegen gelassen hat.

»Ach deshalb«, murmelt Ben.

Offenbar hatte er sie mit unzähligen Anrufen bedacht.

»Sie haben mich eine ganze Nacht gekostet«, gibt er endlich zu. »Ich habe nach Ihnen gesucht. Bei der Gelegenheit konnte ich mich mal wieder davon überzeugen, dass ich ein Ass bin, was das Handling einer Motocrossmaschine anbelangt. In jedem Gelände, versteht sich.«

»Danke, dass Sie mich nicht aufgegeben haben, Ben. Ich hatte allerhand zu tun, die Nacht unbeschadet zu überstehen.« Elsa macht eine kurze Pause, findet aber schnell ihren lockeren Ton wieder.

»Tja, wenn das so ist …, muss ich mir irgendwann was einfallen lassen. Von wegen Wiedergutmachung.«

»Zelten, was halten Sie davon? Die Temperaturen dazu hätten wir ja.«

Elsa muss lachen. »So was Ähnliches hatte ich gerade. Vielen Dank auch. Aber Kino wäre drin. Ich sag Bescheid, wenn was Respektables läuft.«

»Seien Sie nicht zu kritisch. Mir würde auch was zum

Lachen, was zum Grübeln, was zum Schmunzeln, was zum Fürchten und alles mit Action zusagen«, schlägt Ben vor. »Ach ja, Zeichentrick und Animationsfilme finde ich auch ziemlich lässig.«

»Also alles.« Elsa seufzt. »Zurzeit bevorzuge ich das Ganze eher live. Unsere gute Birgit Leiner hat sicher nicht alle Karten auf den Tisch gelegt. Die liefert uns noch einen Krimi, der es in sich hat. Mein Wort drauf.«

»Okay, ich übernehme die Hütte und Sie treiben die Live-Krimi-Handlung der Leinerin dem Höhepunkt zu. Handelt sich schließlich um eine Affekttat im sozialen Nahbereich. So was nenne ich Lieblingsfressen für städtisch ausgelagerte Kriminalpsychologen. So was wie Sie, Elsa.«

»Schon verstanden, Ben. Silke Maihauser war für Birgit ganz klar sozialer Nahbereich. Wahrscheinlich hat sie sie sogar als Konkurrentin empfunden. Unbewusst natürlich. Und was den Rest anbelangt: stimmt und abgemacht.«

Während sie auflegt, bemerkt sie, dass ihr Fuß schon wieder tadellos funktioniert. Sie zieht die Haustür hinter sich zu, steigt in ihren Golf und fährt zu Degenwald.

Wenige Minuten später steht sie vor seinem Haus und läutet Sturm. Degenwald öffnet unwirsch. Er hat die Zahnbürste zwischen den Zähnen stecken. Am Kinn eine Spur weißen Schaum.

»Kommen Sie mit?« Elsa schaut drängend.

Degenwald nimmt die Bürste aus dem Mund, um sprechen zu können. »Sofort?«, will er wissen, während ein Gemisch aus Zahnpasta und Spucke auf den Boden tropft.

»Warten ist, nachdem, was ich gestern erfahren habe, nicht gerade mein Ding.«

»Und Ihr Fuß, macht der schon wieder mit?«

»Wie Sie sehen«, entgegnet Elsa knapp.

»Gehen Sie schon mal vor. Mit Mundgeruch kommen wir auch nicht weiter.«

»Ich hole Birgit Leiner in Marquartstein ab und nehme sie mit aufs Revier«, informiert Elsa ihren Kollegen.

»Mit welcher Begründung?«, will der wissen.

»Verschweigung einer Konflikttötung im sozialen Nahbereich«, murmelt sie.

»Schön, dass Sie Ihren Humor noch nicht verloren haben. Bei uns, meine ich.«

»Sie doch auch nicht. Mit mir, meine ich«, erwidert Elsa.

»Versucht war ich schon. Ihn aufzugeben«, gibt Degenwald zu.

»Ist wohl zäher, als wir beide dachten. Unser Humor«, schickt Elsa hinterher, während sie durch den Vorgarten, vorbei an wildwuchernden Buchsbäumen, davongeht.

16. KAPITEL

Die Maihauser-Villa liegt still da. Nach dem Sturm, der den spät zurückgekehrten Sommer begleitete, sind die Straßen und Gärten in chaotischem Zustand. Blätterbüschel, umgeknickte Sträucher, herumliegende Äste, zerfetzte Sonnenschirme, die noch oder wieder in Gärten und auf Terrassen standen. Der Park rund um Fred Maihausers Anwesen wirkt seltsam unbehelligt. Entweder war der Gärtner schon früh am Morgen damit beauftragt worden, alle Schäden zu beseitigen, oder eine Glocke hatte sich um Haus und Garten gesaugt, um alles, was Beschädigung bewirkt hätte, auszusperren.

Elsa drückt die Taste neben dem Namensschild und wartet ab. Drinnen ist der Gong zu hören, mutmaßt sie und sieht sich um. Alles wirkt friedlich, fast unbewohnt. Mitten in ihre Überlegungen hinein hört sie eine Stimme fragen, wer sie sei und was sie wolle.

»Elsa Wegener, Kripo Traunstein. Ich möchte zu Frau Leiner.«

»Ich drücke Ihnen auf«, hört Elsa eine schüchtern weibliche Stimme. Offenbar Hanne Maihauser, Freds zweite Frau, die sie bis dahin noch nicht zu Gesicht bekommen hat. Mit der muss sie ohnehin sprechen. Auch wenn Karl Degenwald das für sich garantiert schon erledigt hatte.

Die Begrüßung mit Dinos Mutter ist kurz. Elsa begutachtet eine unauffällige Frau, kaum geschminkt, klassisch-konservativ gekleidet, leicht untersetzt, mit teurem Schmuck um Hals und Handgelenk und seltsam unbeteiligtem Lächeln. Schwer einzuschätzen, gesteht sie sich ein. Nach einem kurzen Gespräch, für das sie sich jetzt keine Zeit nimmt, wird sich das ändern. Elsa fragt nach der Haushälterin.

»Frau Leiner hat heute ausnahmsweise frei. Auch, wenn mir das nicht recht ist. Ich habe Berge von Bügelwäsche. Die muss ich jetzt allein bezwingen.«

»Aha«, meint Elsa nur, weil sie weiß, dass sie sofort eine Erklärung bekommen wird.

»Migräne«, fügt Frau Maihauser, wie erwartet, an, als sie Elsas fragenden Gesichtsausdruck bemerkt.

»Hat sie sich so früh am Morgen schon krankgemeldet?«

»Nein, nein. Das hat sie gestern schon. Spät am Abend noch.«

»Sie wollen sagen, Frau Leiner wusste bereits gestern Abend, dass sie heute noch immer Migräne hat und nicht arbeiten kann?«

»Ihre Anfälle dauern. Aber was kann man machen? Gutes Personal ist schwer zu finden.«

»Wie lange dauern ihre Anfälle?«, will Elsa wissen.

»Meistens zwei Tage, im schlimmsten Fall drei oder länger. Sie muss liegen, ohne Licht. Furchtbar«, antwortet Hanne Maihauser.

»Dann geh ich mal zu ihr rüber. Seien Sie bitte so nett und halten sich zu meiner Verfügung?«

»Wie meinen Sie das?«

»Bleiben Sie im Haus. Vielleicht wechseln wir noch das ein oder andere Wort. Frau Leiner werde ich vermutlich mit nach Traunstein nehmen müssen.«

»Nach Traunstein? Mit dem Wagen? Bei Migräne?« Hanne Maihauser schüttelt irritiert den Kopf. »Das wird sie Ihnen schon ausreden.« Sie schluckt, sagt nichts mehr, als sie Elsas entschlossenen Blick sieht, streicht stattdessen mit den Händen über den Rock, als wolle sie sie darin verstecken. Eine Geste der Unsicherheit, konstatiert Elsa.

Sie öffnet die Terrassentür und geht durch den Garten Richtung Seitentrakt. Dort liegt Birgit Leiner hinter zugezogenen Vorhängen, die alles Licht absorbieren, glaubt Elsa. Als sie die Fenster sieht, allesamt dem Sonnenlicht des frühen Morgens preisgegeben, ahnt sie, dass etwas nicht stimmt.

Birgit steht im Bad, hält eine grausig verzerrte Miene vor den Spiegel. Sie sieht Elsa auf sich zukommen. Durch das kleine Fenster links von sich. Grundsätzlich nichts Ungewöhnliches. Sie will halt noch mal mit ihr reden. Sie ausquetschen. Durchkneten wie einen Teig. Diese Wegener. Doch da ist dieses nagende Gefühl. Ein flauer Magen? Nein, anders, eher sich zusammenkrampfende Organe. Sie spürt, dass ihr jemand auf der Spur ist. Ihrer komplizierten Geschichte. Dem lautlosen Kampf, den sie mit Silke Maihauser, deren Nicht-Moral, ihren eigenen ethischen Grundsätzen und dem Leben Fred Maihausers geführt hat und noch immer führt. Freds Leben war das eines geprügelten Hundes gewesen. Viel zu lange. Genauso wie ihres. Nur wusste er nicht, wie sehr er und sie – schicksalsgleich – miteinander verbunden waren.

Es ist ein vages Gefühl, dass Elsa Wegener etwas ahnen könnte. Wie hinter Nebel verborgen. Aber es ist da.

Birgit fühlt sich wie vorm Bühnenaufgang. Elsa bietet ihr die Hauptrolle an. Die Rolle ihres unscheinbaren Lebens. Sie muss nur noch annehmen. Und um die Gage verhandeln. Das Verkrampfte in ihrem Gesicht entspannt sich sanft. Furchen glätten sich sachte. Sie tappt mit dem Finger in die geöffnete Niveadose, kleckst sich mehrfach an und schmiert sich die zähe Creme auf die Haut. Sie cremt und cremt, massiert und schaut sich genauestens an. Dabei seufzt sie wie ein zufrieden sattes Baby. Sie muss die Situation nur zu ihren Gunsten deuten. Und schon ist alles genau so, wie sie es mag. Einmal Mittelpunkt sein. Von Fred Maihauser wahrgenommen werden. Nein, nicht als Putzfrau und bügelerprobter Roboter. Als Mensch mit Haut und Haar. Als Frau mit Gefühl. Als diejenige, die sein Leben, von ihm unbemerkt, aber doch, in die richtigen Bahnen lenkt. Schon immer. Diese Chance wird sie sich nicht entgehen lassen. Sie sprüht sich mit Eau de Toilette ein. Hinters Ohr. Aufs Dekolleté. Dann auf die Handgelenke. Einmal, zweimal, dreimal. Letzte Woche hat sie die Flasche im Sonderangebot im Drogeriemarkt gekauft. Ein süßlicher Blumenduft in rosa-gelber Verpackung. ›Sweet angel‹. Ja, das ist sie. Ein süßer Engel. Der Engel der Moral und des Todes. Die anderen haben es nur noch nicht begriffen.

Als es am Fenster klopft, geht Birgit, um zu öffnen. Elsa drängt sich ein unangenehm süßer Duft in die Nase, als sie die Wohnung betritt. Sie unterdrückt mit Erfolg ein Niesen.

»Ich muss Sie bitten, mich nach Traunstein zu begleiten, Frau Leiner.« Mehr verrät sie nicht.

Birgit nickt, reibt sich, während sie in den Flur geht, Tigerbalm auf die Nasenwurzel, zwischen die Augen, an die Schläfen. Vor dem Korb ihres Schäferhundes angekommen, spricht sie leise auf ihn ein. Sie werde bald zurück sein. Nur eine kleine Weile, dann sei alles wieder gut. Sie bringe frisches Rindfleisch mit. Ein saftiges Stück.

Keine Reste. Ein Festmahl. Hasso jault kurz auf, bleibt ansonsten aber unbeteiligt. Birgit stellt eine Schüssel Wasser vor ihn hin und einen Teller mit Trockenfutter.

Er spürt es, denkt Elsa. Der Hund weiß, dass sein Frauchen nicht wiederkommt. Nie mehr. Zumindest nicht, solange er lebt.

Nach der Verabschiedung von ihrem Hund weist Birgit Leiner darauf hin, dass sie Migräne hat. Man müsse sorgsam mit ihr umgehen. In ihrer momentanen Verfassung könne sie Licht schlecht vertragen. Auch lautes Sprechen sei zu vermeiden. Aber selbstverständlich komme sie mit. Wenn sie helfen könne, immer.

»Das können Sie«, verspricht Elsa. Sie sieht Birgit dabei zu, wie sie in einen leichten Mantel schlüpft und, warum auch immer, ein Kopftuch umbindet. Dann führt sie sie zur Tür, verlässt mit ihr das Haus. Im Wagen bittet sie sie, sich anzuschnallen.

Das könne sie nicht. Leider. Wenn sie sich anschnalle, fühle sie sich eingezwängt. Unmöglich, ihrer Bitte nachzukommen.

Elsa zögert nicht lange, greift über Birgit Leiners duftenden Oberkörper und lässt die silberne Schnalle des Gurtes unten, beim Sitz, einschnappen. »Die Zeit des Zögerns ist vorbei, Frau Leiner«, meint sie mit erzwungener Ruhe. »Heute bringen wir die Sache zu einem sauberen Abschluss.« Elsa legt eine kunstvolle Pause ein, studiert das Gesicht der Tatverdächtigen.

»Freilich«, verspricht Birgit. Was auch immer sie damit meine. Sie grinst unnatürlich breit. Fährt sich mit der Zunge über die Lippen. Als schmecke sie etwas darauf, das ihre Gelüste anspricht.

»Den Mord an Silke Maihauser, alle Zusammenhänge,

das Motiv, wie Sie es gemacht haben. Das bringen wir zu Ende. Sind Sie damit einverstanden?«

Elsa weiß, wie wichtig es ist, Birgit Leiner, trotz allem, zuvorkommend zu behandeln. Das wird es leichter für sie beide machen. Eine einfühlsame Sprache, Futter für Birgits übergroßes Ego, wird ihr dabei helfen, das geliefert zu bekommen, was sie braucht. Sie muss sich nur an die Regeln ihrer psychologischen Kenntnisse halten. Freundlich, aber bestimmt bleiben. Geradeheraus, dabei aber nie wirklich unhöflich vorgehen. Dem Täter oder der Täterin einmal den großen Auftritt gönnen. Tiefstapeln, damit Birgit sich zu Höhen aufschwingen kann. Höhen, die ihr bisher verwehrt geblieben sind. Das wird ihr jede Einzelheit liefern, die sie braucht, um Silke Maihausers letzte Stunden, ihre bedrohten Atemzüge zu rekonstruieren. Das Geständnis ist dabei nur das letzte, vollständig machende Teil eines bizarren Puzzles.

»Herrje«, sagt Birgit nach einer ganzen Weile, als Elsa längst auf der Bundesstraße, Richtung Autobahn, fährt. »Und die Aurelia Bramlitz? Wollen S' die a präsentiert ham?«

Elsa schluckt, starrt Birgit unverwandt an, während sie fährt. »Was wollen Sie damit sagen, Frau Leiner?« Hinter Elsa betätigt eine Audi-Limousine mehrmals die Lichthupe. Sie hat das Tempo unmerklich gedrosselt. Schleicht mit 80 Stundenkilometern auf der linken Spur dahin.

Jetzt lächelt Birgit sanft zu ihr hinüber. Verklärt. Wie eine Madonna.

»Des sog i Eana glei. Nimmer lang, dann rollt sich's auf. Wie a Film. Des ganze Drama.«

»Sie haben recht, Birgit. Beim Krimi im Fernsehen kommt das Beste auch immer zum Schluss«, entgegnet

Elsa. Ihr Fuß drückt das Gaspedal durch und lässt die rote Nadel auf der Armatur vor sich nach oben schnellen.

Es ist elf Minuten nach fünf. Elsa befindet sich beim Verhör. Zwei leere Tassen Kaffee auf dem Tisch vor sich. Birgit Leiner sitzt stumm und starr da. Eine Zeit lang hat sie schmollend mitgespielt. Dann ausweichend. Argument um Argument entwickelte sie eine verwegene Story nach der anderen. Ohne Sinn und Ziel. Dazwischen wirkte sie panisch. Griff sich an die Stirn. Jammerte herum. Verlangte nach einer Unterbrechung. Wollte einen Arzt, der sich um sie kümmere. Eine Nackenmassage. Sie halte ihre Migräne nicht länger aus.

Mit sorgfältig ausgewählten Worten versucht Elsa, ihr zu Leibe zu rücken. Doch alles nützt nichts. Birgit spielt mit ihr. Trotzig wie ein kleines Kind verlangt sie mal dies, mal das. So etwas hat Elsa selten erlebt. Birgit zelebriert ihr einstudiertes Divengehabe, dass es schon ans Absurde grenzt. In Elsas Gehirn wechseln sich verschiedene Verhörvarianten, die sie noch ausprobieren könnte, pfeilschnell ab. Misstrauisch blickt die Haushälterin sie an. Elsa reicht ihr ein Glas Wasser und eine weitere Kopfschmerztablette.

»Wollen Sie nicht endlich mit mir reden, Frau Leiner? Vernünftig reden. Sich erleichtern? In der Hütte Ihrer Eltern habe ich alles gefunden, was ich brauche. Sie haben Fred Maihauser vergöttert. Silke, seine Frau, dagegen als Angriff auf seine Person und Ihre Moralvorstellungen empfunden. Das ging so lange, bis Sie es nicht mehr gepackt haben. Als der Zeitpunkt gekommen war, haben Sie Silke erdrosselt und hinterher, warum auch immer, Richtung Moor abtransportiert und dort versenkt.«

Birgit seufzt leise, spielt eine Weile stumm mit der Tablette herum. Schließlich legt sie sie auf die Zunge, spült mit Wasser nach und schluckt. Sie lehnt den Kopf nach hinten, schließt die Augen.

»Des Ganze, des bringt mi um.«

Elsa setzt sich, nachdem sie zuvor aufgestanden war und sich über den Tisch zu Birgit hinübergebeugt hatte. Sie bleibt am Rand des Stuhls kleben, um jederzeit reagieren zu können, auch körperlich. Ihre in zahlreichen Fällen erprobten Methoden versagen diesmal. Sie muss sich etwas anderes einfallen lassen. Improvisieren. Birgit Leiner scheint an diesem Nachmittag das Diffuse zu bevorzugen. Eine seltsam verlorene Aura umfängt sie.

Elsa verlässt wortlos das Zimmer. Im Nebenraum trifft sie auf Degenwald.

»Schwierige Angelegenheit«, meint der.

Elsa nickt. Sie wirkt wie eingesponnen in ihre eigenen Belange. Dann fährt sie sich wütend durchs Gesicht. »Verdammt.« Sie ärgert sich über ihren Misserfolg, will die Sache nicht auf sich beruhen lassen. Eine Weile verliert ihr Blick sich irgendwo in der Ferne, dann spricht sie weiter. »Anfangs hat es gut begonnen. Sie war zugänglich, geradezu gesprächig. Ich dachte, das werde ich im Handumdrehen erledigen.«

Degenwald schüttelt besänftigend den Kopf, sagt aber nichts mehr. Hält ihr stattdessen eine dritte Tasse Kaffee hin. Elsa nimmt den Espresso, nippt daran, verzieht die Lippen.

»Glauben Sie ihr den zweiten Mord an Aurelia Bramlitz? Den hat sie mir im Wagen, auf dem Weg hierher angedeutet.«

»Haben Sie's auch eine Nummer kleiner?« Degenwalds Stimme klingt geschmeidig. »Vermutlich glaube ich ihr nicht. Oder doch? Keine Ahnung, um ehrlich zu sein.«

Elsa lässt sich erschöpft auf den Stuhl fallen, der vor ihr steht. Sie fährt sich, zum wiederholten Mal, mit den Händen durchs Haar.

»Soll ich weitermachen? Vielleicht bevorzugt sie einen Mann? So eine Art Werben um die Wahrheit«, schlägt Degenwald vor.

Elsa ist aufgesprungen, hat wieder Leben im Gesicht. Sie kippt den Rest Espresso hinunter und schiebt Degenwald dabei aus dem Zimmer.

»Genau! So machen wir's. Wenn wir heute nicht mit einem positiven Ergebnis abschließen, drehe ich durch. Versuchen Sie Ihr Glück. Geben Sie's ihr. Tun Sie, was immer sie will. Aber tun Sie's schnell.«

Degenwald legt kurz seine Hand auf Elsas Schulter und macht sich frei. »Ihr Wort ist mir Befehl«, sagt er und geht lockeren Schrittes davon. Gerade so, als halte er eine Verabredung zum Tanzen ein.

»Was ich oben am Taubensee gefunden habe, wissen Sie ja«, gibt Elsa ihm mit auf den Weg. »Den Rest besorgt uns Ben. Aber einlochen, das ist Ihr Part.«

»Stopp!« Degenwald dreht sich noch mal um. Mit dem Zeigefinger fixiert er den Mittelpunkt ihres Körpers. »Ich erledige das Vorspiel. Wenn das geklappt hat, kommen Sie dazu. Unser erster gemeinsamer Fall verdient zumindest einen Ansatz von Teamwork.«

Elsa nickt. Das, was Degenwald da anspricht, hat sie viel zu lange aus dem Blickfeld verloren.

»Sehen Sie es als eine Art Aufforderung zum Tanz an«, beschreibt er seinen Vorschlag.

»Tanzen?« Elsas Stirn zieht sich erneut in unschöne Falten. »Das hätten Sie wohl gern! Da führt doch immer der Mann.«

»Die Rolle teilen wir uns. Versprochen! Schließlich sollen Sie auch was davon haben.«

Elsas Grinsen legt zwei makellose Zahnreihen frei. Ein Anblick, den ihr Kollege leider Gottes nicht mehr mitkriegt.

Ben hat in der Hütte am Taubensee nichts Brauchbares gefunden, außer den seltsamen Hinweisen, die sich – mit etwas Glück – zu Indizien ausbauen ließen. Fingerabdrücke von Birgit, alter Plunder, Müll, Dreck, sonst gab es nichts für ihn zu holen. Natürlich lag Elsa richtig mit ihrer Vermutung. Wenn man Birgits Reich begutachtet, lässt alles darauf schließen, dass sie die Mörderin von Silke Maihauser sein könnte. An entsprechenden Gedanken fehlt es der Haushälterin garantiert nicht. Nur, eine Tat ist erst eine Tat, wenn sie auch ausgeführt und bewiesen worden ist. Elsa hat also alle Hände voll zu tun, Birgit Leiner den Mord an Maihausers Frau nachzuweisen. Ein Geständnis, das braucht sie. Alles andere ist nach 20 Jahren, die der Mord bereits auf dem Buckel hat, wohl nicht realisierbar.

Bevor er Elsas Handy einsteckt, löscht Ben mehrere SMS, die er ihr geschickt hat.

Anna sitzt mit gequältem Gesichtsausdruck über den Hausaufgaben. Physik! Welcher halbwegs normal veranlagte Mensch konnte schon etwas mit Physik anfangen?, grübelt sie. Schrödingers Katze. Was hat das nun wieder zu bedeuten? Eine Katze in einem Gefäß oder einer Schachtel kann gleichzeitig tot und lebendig sein. Anna steht auf und tigert durchs Zimmer, um nach ihrem iPod zu suchen, den sie im Rucksack hat. Mit cooler Musik ist der ganze Schwachsinn sicher besser auszuhalten. Unten klingelt es an der Tür. Anna ist froh, Physik Physik sein lassen zu können, und schlendert die Treppe hinunter.

Als sie öffnet, steht Dino vor ihr. Sie lächelt ihn an, erleichtert über die Ablenkung. Dino steigt die Schamröte ins Gesicht. Wieder mal.

»Komm rein«, schlägt Anna vor. »Wir haben noch gar nicht auf den sensationellen Fund von gestern angestoßen.«

»Du meinst deine Mutter?«

»Klar, wen sonst? Danke übrigens, dass du die ganze Zeit über dabei warst. Jede Person mehr hat dem Wald den Gruseleffekt entzogen«, meint Anna eine Spur triumphierend.

»Wär ja auch echte Vergeudung gewesen, wenn deine Mutter im Gebirge krepiert wäre.«

»Hey, was für'n krasser Typ bist du eigentlich? Hast du dir in der Videothek zu viele Horrorfilme reingezogen, oder was?« Anna schüttelt den Kopf, lacht aber dabei.

»Du magst doch Scherze. Hast du zumindest angedeutet«, versucht Dino einzulenken.

»Ja klar, logisch. Sag mal, kannst du was mit Schrödingers Katze anfangen?«

Dino muss nicht lange überlegen und nickt.

»Dann komm mal mit. Ich brauche so was von dringend Hilfe.« Anna hat den Weg in den Flur freigegeben. »Irgendwie erschließt sich meinen Gehirnzellen nicht, dass man gleichzeitig tot und lebendig sein kann.«

»Erwin Schrödinger ist geil. Supergeil. Der hat sogar den Nobelpreis kassiert. 35 oder so«, erklärt Dino schwer beeindruckt. »Ich hab ›Die gegenwärtige Situation der Quantenmechanik‹ gelesen. Weiß du, dass in der modernen Interpretation der Quantentheorie eine hypothetische Erweiterung unseres Universums angenommen wird?«

Anna starrt Dino sprachlos an. »Willst du mich verarschen?«

»Keine Sekunde. Unser aktueller Kosmos ist Teil eines umfassenden Multiversums, das aus einer ungeheuren Anzahl von unterschiedlichen, parallelen Universen besteht. Nur, leider besteht keine direkte Wechselwirkung, irgendeine Art Austausch zwischen den Universen. Glaubt man.«

»Bloß keine Ausschweifungen«, verlangt Anna. Sie hat mehr als genug gehört. »Erklär mir nur, was es mit diesem Katzenzeug auf sich hat. Damit wär mir schon geholfen.«

»Wenn du mir dafür ein Date versprichst, mach ich's.« Jetzt scheint Dinos Röte richtig aufzublühen.

Anna, die vor ihm die Treppe raufgeht, dreht sich um. Ihr Gesicht zeigt Verunsicherung, aber auch Respekt wegen seines Mutes.

»Soll das ein Erpressungsversuch sein?«

»Voll daneben! Flirten nenn ich das. Sauber flirten. Oder stehst du nicht auf Typen, die dich hammerstark finden? Mich, um genau zu sein.«

Anna verschlägt es die Sprache. Ihr Gesicht scheint einen Augenblick einzufrieren. Verkommt zur emotionslosen Wüste. Dann prustet sie einen Lacher heraus, der Wände zum Erzittern bringen könnte. Sie lacht, weil in ihrem Leben alles dermaßen verrückt abläuft, dass es schon wieder geil ist. Der, den sie tierisch mag, Lars, hat sie bis ins Herz getroffen. Aus, vorbei. Für alle Zeiten. Nach all dem hat sie sich schon tot geglaubt. Tot wie Schrödingers Katze. Und jetzt, plötzlich, steht einer hinter ihr, mit Akne im Gesicht, der ihr zuliebe Hochdeutsch spricht. Dieser Junge, den sie nicht will, der wirbt um sie, spricht Klartext, auch wenn man ihm das niemals zutrauen würde. Anton Maihauser, der sich Dino nennt, weil er sonst so was von uncool wirken würde. Was heißt wirken würde?, stellt Anna fest. Er *ist* uncool, da nützt auch keine Namensänderung. Er bleibt, was er ist. Uncool und noch mal uncool. Zumindest optisch gesehen. Sein Charakter, gut, der war erste Sahne. So was von Superbleifrei vollgetankt. Wow! Das muss Anna ehrlicherweise zugeben.

Und so steht sie da. Nichts zu tun, außer auf der Treppe festgewachsen sein. Frisch von Lars entliebt. Herz gebrochen. Was da in ihr wütet, hat sie noch nicht festgestellt. Fast so, als setze sich etwas erneut zusammen. Teil für Teil. Diesmal richtig. Vermutlich. Ob das ihr Herz war? Und wenn ja, war sie dann verpflichtet, die Anleitung dazu zu liefern?

Annas Gedankenfilm wird von Dinos Worten unterbrochen. »Schrödingers Katze ist ein Gedankenexperiment, das besagt: In einem geschlossenen Raum befindet sich ein instabiler Atomkern, der nach bestimmter Zeit mit einer angenommenen Wahrscheinlichkeit zerfällt. Der Zerfall des Atomkerns setzt Giftgas frei, das eine im Raum befindliche Katze tötet. Jetzt pass auf: Gemäß der Quantenmechanik befindet sich der Atomkern schließlich im Zustand der Überlagerung. Er ist noch nicht zerfallen und zerfallen gleichzeitig. Also wäre auch die Katze lebendig und tot zugleich. Wenn die Quantenphysik auf makroskopische Systeme anwendbar wäre.«

Anna fasst sich an den Kopf und stöhnt laut. »Wenn der nächste Physiktest ansteht, kannst du mir dann von irgendwoher soufflieren?«

Degenwald schlägt die Beine übereinander und rezitiert Friedrich Schiller. »›Und setzet ihr nicht das Leben ein, nie wird euch das Leben gewonnen sein!‹ Hochphilosophisch, nicht wahr?«, stellt er fest. »Man sagt, es gebe nur wenige Menschen, die den tatsächlichen Inhalt dieser Worte verstünden. Könnte das ein Satz für Sie sein, Frau Leiner? Haben auch Sie alles, einfach alles eingesetzt, um ein Leben zu gewinnen? Das von Fred Maihauser? Für sich?«

Birgit Leiner sitzt schulterzuckend vor ihm. Weiß nicht, was dieses hochgestochene Gerede soll. Ihr Körper drückt Anspannung aus. Ihr Blick offensichtlich zur Schau gestelltes Desinteresse. Aber das Innere ihrer Augen ist hellwach. Wie ein Luchs auf der Lauer.

Elsa, die die Situation durch den Einwegspiegel verfolgt, registriert, dass Birgits Hände zu Fäusten geballt sind. Sie hat sie unter der Stuhlkante versteckt. Einem Eisberg gleich hockt sie da, Degenwald vis-à-vis. Der ist noch immer die Ruhe selbst. Die Liebe, das sei ein Thema, mit dem auch er sich auskenne, gesteht er Birgit ein. Sie wisse ja, dass seine Eltern ermordet wurden. Lange her sei das. Aber die Wunde, die wüte noch immer in ihm. In beschissen regelmäßigen Abständen. Dafür hasse er sein Leben manchmal.

»Ermordet!«, wiederholt Birgit verächtlich. ›Ermordet‹ sei ein großes Wort. Viel zu groß manchmal. Jetzt ist sie milde. Es gebe so viele andere Wörter. ›Aushauchen‹. Sinnloses, Lebensunwertes aushauchen, um Wichtigeres oder Wichtigere zu schützen. Das gefalle ihr besser.

Ja, das gebe es natürlich auch. Je nach Perspektive, bestärkt Degenwald sie. Er hat sich völlig zurückgenommen. Spricht ihr nach, um ihr Mut zu machen. Mut, sich ganz preiszugeben. Er lässt Birgit Leiner auslaufen, wie eine Welle, die den endlos weiten Strand zum Versickern hat. Irgendwann, so hofft er, wird sie reden. Für jeden kommt der Punkt, an dem er dieses Nichtsein, diese Nichtexistenz nicht länger aushält. Das ist die Methode, die er anwendet. Und tatsächlich, langsam kommt Bewegung in Birgits Arme, Beine, ihren Kopf, ihre Gesten, ihre Lippen. Sie schnäuzt sich. Hustet. Steht auf. Geht herum. Setzt sich wieder. Wie ein Tier im Käfig, das die Grenzen, die Gitterstäbe erst ertasten muss.

»I hab an Schatz an Zärtlichkeit in mir«, setzt Birgit schließlich an. Elsa staunt. Was ist das? Ein ungelenker Versuch zu dichten? Weggesperrte Gefühle? Klingt wie der Refrain eines Volksmusik-Hits.

»Ja, Birgit, das weiß ich. Sie sind ein Mensch. Wie wir alle«, gibt Degenwald zu. »Wo haben Sie Ihre Liebe all die Jahre nur gelassen? Ein Leben ohne Partnerschaft. Nur mit einem Hund.«

»Über mein Hasso lass i nix kumma«, lehnt sie sich gleich auf.

»Nein, nein«, stellt Degenwald richtig. »So meine ich das nicht. Aber eine Frau wie Sie? So viel Gefühl in Ihren Augen. Sonst wäre all das doch nie passiert. Wenn da nicht diese tiefe Liebe zu Fred Maihauser gewesen wäre. Oder etwa nicht? Wollen Sie diese Liebe verleugnen? Diese Liebe, die Sie sich gar nicht aussuchen konnten, die einfach da gewesen ist.«

»Na, na! Des tu i net. Des stimmt scho. I mog den Fredi. I mog eam wirkli.«

»Na eben.«

Plötzlich steht Degenwald auf, geht zwei Schritte auf Birgit zu und bleibt vor ihr stehen. Groß, übergroß. »Würden Sie mit mir tanzen?«, fragt er ohne Vorankündigung.

»Wos? Wia? Wia moanen S' des, Herr Degenwald?« Birgit stiert ihn von unten herauf an. Wie ein kleines Kind den Vater.

»Schenken Sie mir einen Tanz? Den einzigen, in Gedenken an all die anderen, die Sie nie mit Fred Maihauser tanzen durften?«

Birgit schluckt. Zum Überlegen fehlt es ihr an Zeit und Motivation. Sie steht tatsächlich auf. Streicht sich den Rock zurecht. Mit wenigen bedächtigen Handgriffen. Klein und untersetzt wie sie ist, überlässt sie sich Karl Degenwald. Zuerst ihren linken Arm, dann den rechten, zuletzt ihren Oberkörper und den Rest. Er nickt, lächelt wie der Rattenfänger von Hameln und beginnt, leise eine eingängige Melodie zu summen. Einen Walzer, hört Elsa. Wie magnetisch angezogen steht sie vor dem Spiegel. Verfolgt das Spiel nebenan. Er summt, gar nicht schlecht, und durchschreitet mit der Tatverdächtigen das Zimmer, das für Verhöre vorgesehen ist. Einen ersten Schritt, den nächsten, dann den übernächsten. Beide ertanzen das Zimmer in seiner vollen Größe. Ein Anblick, der absurder nicht sein könnte. Birgit Leiner dreht ihren gedrungenen Körper im Kreis. Einem Ballbesuch gleich. Sie bekommt ein exzellentes Vorspiel geliefert. Einen Walzer. Der Auftakt zu einem grausigen Geständnis. Degenwald führt sicher, lässt sich von Birgits Fehltritten nicht aus dem Rhythmus bringen. Sein Lächeln hält durch. Wirkt täuschend echt. Er weiß, dass er gewonnen hat. Der Hintergrund des Mordes wird bald der seine sein.

17. KAPITEL

Danach bricht Birgit zusammen. Degenwald hat den Acker bestellt, hat genügend Samenkörner ausgebracht, um jetzt ernten zu können. Hinterhältiger Trick, dieses Tanzmanöver, findet Elsa. Es hat die letzte Schleuse geöffnet. Birgit Leiner ist durch das Tanzen in eine Stimmung versetzt, die sie sich oft vergeblich ausgemalt hat. Sie hat sie mit dem falschen Partner ausgelebt. Für einen flüchtigen Moment. Mit Karl Degenwald. Dem Hauptkommissar, der auch ihr Richter ist.

Nach dem Tanz muss sie innehalten, weint leise, richtet sich dann aber wieder auf und starrt Degenwald an. Endlich sprudelt alles aus ihr heraus. Während sie spricht, hält sie ein entrücktes Lächeln fest. Streckenweise wirkt sie, als erzähle sie aus einem ihrer Romane. Die, die Elsa in der Hütte gefunden hat. Zuerst schwelgt sie in einer romantisch-verklärten Lovestory. Der hart arbeitende Unternehmer, Fred Maihauser, der von seiner jungen, krankhaft lebenslustigen Frau vorgeführt wird. Ein Betrug nach dem anderen. Jedes Mal einer zu viel. Vor allem der mit Bramlitz. Wie lange habe sie das mit ansehen müssen? Birgit seufzt betroffen. Dann fährt sie sich mit der Hand durchs Gesicht. Sie habe wahre Gefühle für Maihauser empfunden. Aber die musste sie verstecken. Sie war immer für ihn da, hat den Haushalt geführt, ihm täglich ein liebes Wort geschenkt. Ach was, viele, viel zu viele ungehörte Worte. Mit Körper und Seele sei sie ihm ausgeliefert gewesen. Er habe nichts dafür tun müssen. Sie nur anschauen. Nicht an ihr vorbei, sondern in sie hinein. Das habe er manchmal getan. In Stunden der Einsamkeit, der Hoffnungslosigkeit. Und es habe ihr gereicht. Eine Zeit lang zumindest. Jahre. Dann sei alles aus dem Ruder gelaufen. Sei ihr zu viel geworden. Sein wachsender Zorn über und auf seine Frau, den sie habe mit ansehen müssen. Und, was schlimmer gewesen sei, der Verlust seiner Stärke, der unerbittlich vorangeschritten sei. Täglich dabei zu sein, bezeugen zu können, dass er, jeden Tag mehr, wieder zum kleinen Jungen wurde. Dann, nach einer Weile, habe er um Liebe gebettelt. Zuerst leise, dann fordernd. Silkes verdorbene Liebe, die er doch nie wirklich besessen hatte. Ein Stück Dreck sei sie gewesen. Abschaum der Gesellschaft. Sie habe ihn hilflos flehen lassen und doch weiter gelebt und herumgehurt, wie die ganze Zeit zuvor.

»Des woaß i genau. I war allezeit dabei. Live, wia ma so sche sagt«, betont Birgit.

Degenwald nickt stumm. Starrt auf das Band, das die ganze Zeit mitläuft.

»Aber er wollt den Dreckskram. Die Silke, die hat's eam geb'n. Beim Sex, moan i«, erklärt die Leinerin. »Amoi hab i's g'sehn. Da hat's sich üaber eam beugt. Saukram, elendiger Saukram.« Birgit wirft angewidert die Hände vors Gesicht, nimmt sie wieder fort und spitzt die Lippen, als wolle sie ausspucken. Ihr seltsam entrücktes Lächeln wirkt plötzlich verunsichert, gerät zur Grimasse. Wie eine Faschingsmaske des Horrors.

Noch immer hütet Degenwald sich davor einzugreifen. Falls er Fragen hat, stellt er sie nicht. Noch nicht.

Birgit erzählt weiter. Davon, dass sie diesem Teufelsweib, diesem Flittchen, nicht länger bei alldem zusehen konnte. Der Maihauser, der hätte sich nie von ihr befreien können. Dem habe die Kraft gefehlt. Entscheidungskraft. Was sei ihr da übrig geblieben? Sie habe es für ihn getan. Für seinen Seelenfrieden. Anstand und Sitte. Dass sie nicht lache. Davon habe die Silke, dieses Drecksweib, nie gehört. Die habe nur an sich gedacht. An das Geld vom Maihauser und das Ansehen, das sie durch ihn gewonnen habe.

»Verwöhnt hat er's, dass d' Hälfte g'nug g'wesn wär. Aber er hat's so wolln, er hat's wolln.«

Und als die Silke eines Tages so dagestanden sei, mit dem Bramlitz telefonierend, wie fast jeden Tag, und auch dem Honig um den Bart geschmiert habe – der war ihr genauso ausgeliefert wie die anderen auch, von denen sie sicher nichts gewusst habe –, da sei ihr das Staubsaugerkabel in ihrer Hand aufgefallen. Das habe sich plötzlich zu einer Schlinge geformt. Wie von selbst sei es gegangen. Sie sei auf die Silke zu, in ihren Rücken hinein. Und als die sich nach vorn gebeugt hat, da habe das Kabel den Weg zu ihrem Hals gefunden. So, als habe es schon immer da hingehört. Der Hörer sei der Silke aus der Hand gefallen. Kurz habe sie geröchelt, sich sogar umgedreht. So halb, seltsam verdreht. Das Telefon sei runtergefallen. Die Verbindung unterbrochen worden. Den Hörer habe sie nicht wieder aufgelegt. Der Götz Bramlitz, Birgit schnappt nach Luft, der habe sich keine Sorgen mehr machen müssen. Der sei von einem auf den anderen Moment erlöst worden. Birgit macht eine Pause, lenkt erschöpft den Blick nach unten, zu ihren Fußspitzen. Lässt ihn verharren. Seufzt laut. Dann fasst sie erneut Mut und redet weiter. Sie habe das Kabel zusammengezogen. Fest. Sehr fest. Birgit stellt für einen

Moment das Atmen ein. Sie verharrt im luftleeren Raum. So, als falle ihr erst jetzt die Tragweite des vor 20 Jahren Geschehenen auf. Als sie daranging, Fred Maihauser von seiner freizügig lebenden Frau zu befreien. Innerhalb weniger, dramatischer Stunden.

»Des is so leicht gangen. So leicht«, dämmert es Birgit. Wie in Trance sitzt sie da. Ihre Stimme lebt ersatzweise für ihren Körper, ihren Geist und ihre Seele. Lebt Mord und Rache aus. In stiller Erinnerung. Lange hat sie schweigen müssen. Doch das ist zu Ende. Jetzt kommt der Triumph. Heute lebt sie ihren Sieg aus. Den Sieg der Beachtung. Sie redet weiter, will gar nicht mehr aufhören. Redet sich in Rage. Eine beklemmende, grausige Szene voll falscher Moral, Ethik, offensichtlicher Anstandsregeln. Regeln, die Birgit ein für alle Mal aufgestellt hatte. Alle Dämme brechen. Sie beugt sich, fast vertraut, zu Karl Degenwald hinüber. Legt ihre Hand auf seinen Arm. Heischt nach Anerkennung. Fast flirtend. Flirtend um Verständnis und Lob.

Als Silke tot dalag, habe sie gewusst, dass dieses Weib weg müsse. Endgültig weg! Da sei ihr das Moor eingefallen. Sie habe schwer an Silke getragen. Viel zu schwer. Lange danach habe sie ihren Rücken gespürt. Sogar an einen Bandscheibenvorfall habe sie denken müssen. Natürlich sei sie zum Arzt gegangen, aber der habe nur Turnübungen und eine Salbe verschrieben. Im Wagen, im Kofferraum, habe sie die Silke transportiert und zum Moor gefahren. Ganz langsam. Und dann habe sie sie versenkt. Ein Schiff, das untergeht. So habe die Silke ausgesehen. Danach sei es still geworden. Still um sie herum. Und um Fred Maihauser. Birgit schweigt. Minuten vergehen. Kein weiteres Wort aus ihrem Mund.

»Die Untersuchung, mei, des war noch amoi schlimm für eam. Für den Fred, moan i. Ober dann …«

Elsa hat die Hand vor den Mund geschlagen. So steht sie da. Das farbige Bild der Tat vor ihrem inneren Auge spult sich ein ums andere Mal ab. Sie sieht Silke Maihauser untergehen. Einmal, zweimal. Hoffnungslos ihrem Schicksal ergeben. Plötzlich versucht sie sich vorzustellen, wie es in Karl Degenwald aussieht. Die Frau, die er einstmals liebte, sieht er in diesen Momenten erneut sterben. Plastischer als je zuvor. Vor seinen Augen gibt sie ihr Leben hin. Er hört jedes einzelne Wort aus dem Mund der Mörderin. Und bleibt unbeweglich, fast starr dabei. Nichts ist ihm anzumerken. Wenn er mit sich kämpft, wenn Wut, Groll, Verbitterung oder einfach nur Traurigkeit in ihm aufsteigen, zeigt er es nicht. In diesen Minuten ahnt Elsa, was Degenwald in seinem Leben bereits durchgemacht hat. Wer so ruhig bleibt, hat viele Kämpfe gekämpft. Den schlimmsten, den mit sich selbst, den, der ihn zum Rächer, zum Sühner einer Tat machen könnte, hat er offenbar bestanden.

Degenwald setzt die Befragung aus. Schweigend verlässt er das Zimmer. Auf dem Gang gibt er Elsa mit einer Geste zu verstehen, sie solle weitermachen.

»Sie haben tatsächlich keine Probleme, die Führung abzugeben«, versucht Elsa zu scherzen. Dabei zwingt sie sich zu einem amüsierten Lächeln und versucht ein paar wenige Tanzschritte im Flur. Doch plötzlich friert ihr der Ablauf der Bewegungen mittendrin ein. Sie weiß, dass sie Degenwald mit nichts, keinem Wort, keiner Geste, keiner Handlung von seiner vor sich selbst abgekapselten Trauer erlösen kann. Darum lässt sie ihn. Lässt ihn gehen.

Er will nichts mehr von diesem schrecklich unsinnigen Mord hören. Zu Recht. Halbherzig lächelt er zurück. Sie versteht viel zu gut, was in ihm vorgeht. Zum Nicken kommt sie nicht mehr, sieht nur noch in seinen sich entfernenden Rücken hinein.

Elsa zögert nicht länger, setzt ihre professionelle, freundlich-distanzierte Miene auf und betritt das Zimmer, in dem Birgit wartet. Eine Pause, das weiß sie, könnte alles zunichte machen. Der Redestrom der Befragten muss aufrechterhalten werden. Um jeden Preis. Also setzt sie sich. Schiebt den Stuhl nahe an den Tisch heran, um den Abstand zwischen sich und Birgit gering zu halten. Eine angedeutete Nähe, die das Reden erleichtern soll.

»Was hat es mit dem Mord an Aurelia Bramlitz auf sich, Frau Leiner? Sie erinnern sich, dass Sie andeuteten, Sie hätten auch damit zu tun?«

Birgit nickt, sehr schnell. Die Aurelia, das sei ein armes Hascherl gewesen. Gelitten habe die, das sei nicht zum Mitansehen gewesen.

»Weshalb?«, fragt Elsa nach. »Die Affäre ihres Mannes lag doch schon lange zurück. Und irgendwann hat man das verarbeitet.«

»Glauben S' des wirkli?« Die Leinerin lacht erschüttert auf.

»Fremd san S'. Sie kennen unseroans net. Des werden S' nie doa.«

»Das stimmt«, gesteht Elsa. »Ich bin fremd hier. Aber trotzdem ergibt das für mich keinen Sinn. Wieso hat Frau Bramlitz sterben müssen?«

»Am Wasser, wia damals, gell?«

Elsa nickt betroffen. »Wir haben die Leiche am Wössener See gefunden. Nicht am Moor. Und erdrosselt ist sie auch nicht worden. Aber das wissen Sie ja am besten, nicht wahr?«

Plötzlich schweigt Birgit, legt die Lippen, wie versiegelt, fein säuberlich übereinander. Ihr Blick und ihre Gesten machen deutlich, für heute wird sie nichts mehr sagen. Daran kann auch Elsa nichts ändern. Mit keiner, wie auch immer lautenden Frage.

Obwohl sie es zuerst nicht wahrhaben will, spürt sie, wie Birgit ihr entgleitet. Die Haushälterin und ihre Geschichte verschwinden vor ihr, wie hinter einer diffusen Nebelwand. Tauchen nicht mehr auf.

Elsa, die ein ausgeprägtes Gespür für solch wichtige Details hat, seufzt ernüchtert. Sie findet oft den richtigen Zeitpunkt. Diesmal nicht. Deshalb nickt sie, steht auf und geht zur Tür. Sie werde jemanden schicken, der sich um sie kümmere. Jemanden, der sie in Untersuchungshaft begleite. »Ach ja«, merkt sie noch an. »Ich werde mich natürlich auch Ihres Hundes annehmen.«

Elsa rechnet mit Erleichterung in Birgit Leiners Blick. Der Hund ist ihr Ein und Alles. Doch stattdessen registriert sie deutliche Abneigung, gepaart mit Schadenfreude. Seltsam, wundert sich Elsa.

Als sie draußen, vor der Tür steht, ahnt sie plötzlich, was los ist. Sie zögert keinen Augenblick und beginnt zu rennen.

Degenwald hält Götz Bramlitz' schriftlich formuliertes Alibi in Händen. An besagtem Tag, als Bramlitz wegen angeblicher gesundheitlicher Probleme nicht in der Lage gewesen war, zu ihm zu kommen, hatte dessen Anwalt es ihm ausgehändigt. Er habe zur Tatzeit mit einem seiner engsten Mitarbeiter zusammengesessen, liest Degenwald zum wiederholten Mal. In seinem Unternehmen arbeite man mitunter auch spät nachts noch. Nichts Ungewöhnliches. Die neue Werbekampagne stünde an. Die Zeiten wären alles andere als rosig, auch wenn die Umsätze bei ihnen noch stimmten. Man müsse vorsorgen. Degenwald hatte das Alibi telefonisch überprüft und sich die Litanei des Angestellten anhören müssen. Sehr freundlich. Sehr darum bemüht, zur Verfügung zu stehen. Aber irgendwie wie auswendig gelernt, fand er.

Er entscheidet sich spontan zu einem weiteren Gespräch mit dem Mann. Was spricht dagegen, bei ihm vorbeizufahren, um sich von Angesicht zu Angesicht gegenüberzutreten? Vielleicht stimmt alles, was ihm gesagt worden ist. Vielleicht aber auch nicht. Wenn man sich in einem Abhängigkeitsverhältnis befindet, bestätigt man gern mal das ein oder andere. Diese Erfahrung hat Degenwald häufig gemacht. Wenn Birgit Leiner allerdings tatsächlich auch den Mord an Bramlitz' Frau zu verantworten hatte …? Er zögert, versucht, sich mit einer einzigen Geste die Bedenken aus dem Gesicht zu wischen. Ohne Erfolg. Es würde nichts schaden nachzuhaken, entscheidet er sich. Eine Regel, die in jedem Stadium der Ermittlungen gilt.

Anna lässt sich in einen der bequemen Sessel auf der Terrasse der Maihausers fallen. Hinter sich hört sie Dino mit dem Tablett kommen. Er stellt eine eisgekühlte Cola vor ihr ab, dann lässt er eine Tüte Gummibärchen und Chips in ihren Schoß fallen.

»Voll die Kalorienachterbahn, was?«, grinst Anna und reißt die Gummibärchentüte auf. Der Garten der Maihausers ist ein Traum, findet sie. Penibel gepflegte Rasenflächen, Blumenrabatte, Tröge mit zurechtgestutztem Buchsbaum. In der Ferne entdeckt sie einen Schwimmteich mit angelegter Brücke und Wasserfall. Alles wirkt groß, fast bombastisch, ein künstliches Paradies.

Anna erfasst Dinos Blick, nachdem sie die Umgebung gescannt hat. »Nicht übel. So einen Stiefvater lass ich mir auch gefallen. Na ja, ich hab ja noch eine Chance.«

Dino hat sich neben sie gesetzt, die Füße an den Stuhl gegenüber gelehnt, und schiebt sich den schwarzen Strohhalm in den Mund. Er zieht geräuschvoll am Halm, genießt einen großen Schluck kalte Cola. »Wieso?«, will er wissen. »Auf welche Chance spielst du an?«

Anna druckst einen Moment herum. Dann erleichtert sie sich. »Meine Eltern lassen sich vermutlich scheiden.« Sie verdreht kurz die Augen, lässt es dann aber wieder bleiben. »Sie haben erst unlängst einen Schlussstrich unter ihr Ehedrama gezogen. Deswegen sind wir überhaupt hierher gezogen.«

»Saubere Lösungen find ich besser als ewiges Herumgejammer.« Dino schiebt die Colaflasche in die Mitte des Tisches und streift sich die Turnschuhe von den Füßen.

»Sag mal, willst du später Politiker werden oder wieso redest du so wohlüberlegt daher?« Anna kann es nicht fassen. Bei Dino anständig Dampf abzulassen scheint nicht gerade einfach zu sein. Seltsamer Typ. Anna schüttelt den Kopf, während sie weiße Gummibärchen aus der Tüte raussucht. Ihre Lieblingsfarbe. Obwohl sie sich über Dinos cooles Gehabe ärgert, imponiert ihr sein Auftreten auch. So war er anfangs gar nicht drauf, als sie ihn in der Videothek kennengelernt hat.

»Find ich echt gut, dass du noch auf ’ne Cola mitgekommen bist«, meint Dino versöhnlich.

»Und auf Gummibärchen«, ergänzt Anna. »Die liebe ich heiß.« Sie steckt sich einen ganzen Schwung davon in den Mund und beginnt selig zu kauen.

»Ich kann uns auch 'ne Pizza auftauen.« Dino scheint wild entschlossen, Pluspunkte zu sammeln.

Anna schüttelt den Kopf. »Nicht nötig«, murmelt sie kauend, setzt sich die Sonnenbrille auf und erhebt sich. »Kann man in eurem Teich auch schwimmen?«

»Klar! Hast du Lust drauf?«

»Nackt?« Annas Augen beginnen herausfordernd zu funkeln. Sie greift sich ans Top und lässt, gespielt keck, einen der Träger hinunterrutschen. Dann lacht sie.

Dino starrt sie mit geweiteten Pupillen an. Gerade so, als habe Anna sich bereits vor ihm ausgezogen. Als er merkt, dass sie seinen Blick und vielleicht sogar seine Gedanken mitbekommen hat, schaut er betreten zu Boden.

»Beruhig dich! War nur ein Scherz«, stellt Anna richtig. Sie schiebt sich den Träger wieder auf die Schulter und grinst. »Ich hab leider keine anständige Schwimmbekleidung mit. Also fällt Baden aus.«

»Schade.« Dino ist sichtlich enttäuscht.

»Aber Füße ins Wasser stecken geht doch, oder?« Anna rennt Richtung Teich davon.

Dino schiebt hastig seinen Stuhl zurück, rennt ihr hinterher.

Mitten in der Wiese bleibt Anna plötzlich stehen. Ihr Gesicht ist nach unten gewandt. Zuerst scheint sie wie gelähmt, steht nur da und starrt auf etwas, das ihre ganze Aufmerksamkeit einnimmt. Dann dreht sie sich nach Dino um und schreit.

18. KAPITEL

Als er bei ihr ist, sieht er den Hund. Reglos liegt er da. Den Körper wie aufgebahrt. Mitten im Rasen. Ein flaches, dunkelbraunes Fellgebilde. Umgeben von blutigem Erbrochenen.

»Scheiße!« Anna schaut Dino erschrocken an und nimmt die Sonnenbrille ab. »Was ist mit dem? Hat der was Falsches gegessen oder so?«

»Keine Ahnung.« Dino beugt sich vorsichtig zu Hasso hinunter, um ihn sich näher anzusehen. Was er entdeckt, lässt ihn schaudern. Der Körper des Tieres ist von Blutergüssen übersät. Sein Hinterteil liegt in einer einzigen blutigen Masse. »Durchfall«, erklärt Dino, als er zu Anna hochblickt.

»Wir müssen einen Tierarzt holen!«, verlangt die.

»Blödsinn.« Dino ist aufgestanden. Er starrt Anna hilflos an. Seine Stimme ist ernst, fast durchdringend, als er spricht. »Der ist längst tot.«

Degenwald fühlt fast körperlich, wie ihn der Erfolg verlässt. Auf der Suche nach Martin Engelhardt, Götz Bramlitz' Alibi, gerät er in eine Sackgasse. Der Mann ist weder in der Brauerei anzutreffen noch zu Hause. Er sei im Urlaub. Malediven, erfährt Degenwald im Personalbüro.

»Urplötzlich? Davon hat Herr Engelhardt mir nichts gesagt, als wir miteinander telefoniert haben.« Degenwald kratzt sich seine Bartstoppeln. Am Morgen war keine Zeit für eine Rasur geblieben, weil er verschlafen hatte. Er überlegt kurz, was als Nächstes zu tun ist.

»Hat Herr Engelhardt den Urlaub fristgerecht angemeldet?«

Die Sekretärin schaut ihn irritiert an. Sämtliche Fragen, die ihr in dem Moment einschießen, stehen ihr ins Gesicht geschrieben.

Degenwald bekommt Mitleid. »Also nicht«, antwortet er an ihrer Stelle. »Malediven, im September? Kostet eine Kleinigkeit. Und das von einem Tag auf den anderen. Werden Sie hier so gut bezahlt, dass Sie sich das mal eben so leisten können? Und, was mich nicht minder brennend interessieren würde: Genehmigt Ihr Chef so hopplahopp einen längeren Urlaub?«

Die Frau zuckt mit der Schulter. Degenwald erlöst sie von ihrer Qual. »Richten Sie Herrn Bramlitz einen recht schönen Gruß aus. Wir sprechen uns bald. Sehr bald. Darauf kann er wetten.« Dann geht er. Kaum hat er den Raum verlassen, dreht er um und öffnet erneut die Tür zum Personalbüro. Die Sekretärin hat den Hörer in der Hand, drauf und dran zu telefonieren.

»Ach ja, und das mit dem Alibi, das kriege ich trotzdem raus. Richten Sie das auch noch aus. Schönen Abend.« Die Tür schließt sich endgültig hinter ihm.

Zufrieden grinsend geht er den Gang entlang. Er hat noch eine lange Nacht vor sich. Vielleicht sollten Elsa und er sich ein anständiges Bier und eine Jausenplatte gönnen, sinniert er. Danach hätten sie neue Kräfte, um weitere fehlende Teile dieses seltsamen Mordpuzzles zusammenzusetzen.

Der silberfarbene Golf schießt den Hang hinauf und bleibt vor der Auffahrt zur Tiefgarage des Maihauser-Anwesens stehen. Elsa steigt aus und will anläuten. Als sie von fern Annas Stimme hört, späht sie über die Mauer und ruft dabei nach ihr. Schneller als sonst öffnet sich das Eingangstor. Dino steht vor ihr. Anna als Verstärkung neben sich.

»Hallo«, grüßt Elsa die beiden. Ihr Blick ruht auf Anna. »Ich erinnere mich dunkel an einen Satz: ›Ich muss dringend Physik pauken.‹ Ich glaube, das war heute früh.« Ehe sie weiterredet, entdeckt sie etwas im Gesicht ihrer Tochter. Elsa stutzt. Irgendetwas stimmt nicht. Und tatsächlich, als sie genauer hinsieht, registriert sie, dass Anna Tränen in den Augen stehen.

»Was ist los?«, will sie alarmiert wissen.

Dino setzt zu einer Erklärung an, doch sie weiß plötzlich, was er ihr sagen will.

»Sie hat ihn tatsächlich vergiftet?«, nimmt sie ihm die Worte aus dem Mund.

Dino nickt. »Woher wissen Sie, dass Hasso vergiftet wurde?« Er schenkt Elsa einen verwunderten Blick. »Und wieso tut jemand so etwas? Ist doch krank, ein wehrloses Tier umzubringen.«

»Wer war das, Mama? Wer hat dem Tier das angetan?« Anna blickt ihre Mutter flehend an, während Elsa mit ihr und Dino die gleichmäßig beleuchtete Rasenfläche abschreitet.

»Das sind nicht gerade erbauliche Informationen, die ihr jetzt von mir hören werdet«, beginnt Elsa. Dann seufzt sie. »Aber da ihr den Hund schon mal gefunden habt«, sie zögert kurz und spricht dann weiter, »will ich euch nicht vorenthalten, dass das auf Birgit Leiners Konto geht. Und leider hab ich es nicht verhindern können.« Elsa schüttelt den Kopf, erschüttert, dass sie zu spät gekommen ist. Eine Frau wie Birgit Leiner ließ ihren Hund nicht allein. Sie hätte vorausahnen können, dass sie in der Situation, in der sie sie heute zu Hause vorgefunden hatte, zu allem fähig war.

»Das ist echt der Hammer!« Dino fasst sich an den Kopf. »Wofür soll das gut sein, Hasso aus dem Weg zu schaffen? Die Leiner hat ihn doch abgöttisch geliebt.«

Elsa schweigt. »Tut mir leid«, meint sie dann. »Darüber kann ich vorläufig nichts Näheres sagen. Nur so viel. Es ist eine abnorme Handlung, die vorkommt, wenn jemand sein Leben als besonders bedroht empfindet. Gerade weil Frau Leiner Hasso so liebte, hat sie ihn umgebracht.« Elsa macht eine Pause, um Dino Zeit zu geben, sich von dem Gehörten zu erholen. »Ist dein Stiefvater zu Hause? Ich muss dringend mit ihm sprechen.«

»Keine Ahnung.« Dino zuckt mit den Achseln. »Soll ich ihn anrufen?«, meint er dann.

»Nein, lass mal. Das mach ich schon selbst.« Elsa ist bei Hassos Leiche angekommen. Der gewaltsame Tod des Hundes, der ihr in dem Moment in seiner ganzen Widerwärtigkeit ins Auge springt, lässt sie schlucken. Sie geht in die Hocke, wirft einen Blick auf Hassos Zahnfleisch und dreht sich dann weg.

»Das Zahnfleisch ist weiß«, meint sie eher zu sich, als zu Anna oder Dino.

»Was bedeutet das, Mama?«, will Anna wissen.

»Vermutlich Rattengift«, erklärt Elsa. Sie steht auf. »Es stinkt furchtbar. Lasst uns gehen.« Hastig wendet sie sich mit Anna und ihrem Freund Richtung Villa.

»Ich kümmere mich um alles«, verspricht sie ihnen. »Tut mir wirklich leid, dass ihr das mit ansehen müsst.«

»Können wir Hasso nicht begraben? Der Garten ist groß genug.« Dino blickt sich suchend um. »Vielleicht unter der Ulme? Die mochte er besonders gern. Mein Vater, ich meine, Fred ist jedes Mal ausgetickt, wenn er dort sein Geschäft erledigt hat.« Dino erwidert Elsas Blick mit großen, fragenden Augen. Alles angelernt Coole scheint von ihm abzufallen. Zurück bleibt ein Junge, der unbedingt etwas richtig machen will. Einer, der tiefes Mitgefühl empfindet und sich auch traut, es zu zeigen. Ein seltsam warmes Gefühl macht sich in Elsa breit. Eines, das sie mit diesem Jungen verbindet.

»Das geht nicht, Dino.« Elsa versucht, ihre Rührung abzuschütteln. »Ich werde die Spurensicherung und den Gerichtsmediziner verständigen. Die werden nachweisen, woran Hasso gestorben ist, und sich die Wohnung von Birgit Leiner vornehmen. Gründlich. Sein Tod steht in Zusammenhang mit anderen Dingen. Schrecklichen Dingen.«

Dino und Anna haben ihr mit spürbar erzwungener Ruhe zugehört. Wie kostbar die Unbedarftheit der Jugend doch ist, fällt Elsa wieder einmal ein. Plötzlich hadert sie mit der Situation, in der die beiden stecken. Wie gern hätte sie ihnen all das erspart. Wenn die Illusion, dass das Leben unbekümmert und ein Fest der Freundschaft und des Friedens ist, erste Risse bekommt, ist das immer tragisch.

Dino scheinen alle möglichen Gedanken zu kommen. »Haben diese schrecklichen Dinge, die Sie ansprechen, mit Silke zu tun? Der ersten Frau von Fred?«, will er von Elsa wissen.

Die nickt schweigend.

Dino wendet den Blick ab und holt sich seine nackten Zehen in den Fokus. Irritiert und beunruhigt bohrt er mit seinem Blick ein Loch in die Füße. »Verstehe«, presst er schließlich heraus. Mehr sagt er nicht.

Als Elsa ihr Handy in der Hand hält, läutet es. Sie nickt den beiden neben sich zu und geht einige Schritte davon, um in Ruhe sprechen zu können. Es ist Degenwald, der ihr vorschlägt, die Unterwössener Gastronomie zu beleben. Er habe Hunger, und falls es ihr ähnlich ergehe, würde er sie mit Vergnügen einladen. Auf eine der beliebten Jausenplatten. Kalorienträchtig, aber gut. Genau das Richtige nach langen, zermürbenden Verhören.

Elsa freut sich, dass es ihm besser geht. »Nette Idee«, meint sie, obwohl der Vorschlag ihr geradezu makaber vorkommt.

»Der Zeitpunkt ist leider schlecht gewählt. Wenn Sie sehen würden, was ich gerade sehe, würde selbst Ihnen der Appetit vergehen. Schlachtplatte, Jausenplatte. Das klingt gerade ziemlich ähnlich für mich. Zu ähnlich und vor allem zu real.«

Sie beendet das Gespräch, nachdem sie versprochen hat, sich später wieder zu melden. Was sie jetzt braucht, ist jemand, der schnell und diskret eine Hundeleiche abtransportiert. In der Wärme, die selbst am Abend noch herrscht, kann sich allzu schnell ein unangenehmer Geruch breitmachen.

Elsa erlaubt Anna, bei Dino zu bleiben.

»Allein zu Hause? Nach dem Nachmittag?«, hatte die gemosert. »Das kannst du mir nicht antun. Dino bringt mich auf andere Gedanken. Er nimmt Schrödingers Katze für mich unter die Lupe. Du weißt doch, wie schwer mir Physik fällt.« Anna schweigt erwartungsvoll. »Obwohl …«, beginnt sie dann erneut, »Schrödingers Katze klingt jetzt irgendwie abartig. Die ist doch auch irgendwie tot.« Anna schüttelt sich aus einem Reflex heraus und starrt fragend Dino und ihre Mutter an.

»Hunde, Katzen, die können warten. Was hältst du von einer schrägen Komödie? Wir plündern meine DVD-

Sammlung«, schlägt Dino vor. »Oder, noch besser, wir planen eine Swap-Party.«

»Swap-Party?« Anna schaut ihn mit großen Augen an.

»So 'ne Art Tauschbörse. Jeder tauscht seine Klamotten oder was er sonst nicht mehr braucht. Alles kostenlos natürlich. So lernt man Leute kennen und ergattert was Neues.«

Annas Augen leuchten auf. »Super Idee!«, findet sie.

»Kommt aus London«, erklärt Dino. »Ich hab die Info aus dem Internet.«

Für seine Vorschläge würde Elsa ihn am liebsten abküssen. Der Junge verstand bereits, wie wichtig Zweckoptimismus war. Ein unbezahlbares Talent, das mühsam zu erlernen war, wenn man es nicht vom Schicksal mitbekommen hatte.

Elsa hat seufzend genickt und allem zugestimmt. Sie würde Anna später abholen. Inzwischen konnte sie Fred Maihauser treffen, dem nichts übrig geblieben war, als ihr den Weg zu einer seiner Baustellen zu beschreiben, wo er noch zu tun hatte. »Kein Problem«, hatte Elsa mit beharrlicher Konsequenz gemeint. »Ich komm notfalls auch mit der Taschenlampe zu Ihnen. Zeit verlieren, das kann ich mir gerade am wenigsten leisten.« Maihausers Stimme hatte ruppig geklungen. Vielleicht hatte er sich darüber geärgert, dass Dino seine Privathandynummer weitergegeben hatte. Elsa musste ihm auf jeden Fall versichern, dass es nicht länger als eine halbe Stunde dauern werde. Sie habe selbst viel zu viel zu tun. Trotzdem wurde sie das Gefühl nicht los, Maihauser sehe das Treffen mit ihr als Vergeudung kostbarer, nach Gewinnoptimierung ausgerichteter Zeit an. Sie wischte den Gedanken beiseite, verabschiedete sich von Anna und fragte Dino, ob sie sich irgendwo die Hände waschen könne. Der deutete in Richtung Terrasse.

»Die Tür ist offen. Sie landen geradewegs in der Küche, Frau Wegener.«

Noch immer ging sie einem Gedanken nach, der ihr Gehirn in Beschlag nahm. Warum hatte Aurelia Bramlitz kurz vor ihrem Tod ihre Zweitidentität abgelegt und sich wieder Anong genannt? Ein Erlebnis außerhalb aller normgebundener, gewöhnlichen Situationen musste den Ausschlag gegeben haben.

Abgesehen davon, dass sie Maihauser mitteilen wollte, dass sie den Mörder seiner Frau gefunden hatten und er nach einer neuen Haushälterin Ausschau halten musste, würde sie ihn danach fragen, was mit Aurelia Bramlitz kurz vor deren Tod passiert war. Im Achental kannte man einander. Jemand wie Maihauser musste irgendwas mitbekommen haben. Und als Letztes würde sie sich um die Jausenplatte kümmern. Wenn sie Käse anstatt Fleisch haben konnte, würde sie Degenwald begleiten. Eine Stunde fernab jedes Mordhintergrundes würde vielleicht gute Dienste leisten.

Elsa betritt die Küche von der Terrasse aus. Zielstrebig steuert sie das Waschbecken an, um sich dort die Hände zu waschen. Als das erledigt ist, will sie das Haus wieder verlassen. Bereits an der Tür, dreht sie sich noch mal um. Neben dem Waschbecken steht ein Messerblock aus Holz. In dem steckt fein säuberlich ein Messer neben dem anderen. Messer derselben Marke, mit dem Aurelia Bramlitz verletzt wurde. Ein Schlitz jedoch ist frei. Alarmiert steuert Elsa den Messerblock an. Sie tastet mit den Händen über den leeren Schlitz. Geübt zieht sie sämtliche Schubladen auf und durchsucht Läden und Geschirrspüler nach dem fehlenden Messer. Als sie sich schon freut, weil sie es nirgendwo findet, entdeckt sie es doch noch neben einer Brotdose in einem Rollschrank. Sie nimmt das Messer prüfend an sich, wischt Brotkrümel und Fettspuren in ein Handtuch und will es in den Schlitz des Messerblocks stecken. Überrascht bemerkt sie, dass es nicht ganz hineinpasst. Die Marke ist zwar dieselbe, aber die Größe passt nicht. Wie ein Fremdling ragt die Grifffläche des Messers in die Höhe. Elsas Gedanken geraten gehörig in Unordnung.

Auf dem Weg zur Baustelle ruft Hartmut an. Erst jetzt fällt Elsa auf, wie lange sie nichts mehr von ihm gehört hat. Im Wust sich ständig erweiternder Recherchen, Überlegungen und ihrem Ausflug ins Gebirge hatte nichts Platz gehabt. Selbst ihr persönliches Schicksal nicht. Wie sehr hatte sie das genossen.

Mit einem Schlag ist alles wieder da. Hartmuts Stimme katapultiert sie in ein Stück scheinbar endlos zurückliegender Vergangenheit, die sich uneingeladen in die Gegenwart stiehlt.

»Ich will nur mitteilen, dass ich morgen zum Anwalt gehe. Die Scheidung einreichen. Du hattest recht. Mit allem, was du gesagt hast«, berichtet Hartmut.

Unsere Zukunft ist an der Gegenwart gescheitert, durchpulst es Elsa. Das, was sie aus dem Mund ihres Mannes erfährt, ist die Konsequenz von allem, was in letzter Zeit passiert ist.

Sie schluckt, darum bemüht, unbeirrt weiterzufahren. Solange sie fährt, ohne zu denken, kann ihr nichts geschehen.

»Es gibt keinen Weg mehr für uns«, fügt Hartmut bitter an.

»So schrecklich es auch sein mag und noch sein wird«, stellt Elsa ernüchtert fest, mitten in seine Stimme hinein.

»Ja, vermutlich«, meint auch Hartmut. Er macht eine Pause. Der Ton seiner Sprache ist stumpf geworden. Elsa kennt das gut. Er steht kurz davor, ihr noch etwas anderes mitzuteilen. Er weiß nur noch nicht, wie er es anstellen soll.

»Spuck's aus«, versucht sie ihm behilflich zu sein. Dinge endlos hinauszuzögern, machte alles nur komplizierter.

Elsa fährt weiter mechanisch geradeaus. Vermutlich hätte sie an der letzten Kreuzung rechts abbiegen müssen. Doch darum kann sie sich jetzt nicht kümmern. Sie schweigt in ihr Mobiltelefon. Genauso wie Hartmut. »Bist du noch dran?«, will sie nach einer Weile wissen.

»Ich muss noch was loswerden«, ringt Hartmut sich endlich durch.

Jetzt kommt's. Jetzt ist er so weit, ahnt Elsa.

»Ich will noch mal ganz von vorn beginnen, Elsa. Einen Neubeginn, eine zweite Chance.«

»Und das heißt?«

»Sie wird bei mir einziehen.«

»Sie?« Elsa lacht kurz auf. »Du meinst, deine Tischgenossin.«

»Hör auf, sie so zu nennen.«

»Natürlich. Sag mir ihren Namen und ich werde ihn benutzen.« Elsa schafft es gerade noch, ein lautes, unwirsches Schnauben zu unterdrücken. »Ich wünsche dir viel Glück. Dir und deiner Geliebten.«

»Das Leben ist noch nicht vorbei, Elsa. Das muss ich mir beweisen.« Hartmuts Stimme klingt krampfhaft bemüht. Alles Leichte, Selbstverständliche ist daraus verschwunden.

»Ist das, was du mit dieser Frau erlebst, derart wenig wert, dass es einen solchen Beweis nötig hat?« Elsa zögert, ringt sich dann zu einem einzigen weiteren Satz durch. »Meinen Segen habt ihr, falls es das ist, worauf du scharf bist.«

»Ich hab noch eine Bitte, Elsa. Ich weiß, es ist viel verlangt …, aber könntest du es Anna sagen?«

Jetzt zieht sich alles in ihr zusammen. Du bist ein feiger Schuft!, denkt sie sich insgeheim. Feige, wie ich es dir nie zugetraut hätte. Doch das behält sie für sich.

Stattdessen sagt sie: »Vergiss es, Hartmut. Du beginnst neu? Gut! Mach, was immer du willst! Aber sei dir darüber im Klaren, dass du Vaterpflichten hast. Anna verdient, dass man mit ihr redet. Dass ihr Vater mit ihr redet. Ein angesehener Richter, der Menschen ständig Dinge mitteilt, die sie nicht unbedingt hören wollen, ist doch wohl in der Lage, seiner Tochter reinen Wein einzuschenken.«

Ehe Hartmut etwas erwidern kann, verabschiedet sich Elsa. »Ich glaube, du hast mich verstanden. Schönen Abend. Und danke«, presst sie dann noch heraus. »Danke für alles, Hartmut.«

»Warum tust du das?«, entgegnet ihr Mann empört, bevor sie auflegen kann. »Warum bedankst du dich?« Seine Stimme klingt plötzlich fast weinerlich.

Elsa spürt, dass dieser letzte versöhnliche Satz zu viel für ihn ist. »Weil wir, trotz allem, einen sauberen Abschluss verdient haben. Und weil man nie vergessen sollte, wer man ist. Ein Mensch mit Anstand und Würde.«

Elsa drückt die Aus-Taste, bremst, wendet den Wagen an einer unmöglichen Stelle und fährt die Straße, die sie viel zu lange in die falsche Richtung gefahren ist, zurück.

19. KAPITEL

Als sie die Baustelle gefunden hat, ein pompöses Einfamilienhaus mit Nebengebäude, steigt sie aus dem Golf und ruft Degenwald an. »Halten Sie sich fest! In Maihausers Küche fehlt ein Messer.«

»Sie reden jetzt aber nicht von dem Messer, mit dem Aurelia Bramlitz verletzt wurde?«, will er wissen.

»Ich rede von derselben Marke. Jemand bei Maihausers hat zwar für Ersatz gesorgt, aber die falsche Größe erwischt.«

Elsa sieht, dass Fred Maihauser von einer mit unbehandelten Holzplanken gesicherten Brüstung zu ihr hinunterblickt.

»Wenn Sie unser Beweisstück in Maihausers Messerblock stecken, wissen wir's genau«, schlägt sie Degenwald vor.

Der kann seine Überraschung nur schwer verbergen. »Ich fahre gleich los«, verspricht er. Elsa hört durchs Handy, wie er seinen Bürostuhl wegschiebt und sich auf den Weg macht. Dabei fügt er noch etwas an. »Bei dem Gedanken an Messer hatte ich, für heute zumindest, eher an unsere Jausenplatte gedacht. Nimmt das Arbeiten denn nie ein Ende?« Er seufzt laut.

»Vorläufig sehe ich noch einiges auf uns zukommen«, prognostiziert Elsa. »Könnte es möglich sein, dass Fred Maihauser sich an Bramlitz rächen wollte, indem er auf dessen Frau losgeht?«, überlegt sie laut ins Telefon.

»Rächen?«

Elsa erahnt das kalte Lächeln ihres Kollegen.

»Für alles, was der ihm damals mit Silke angetan hat«, erläutert sie. »Wäre zumindest nachvollziehbar. Vielleicht hält Maihauser Bramlitz sogar für den Täter, den Mörder seiner Ex-Frau? Er weiß ja noch nichts von Birgit Leiner.«

»Dann geht er doch nicht auf seine Frau los, sondern auf ihn«, bleibt Degenwald skeptisch.

»Vielleicht wollte Aurelia ihrem Mann helfen, ihn schützen, stand sozusagen im Weg und ist so in Konflikt mit Maihausers Messer geraten«, versucht Elsa sich in die Situation hineinzuversetzen. »Danach, als Maihauser sah, was er mit seinem Messer angerichtet hat, ist der erste Hass erst mal verpufft. Alle beruhigen sich. Zumindest halbwegs. So was kommt vor.«

»Nein, das glaube ich nicht.« Degenwalds Stimme bebt vor Emotion. »Birgit Leiner hatte genauso gut Zugriff auf das Messer aus Maihausers Küche, wie alle anderen. Wir dürfen uns nicht nur auf Fred versteifen.«

»Tun wir auch nicht. Aber Birgit Leiner war es auf jeden Fall nicht«, scheint Elsa fast versprechen zu wollen.

»Wir sollten in alle Richtungen ermitteln. Die Verdächtigen einkreisen«, schlägt Degenwald vor.

»Birgit hat Aurelia nicht getötet«, bleibt Elsa stur. »Alles, was sie will, ist, sich wichtig machen. Nach dem Motto: ›Wenn ich schon dran bin, will ich auch was davon haben.‹ Ihr Ego hat sich mit der Rolle der Mörderin identifiziert. Und die will Birgit auskosten. Solche Fälle kommen häufig genug vor.«

»Ich weiß, ich weiß«, entgegnet Degenwald. »Aber wir können es nicht beweisen. Und bis dahin müssen wir alles in Betracht ziehen.«

Elsa verabschiedet sich eilig. Sie will Fred Maihauser nicht zu lange warten lassen.

Draußen lädt eine milde Spätsommernacht zum Aufenthalt unter freiem Himmel ein. Elsa ist sich nicht sicher, ob das, was sie noch vorhat, dem wunderbaren Wetter Rechnung trägt.

Das Gespräch mit Maihauser steht unter keinem guten Stern. Alles, was Elsa ihm mitteilt – dass seine erste Frau von Birgit Leiner ermordet wurde und sie die Tat bereits gestanden hat, gefolgt von dem Hinweis, dass Hassos Leiche in seinem Garten auf die Spurensicherung wartet – scheint Fred Maihauser mit stoischer Ruhe zu erdulden. Während sie auf ihn einredet, sucht sein Blick nach Fehlern beim Putz.

»Herr Maihauser«, holt Elsa ihn in die traurige Wirklichkeit zurück. »Hören Sie mir überhaupt zu?«

Fred dreht den Kopf zu ihr. Obwohl es warm ist, scheint er gegen eine seltsame Kälte anzukämpfen. Er streift kurz ihren Blick, um sich dann wieder abzuwenden, hinein in eine Parallelrealität.

»Also gut. Ich habe noch eine Frage. Wo waren Sie und Ihre Frau zum Zeitpunkt, als Aurelia Bramlitz ermordet wurde?«

Maihausers Aufmerksamkeit erwacht augenblicklich. Um seinen Mund spielt ein spöttischer Zug.

»Zu Hause. Vorm Fernseher«, antwortet er.

»Sie haben gar nicht nach der genauen Zeit gefragt und geben mir bereits die Antwort?«

»Wir waren den ganzen Abend und die ganze Nacht daheim. Da spielt die Uhrzeit keine Rolle.« Maihauser setzt ein sprödes Lächeln auf.

Er fühlt sich sicher, weiß Elsa. Doch dagegen hat sie etwas in der Hand.

»Eine wichtige Frage noch, Herr Maihauser. Überlegen Sie bitte gut, bevor Sie antworten. Wie erklären Sie sich, dass in Ihrer Küche ein Messer der Marke und Größe fehlt, mit dem Aurelia Bramlitz verletzt wurde?«

Maihausers Blick wechselt sekundenschnell ins Geringschätzige. Er setzt eine bewusst gewählte Pose der Ignoranz auf.

Elsa arbeitet daran herauszufinden, was oder wen er ignoriert. Sich selbst und seine Schuld? Die belastende Tatsache, nach der sie ihn fragt? Oder etwa die Person, die darin involviert ist und die er kennt?

»Mein Kollege ist in diesen Minuten auf dem Weg zu Ihrem Haus, um die Tatwaffe in Ihren Messerblock zu stecken. Wenn ihm das gelingt, und es wird ihm gelingen, haben Sie ein Problem.«

»Was sollte ich mit Aurelia Bramlitz zu schaffen haben?«, reagiert Maihauser unerwartet empört. Plötzlich ist sein Blick paralysiert vor Angst.

Er kapituliert, stellt Elsa zufrieden fest. Eine Kapitulation vor sich selbst, direkt vor ihren Augen aufgeführt. All das nimmt sie mit Genugtuung zur Kenntnis.

»Was Sie mit Frau Bramlitz zu tun hatten? Keine Ahnung. Sagen Sie's mir. Ich habe Zeit. Und spätestens morgen früh einen Durchsuchungsbefehl für Ihr Haus und die Firma.«

Elsa hat die Arme vor der Brust verschränkt. Ein Signal, dass sie nicht nachgeben wird. Sie wird sich alle Zeit nehmen, derer es bedarf, den Mord an Anong Bramlitz aufzuklären.

»Also gut.« Maihauser schlingt die Hände ineinander. Seltsam verkrampft. Seine Miene gibt nach. Wird plötzlich schwermütig. Draußen schiebt sich der Mond ein Stück weit über die Hausdächer und Berggipfel.

»Ich hatte eine Affäre mit Anong.«

Elsa verschlägt es die Sprache. »Was sagen Sie da?« Sie starrt Maihauser mit weit aufgerissenen, fragenden Augen an.

Der nickt phlegmatisch. Sein Gesicht eine einzige Farce. Die Haltung angespannt.

»Sie hat mich seit jeher an Silke erinnert«, gesteht er. »Seit sie zum ersten Mal ihren Fuß in dieses Tal, unser Dorf gesetzt hat. Dieselbe Größe, derselbe kindlich naive Typ. Da ist es doch naheliegend, dass ein Mann reagiert.«

Elsas Zeitachse beginnt sich zu verschieben. Ihre Hoffnung auf ein paar Stunden Schlaf sind in diesem Moment zunichte gemacht. Das Gespräch mit Maihauser wird in einem Verhör enden. So viel steht fest.

Anna hockt im Kinosaal der Maihauser-Villa, während Dino den Beamer bedient.

»Na, steigt die Spannung?« Er zwinkert ihr aufmunternd zu. »Gleich kriegst du die köstlichste Komödie seit Langem serviert. Schön schräg. 118 Minuten Abwechslung. Nicht nur Lars von Trier macht super Filme, sag ich dir.«

Den Namen Lars zu hören versetzt Anna einen Stich. Sie versucht, darüber hinwegzugehen. Irgendwie gelingt es. Nicht ganz. Notdürftig. Aber immerhin.

Oben hört man Schritte. »Was ist heute nur los?«, spricht Anna in Dinos Richtung. Es ist weniger eine Frage als eine Feststellung.

»Glaubst du, dass eure Haushälterin was mit dem Mord an Silke zu tun hatte?« Anna gehen alle möglichen Dinge durch den Kopf. Kein Wunder nach dem Besuch und den Erklärungen ihrer Mutter.

Dino zuckt mit der Schulter. »Die ist eigentlich immer nett, vielleicht 'ne Spur übertrieben fürsorglich. Vor allem, wenn's um Fred geht. Aber nett. Völlig unspektakulär. Ein gewöhnlicher Mensch.«

»Kommst du klar mit ihm? Mit Fred, deinem Stiefvater?«

»Logisch! Geht schon. Er ist ohnehin selten da.«

»Und deine Mutter? Keine Probleme? Ist doch üblich heutzutage. Eheturbulenzen.«

»Weiß nicht. Geht mich nichts an.«

»Find ich schon«, entgegnet Anna unwirsch. »Wenn die beiden Zoff haben, bist du genauso dran.«

»Vielleicht will ich mich mit so was nicht auseinandersetzen.«

»Den Kopf in den Sand stecken?« Anna tippt sich mit dem Finger an die Stirn.

»Dabei geht einem schnell die Luft aus. Glaub mir! Ich spreche aus Erfahrung.«

Degenwald, der durch die offen stehende Terrassentür hineingekommen ist, ohne dass ihn jemand bemerkt hätte, steht vor dem Holzblock, in dem jedes Messer seinen angestammten Platz einnimmt. Einschließlich des Exemplars, das zum Schutz in durchsichtiger Folie steckt und das er mitgebracht hatte.

»Also doch«, murmelt er und zieht die Tatwaffe aus dem schmalen Schlitz. Er lehnt sich an die Granitarbeitsfläche der geräumigen Küche und starrt auf die Waffe, die noch vor wenigen Tagen im Körper von Aurelia Bramlitz gesteckt hatte.

Wie die Dinge stehen, muss er jedes Mitglied des Maihauser-Clans befragen. Einer von ihnen hatte dieses

Messer zweckentfremdet. Und zwar so, dass eine Frau zu Schaden gekommen und hinterher ermordet worden war. Zumindest, wenn man davon ausging, dass es niemanden gab, der sich das Messer ausgeborgt hatte, um von sich abzulenken und die Tat einem Maihauser anzuhängen. »Ziemlich unwahrscheinliche Möglichkeit«, murmelt Degenwald vor sich hin.

Der Himmel bricht eine zartblaue Schneise in die geschlossene Wolkendecke. Elsa, die fast die ganze Nacht durchgearbeitet hat und auf die vielbesprochene Jausenplatte verzichten musste, kommt ins Erdgeschoss. Sie öffnet die Terrassentür ihres Hauses, die zum Garten hinausgeht, und lässt den Morgen hinein. Obwohl sie fast nicht geschlafen hat, ist sie kein bisschen müde.

Angespannt, aufgedreht, zum entscheidenden Sprung bereit, diagnostiziert sie ihren Zustand.

Spät, weit nach Mitternacht, war sie mit Anna nach Hause gefahren. Als ihre Tochter dann eingeschlafen war, hatte sie, auf der Couch im Wohnzimmer, ein letztes Mal mit Degenwald telefoniert. Keinen Kilometer Luftlinie voneinander entfernt, hatten sie auf ihre Mobiltelefone vertraut und alle wichtigen Fakten, Verhörprotokolle und Hinweise analysiert.

»Bei Fred Maihauser bin ich nicht wirklich weitergekommen«, hat Elsa zugeben müssen. Natürlich hatte sie erfahren, dass er seit Jahren ein diskret kaschiertes Doppelleben mit Anong, wie er sie nannte, pflegte. Eines, von dem Götz Bramlitz, der ebenso beschäftigt war wie Maihauser selbst, nichts mitbekommen hatte.

»Für mich war das anfangs so, als ahme ich die vergangenen Sex-Sünden meiner ersten Frau nach«, hatte

Maihauser eingestanden. Bei all dem hatte er versucht, standhaft zu bleiben. Frei, zumindest von äußerlich sichtbarer Schuld. Deshalb hatte er sich vorgenommen, seine Frau Hanne nie zu verlassen. Dieses Versprechen hatte er sich selbst abgenommen und bisher auch eingehalten.

»Was haben Sie bei Anong Bramlitz gesucht, Herr Maihauser? Doch nicht etwa scheue Unterwerfung? Wie man es von Asiatinnen meist erhofft.«

Es sei ihm weder um Sex, noch um ein Wechselspiel der Kräfte gegangen. Nur um Zuneigung, Verständnis, Wärme. All das habe er bei Anong, die ein außergewöhnlicher Charakter gewesen sei, gefunden.

»Sie hat ihren zurückhaltenden Stolz wie Schmuck getragen. Unauffällig, nie nach außen zur Schau gestellt. Dabei aber mit Würde«, schwärmte Fred Maihauser. »Vielleicht hatte es mit ihrer Herkunft, ihrer Geschichte zu tun.«

Ursprünglich bei armen Bauern aufgewachsen, hatte sie in Vietnam ein Leben in Bescheidenheit und Kargheit kennengelernt. Später habe sie eine Schulbildung genießen dürfen, weil der reiche Gönner ihrer älteren Schwester das möglich gemacht hatte. Sie war nach New York gegangen, hatte hart gearbeitet, um der Armut zu entfliehen und es zu etwas zu bringen. Ein amerikanischer Börsenmakler hatte sich um sie gekümmert. In vielerlei Hinsicht. Sie sei ihm zu Dankbarkeit verpflichtet gewesen, hatte ihn aber verlassen, als sie Götz begegnet war, in den sie sich verliebt hatte.

Er war ihre Eintrittskarte nach Europa, nach Bayern. Sie hatte eine große Welt gegen eine kleine eingetauscht und dasselbe vorgefunden, was sie verlassen hatte. Beliebigkeit, Austauschbarkeit.

»Mir gegenüber war sie zugänglich, weich, liebevoll, ohne dabei fordernd zu sein«, hatte Maihauser sich erinnert. »Sie wusste, dass sie sie selbst sein konnte. Für mich war sie eine Königin, mein Ein und Alles.«

»Eine sehr liebevolle Umschreibung, aber auch eine hoffnungslose Geschichte, die Sie mir da erzählen«, hatte Elsa ihm zugestanden. Sie war fast gerührt, einen völlig neuen Blick auf Maihausers Seele werfen zu können.

»Sie berichten von den schönen Seiten, vom Licht, Herr Maihauser. Wo ist der Schatten? Die Dunkelheit, die in den Ecken einer solchen Beziehung lauert? Wie hat Ihre Frau darauf reagiert?«, hatte sie wissen wollen.

»Wer nichts weiß, kann nicht reagieren. Anong und ich, wir haben uns selten getroffen. Alle zwei Monate höchstens. Wir wollten das Risiko, entdeckt zu werden, minimieren. Unsere Orte waren Reit im Winkl, manchmal auch Rosenheim, Bad Reichenhall, Bad Tölz, München. Wir haben immer einen Weg zueinander gefunden. Immer in anderen Hotels, immer in getrennten Zimmern, nur für wenige Stunden. Das war unser Abkommen.«

»Viel Aufwand. Aber das Risiko bleibt trotzdem. War es das wert?«

»Jede einzelne Sekunde«, hatte der Baumeister gestanden und dabei beschämt zu Boden geblickt.

»Wenn das so ist, muss der Tod von Frau Bramlitz Sie tief treffen. Erneut verlieren Sie die Frau, die Sie lieben. Welch grausames Schicksal!«

Maihauser war sichtlich darum bemüht, einen kühlen Kopf zu bewahren. »Ich habe das schon einmal überstanden. Das stimmt. Aber ich habe durch das, was mir widerfahren ist, gelernt. Man muss dem Leben früher oder später etwas zurückgeben. Jeder einzelne von uns. Ich habe meinen Stolz geopfert und Demut erhalten. Daran wird sich nichts ändern. Auch durch den Tod von Anong nicht.«

»Ich werde mit Ihrer Frau sprechen. Sie wissen, dass Ihre Affäre mit Frau Bramlitz kein Geheimnis bleiben wird.«

»Freilich, tun Sie's nur. Finden Sie den Mörder. Für mich ändert sich dadurch nichts. Ich habe kein Interesse mehr daran, Rache zu üben oder etwas zu sühnen. Diesen Hass habe ich in der Beziehung mit Silke aufgebraucht. Es ist nichts davon übrig.« Maihauser hatte Elsa scharf angeblickt. Sie hatte ihm geglaubt.

»Wenn ich's nicht anders kennen würde, müsste ich Fred Kaltschnäuzigkeit vorwerfen«, hatte Degenwald daraufhin durchs Telefon entgegnet.

»Er hat sich zwei Tabletten eingeworfen, während ich mit ihm sprach.«

»Vielleicht Beruhigungsmittel?«, überlegte Degenwald laut.

»Als ich ihn danach gefragt habe, ist er mir die Antwort schuldig geblieben. Das sei privat, stellte er fest. Mir war gleich klar, dass da nichts zu machen ist. Vielleicht sollten wir Kontakt mit seinem Hausarzt aufnehmen?«

Das war das Letzte, was Elsa mit ihrem Kollegen besprochen hatte. Danach hatte sie sich der Müdigkeit ergeben und war ins Bett gefallen.

Eine Meise fliegt auf die Terrasse. Ein vergnügtes Zwitschern und sie macht sich wieder davon. Elsa schließt die Terrassentür und geht in die Küche. Sie öffnet den Kühlschrank, lässt den Blick durch die Regale wandern und trifft eine Entscheidung. Mit einem Joghurtbecher in der Hand geht sie in den Flur. Sie reißt die Verschlussfolie ab, steckt den Finger in den Joghurt und leckt die säuerliche Flüssigkeit ab. Als sie in den zweiten Stock hinaufgeht, hört sie, dass Anna unter der Dusche steht.

Später, bei einem ausgiebigen Frühstück mit gekochten Eiern und getoastetem Brot, bittet sie ihre Tochter, Dino nicht mehr zu Hause zu besuchen.

»Ihr könnt euch hier bei uns treffen.«

»Was soll der Unsinn, Mama? Willst du mich überwachen?«

»Es ist besser so, Anna. Glaub mir.«

»Wieso? Liefere mir einen einzigen plausiblen Grund, mich zu Hause zu bunkern.«

»Dinos Familie ist in einen Mordfall verwickelt. Wenn man's genau nimmt, sogar in zwei. Mehr kann, mehr darf ich dir nicht sagen.«

»Heilige Scheiße! Hat sein Vater was damit zu tun? Sein Stiefvater, meine ich?«

Elsa zuckt mit den Achseln. »Das müssen wir erst herausfinden. Wir stecken mittendrin.« Elsa zögert, darum bemüht, Verständnis zu signalisieren. »Tu mir den Gefallen und triff dich woanders mit ihm. So lange, bis die Sache geklärt ist.«

»Sonst?« Anna spricht mit unvermuteter Durchsetzungskraft.

»Nichts sonst.« Elsa schmiert sich Kirschmarmelade aufs Brot und blickt dabei zu ihrer Tochter auf.

»Ich will dir nichts verbieten. Nur was erklären.«

Als Elsa das Haus verlässt, meldet sich ihr Mobiltelefon.

»Danke, dass Sie sich gestern der Hundeleiche angenommen haben. Eigentlich ist das ja nicht Ihr Gebiet«, begrüßt Elsa den Gerichtsmediziner.

»Und auch nicht unbedingt meine Aufgabe, ich weiß, Frau Kollegin. Aber da ich nun mal regelmäßig in der Gegend bin, war es kein Problem für mich. Ich komme gleich zum Wesentlichen. Der Hund ist, wie vermutet, einem Kumarinderivat der zweiten Generation zum Opfer gefallen. Ein relativ neuer Wirkstoff.«

»Rattengift?«, fragt Elsa nach, obwohl sie es längst weiß.

»Ganz genau. Ein Vitamin K-Antagonist. Führt zu Störungen der Blutgerinnung, zu Symptomen wie Blutergüssen und Blutaustritt aus Körperöffnungen. Das Übliche.«

»Davon konnte ich mich überzeugen.« Elsa schluckt. »Der Hund hat an blutigem Durchfall und Erbrechen gelitten. Hat schrecklich ausgesehen.«

»Die Giftstoffe zur Bekämpfung von Ratten und Mäusen werden immer aggressiver«, setzt Hörnchen seine Erklärungen fort.

»Wie lange ist die Vorlaufzeit, um es mal so auszudrücken?«, will Elsa wissen. Sie steht vor ihrem Wagen, unfähig, die Tür zu öffnen oder einzusteigen.

»Die für Tierhalter sichtbare Reaktion eines Hundes auf derartige Gifte erfolgt meist erst nach zwei bis drei Tagen. Dann ist es auch für eine Behandlung zu spät. Meistens jedenfalls. Das Tier leidet in den ersten ein, eineinhalb Tagen lediglich unter Müdigkeit und Depressionen. Stellen Sie sich die Symptome vieler Senioren vor. Müdigkeit, ein Gefühl von Mattigkeit. Mehr nicht.«

»Derjenige, der den Giftmord vornimmt, muss die schrecklichen Auswirkungen nicht mit ansehen«, resümiert Elsa.

»Zu dem Zeitpunkt noch nicht. Später allerdings schon. Dann, wenn das Erbrechen und der blutige Durchfall einsetzen und der Tod durch Organversagen sich näher und näher heranpirscht. Das Tier verblutet innerlich.«

»Wenn der Tod erst nach zwei, drei Tagen eintritt …«, beginnt Elsa.

»… wegen der Depotwirkung des Giftes«, unterbricht Hörnchen sie.

»… dann hat Birgit Leiner schon vor zwei oder drei Tagen mit ihrem teuflischen Plan begonnen«, bringt sie ihre Überlegungen zu Ende.

»Sieht ganz so aus, als habe sie auf Sie gewartet, Frau Wegener. Sicher hat Sie sich längst damit auseinandergesetzt, dass es eng für sie werden könnte.«

»Sie haben recht. Nur so kann es gewesen sein«, bestätigt Elsa und legt schweigend auf.

Noch immer steht sie vor ihrem Wagen, den Schlüssel einsatzbereit in der Hand. Kurz dreht sie ihren Rücken aus dem Schatten der Garage. Doch irgendetwas in ihr sträubt sich dagegen, die Augen dem grellen Tageslicht auszusetzen.

Eine Viertelstunde später ist sie bei Hanne Maihauser. Die Frau des Bauunternehmers sitzt ihr im Salon gegenüber, der mit teuren Antiquitäten und moderner Kunst ausgestattet ist. Vor sich hat Elsa eine Tasse Kräutertee stehen, um die sie gebeten hatte.

»Ich habe gestern noch mit Dino gesprochen, und natürlich mit meinem Mann. Das, was um uns herum passiert, ist ein einziges Trauerspiel«, beginnt Hanne Maihauser das Gespräch. Sie schiebt ihren Kaffee unentschlossen von sich weg.

»Das alles muss nicht leicht für Sie sein, Frau Maihauser. Zuerst Silkes Maihausers Leiche und dann die von Hasso. Ganz abgesehen vom Tod der Aurelia Bramlitz.«

Hanne zeigt keine Reaktion auf Elsas Eröffnung, schaut sie einfach nur an, mit undurchschaubarer Miene. Im Haus herrscht fast unnatürliche Ruhe. Keinerlei Geräusche, die die Stille um sie herum unterbrechen.

»Kannten Sie einander gut? Frau Bramlitz und Sie?«, fragt Elsa.

Hanne zieht die Kaffeetasse nun doch zu sich heran, gibt zwei Stücke Zucker und einen Spritzer Sahne hinein und beginnt zu rühren. Während sie mit ihrem Kaffee beschäftigt ist, scheint sie nach der passenden Antwort auf Elsas Frage zu suchen. Offenbar keine leichte Angelegenheit.

»Ob wir einander gut kannten?« Hanne schaut endlich von ihrem Kaffee auf. »Was heißt schon gut? Wenn man in dörflicher Struktur lebt, wie mein Mann und ich, begegnet sich die sogenannte Prominenz in regelmäßigen Abständen. Zu der gehört natürlich auch die Familie Bramlitz.«

Die Sonne, die von draußen hereinscheint, leuchtet Hannes Gesicht mit einem Mal grell aus. Fast erschrocken wendet sie sich ab, steht auf, geht zum Fenster und fährt die Markise draußen heraus, um das Tageslicht auszusperren.

»Ich habe gestern mit Ihrem Mann gesprochen und vielleicht hat er danach sogar noch mal mit Ihnen geredet?« Elsa hält inne und sucht nach gravierenden Mängeln in Hanne Maihausers Gesicht.

»Worüber sollte mein Mann mit mir sprechen, Frau Wegener?« Vorsichtig nimmt Hanne wieder Platz. Elsa merkt ihr an, dass sie sich dort, wo sie gerade ist, nicht wohlfühlt.

»Nun, ich will es kurz machen.« Elsa gönnt sich keine Pause, kommt zum entscheidenden Punkt. »Über seine Beziehung zu Anong Bramlitz.«

»Beziehung?« Hanne schüttelt unmerklich den Kopf. »Welche Beziehung?«

»Seine intime Beziehung. Die über viele Jahre ging. Eine Liebesbeziehung, Frau Maihauser.«

Hannes zuvor unbeteiligt träger, gelangweilter Ton reißt ab. Sie zieht eine angewiderte Grimasse, als sie weiterspricht. »Halten Sie den Mund! Sie saugen sich schmutzige Lügen aus Ihrem Gehirn, um mir wehzutun«, erwidert sie.

»Frau Maihauser, ich weiß, dass das jetzt nicht angenehm ist. Aber ich spreche die Wahrheit. Rufen Sie Ihren Mann an, dann wird er es bestätigen.«

»Still! Kein weiteres Wort. Sie sind eine dreiste, verlogene Person.« Hanne stellt die Kaffeetasse, die sie schon zum Mund geführt hatte, unangerührt zurück.

Elsa bemüht sich, ruhig zu bleiben. Auch sie stellt ihre Tasse ab und beugt sich über den Glastisch zu ihrer Gesprächspartnerin hinüber.

»Ihr Mann liebte Frau Bramlitz. Und Sie wussten davon. Ob schon länger oder erst seit Kurzem …« Elsa zuckt mit der Schulter. »Das spielt jetzt keine Rolle mehr. Was für mich zählt, ist, dass Sie überhaupt davon wussten. Denn dann haben Sie ein Motiv.«

»Hören Sie auf! Verstehen Sie?« Hanne Maihauser springt auf, die Hände an die Ohren gepresst. Ihr verzerrtes Gesicht blickt Elsa entgegen. Wie eine Fratze. Durchpulst von Angst und Schrecken.

»In Ihrer Küche befand sich das Messer, mit dem Anong Bramlitz verletzt wurde. Ich sage bewusst, verletzt, nicht getötet, Frau Maihauser. Getötet wurde sie auf andere Weise. Können Sie mir darüber etwas erzählen?«

Hanne schüttelt in panischen Bewegungen den Kopf, immer noch die Hände auf den Ohren. Trotz dieses Abwehrmechanismus hört sie die verletzenden Worte, die schreckliche Wahrheit, denn Elsa spricht laut und deutlich. Unterstützt das Gesagte durch eindeutige Gesten und Blicke.

»Seit wann wissen Sie es?« Elsa ist aufgestanden, steht wie eine Gegnerin vor Hanne Maihauser. Getrennt durch wenige Zentimeter. Langsam nimmt sie Hanne die Hände vom Gesicht. Deren Blick hat alle Lebendigkeit verloren. Um ihren Mund spielt ein unnatürliches Zucken. Wie in Zeitlupe geht sie in die Knie, lässt sich in die Couch fallen. Kraftlos, wie erschlagen.

»Ich wusste es seit wenigen Wochen«, gesteht sie bleiern. »Geahnt habe ich es allerdings schon länger.« Sie sieht Elsa fast flehend an, während sie um jedes Wort kämpft. »Mein Mann war immer sehr gut zu mir. Freundlich, großzügig. Ich hänge an ihm. Warum hat er mir das angetan?«

»Sie betrogen, meinen Sie?«

Hanne nickt. »Ich habe ihm alles gegeben. Alles, wozu ich fähig war. Sogar meinen Beruf als Lehrerin habe ich aufgegeben. ›Ich habe Freude daran, dich um mich zu haben‹, sagte er immer zu mir. Da habe ich mit dem Rektor der Schule, in der ich arbeitete, gesprochen und gekündigt.«

»Manchmal ist alles nicht genug«, meint Elsa bitter. Sie legt die Hand auf Hannes Arm. Eine Geste des Verstehens.

»Ich weiß, ich bin keine Schönheit. Das war ich nie. Aurelia war schön. Ihr samtenes Äußeres. Ist Ihnen das aufgefallen?«

Hanne scheint keine Antwort zu erwarten, redet ziellos weiter. »Aurelia war eine Erscheinung, genau wie Silke. Darum habe ich sie beneidet.«

»Frau Maihauser, haben Sie die Geliebte Ihres Mannes getötet?« Noch immer liegt Elsas Hand auf Hannes Unterarm. Wie eine Mahnung.

Hanne presst die Lippen aufeinander, kämpft mit sich und versteckt ihr Gesicht schließlich in ihrem Schoß. Dabei rutscht Elsas Hand ins Ungewisse. Von einem Weinkrampf geschüttelt, sitzt Fred Maihausers Frau da. Unansprechbar.

Elsa wartet ab. Sie kann nichts tun, als dasitzen.

20. KAPITEL

Als nach 30 Minuten keine Besserung eintritt, verständigt Elsa einen Arzt. Hanne Maihauser bekommt eine Beruhigungsspritze gesetzt. Ihr Zustand jedoch bleibt unverändert.

»Und Sie gehen besser«, teilt ihr der Allgemeinmediziner in einem Ton mit, der wenig an einen Vorschlag erinnert. Eher an ein Urteil. »Vorläufig ist Frau Maihauser nicht ansprechbar«, attestiert er.

Wenig beeindruckt von der Aussage, versucht Elsa einige abschließende Worte an Maihausers Frau zu richten.

»Ich werde die Spurensicherung ins Haus bitten. Sind Sie damit einverstanden, auch, wenn ich noch keinen Durchsuchungsbefehl habe, Frau Maihauser?«

Elsas Worte gehen ins Leere, verhallen ungehört im Raum.

Der Arzt blickt sie inzwischen kopfschüttelnd an. »Sie sehen doch, hier ist nichts mehr zu machen«, zischt er ihr zu und schließt dabei seine Arzttasche.

Elsa nickt unwirsch. »Danke für Ihre Hilfe«, meint sie knapp und verlässt den Salon. Im Vorraum alarmiert sie Ben Fürnkreis.

»Sie müssen in der Maihauser-Villa nach einem blauen Kissen oder Ähnlichem Ausschau halten, Ben. Nach dem Utensil, dessen Fäden Michael Horn in Aurelia Bramlitz' Lunge gefunden hat. Auf einen Durchsuchungsbefehl können wir nicht warten. Das wäre grob fahrlässig. Ich spüre geradezu, dass alles möglich ist. Auch eine weitere Entladung durch Gewalt.«

»Was ist denn los, Elsa? Sie klingen gar nicht gut«, will Ben wissen.

»Hanne Maihauser könnte Aurelia Bramlitz getötet haben. Das ist los. Vielleicht war es auch Birgit Leiner. Um Fred Maihauser zu schützen. Zuzutrauen wäre es ihr und halb zugegeben hat sie die Tat auch schon. Vielleicht hat sie ja von Maihausers Affäre gewusst.« Elsa seufzt. »Ich für meine Person halte sie dieses Verbrechens allerdings nicht für schuldig.«

»Schalten Sie mal einen Gang zurück. Alles der Reihe nach«, bremst sie Ben. »Mit wem hatte der Maihauser ein Techtelmechtel?«

»Mit Bramlitz' Frau.«

»Nicht im Ernst.« Ben bläst laut die Luft heraus. »Das hätte ich unserem tüchtigen Baumeister gar nicht zugetraut. Damals, als seine erste Frau Silke den wilden Feger gegeben hat, schaut er tatenlos zu und jetzt wird er vom Betrogenen zum Betrüger.«

»Für mich wird es auch immer verworrener«, gibt Elsa zu.

»Und makaber ist es auch. Zuerst hat Bramlitz mit Maihausers Frau was am Laufen und dann zahlt Maihauser es zurück, indem er was mit seiner anfängt. Was sagt unser Alphamännchen, Götz Bramlitz, denn dazu? Wie steht er zur Untreue seiner verstorbenen Frau?«, hakt er nach. »Ganz abgesehen davon, dass er jetzt selbst ein Motiv hat. Und was für eins.«

»Das frage ich ihn gleich selbst«, verspricht Elsa.

Anna kann sich kaum auf den Unterricht konzentrieren. Sie hat nur eines im Kopf. Mit Dino sprechen. Nach dem, was sie am Morgen von ihrer Mutter erfahren hat, muss sie ihn fragen, ob er etwas weiß, das bei den Ermittlungen helfen könnte.

Als es zur Pause klingelt, ist sie die Erste, die den Klassenraum verlässt. Sie geht den Pausenhof ab und lässt auch die Toiletten nicht aus. Doch von ihrem Freund fehlt jede Spur.

Beschissene Situation, ärgert sich Anna. Sie lässt sich ins Gras fallen, schickt Dino eine SMS, legt das Kinn in die Hand und grübelt. Sie spürt, wie eine unangenehme Angst, eine, die mit jedem Atemzug stärker wird, in ihr hochsteigt. Dino könnte etwas verschweigen, in das seine Familie verstrickt ist. Anna traut sich kaum weiterzudenken. Vielleicht war er sogar am Leid eines Menschen, oder, was einfach unvorstellbar war, am Tod eines anderen schuldig?

Plötzlich weiß Anna, was sie zu tun hat. Bei irgendwem muss sie die Überlegungen, die in ihrem Gehirn Achterbahn fahren, loswerden.

»Anna?« Elsa hält verwundert ihr Handy ans Ohr. »Gibt's Probleme in der Schule? Du rufst doch nie um die Zeit an.«

»Entspann dich, alles okay. Das heißt, vielleicht gibt's doch Ärger. Dino ist verschwunden. Einfach nicht zum Unterricht erschienen. Irgendwie glaub ich, es stimmt was nicht.«

»Das muss nichts bedeuten, Anna. Vielleicht ist er krank.«

»Negativ. Ich hab ihm gesimst und keine Antwort bekommen. Wenn er krank wäre, hätte er sich gemeldet. Ist doch total öde allein und von Viren oder sonst was attackiert im Zimmer rumzuliegen.«

»Ich kümmere mich darum. Mach dir keine Sorgen. Sobald ich was weiß, melde ich mich.«

Anna nickt stumm und legt auf. Seltsam gedämpft dringt der Lärm der Schülermenge an ihr Ohr.

Später, während des Unterrichts – Goethe steht auf dem Plan des Deutschlehrers – ringt Anna noch immer um Fassung. Wie von fern erklingt die Stimme des Lehrers, kommt doch noch bis zu ihr.

»Das ist es, was Goethe im ›Faust‹ durch Mephisto verkünden lässt: ›Ich bin ein Teil des Teils, der anfangs alles war, ein Teil der Finsternis, die sich das Licht gebar, das schöne Licht … Ich bin ein Teil von jener Kraft, die stets das Böse will und stets das Gute schafft.‹«

Die stets das Böse will und stets das Gute schafft?, sinniert Anna vor sich hin. Wie kann es sein, dass man das Böse will und dabei das Gute schafft? Oder umgekehrt?, grübelt sie. Dieses Phänomen kann sie sich nur so vorstellen, dass man ursprünglich eine einzige, sozusagen vollständige, heile Realität gehabt hatte, die später, irgendwann, durch irgendwas in verschiedene Teile zerstoben war. Danach hatte jedes Wesen nicht mehr länger nur eine Realität gehabt, die es leben konnte, sondern mindestens zwei. Vielleicht sogar viele, viele mehr. Nur so konnte sein, dass man in einer davon das Gute lebte und in einer anderen das Böse. Verschiedene Dimensionen, verschiedene Wahrnehmungen.

Anna wischt ihre eigenen Antworten mit einem letzten Gedankengang fort.

Draußen treibt der Tag ein Bündel Sonnenstrahlen durch die Fensterritzen. Sie will, egal wovon, nichts mehr hören. Nichts wissen, nichts ahnen, nichts denken, nichts tun.

Nichts, fällt ihr plötzlich auf. War das nicht das Gegenteil von dem, worüber der Lehrer, aus Goethes Gedanken heraus, vor der Tafel referierte?

Auf dem Weg zur Brauerei Bramlitz entscheidet Elsa sich für einen Umweg. In Prien, das hat sie von Hanne Maihauser erfahren, praktiziert Fred Maihausers Hausarzt.

Kaum im Wartezimmer und noch ehe sie erklären kann, dass sie keine neue Patientin, sondern von der Mordkommission ist, kommt Elsa auch schon dran.

Im Sprechzimmer eines jungen Absolventen der Uni, der entweder durch einen Lottogewinn oder andere glückliche Umstände derart früh in den Genuss einer eigenen Praxis gekommen ist, macht sie es sich bequem, nimmt ein Glas Wasser entgegen und legt dann den Hintergrund ihres Besuches offen.

»Ich ermittle in den Mordfällen Silke Maihauser und Anong Bramlitz. Als ich gestern mit Fred Maihauser zusammengekommen bin, habe ich sehen können, dass er Medikamente nimmt. Sie, als sein Hausarzt, können mir sicher sagen, wofür oder wogegen Herr Maihauser diverse Mittel nimmt.«

Der Arzt, der über stechend blaue Augen, kurze rotblonde Haare und einen durchtrainierten Körper verfügt, sitzt ihr mit offenen Händen, klarem Blick und einem unbefangenen Lächeln gegenüber.

»Suhlen im Mief und Moder menschlichen Sumpfs.« Er seufzt. »Kein leichter Job, den Sie da haben.«

Elsa nickt. »Anscheinend verfügen Sie über ein ausgeprägtes philosophisches Verständnis. Umso besser. Sie können mir meinen Job ein bisschen erleichtern.«

»Könnte ich. Wenn die Schweigepflicht nicht im Weg stünde.«

»Die können Sie locker umgehen.«

»Wenn ich jemand wäre, der sich keine Gedanken macht, natürlich«, entgegnet der Mediziner.

»Helfen Sie mir nun oder nicht?«

»Muss ich mich sofort entscheiden?«

»Würde es Ihnen helfen, wenn ich Sie vorlade?«

»Nicht unbedingt.«

»Es geht um Mord. An zwei unschuldigen Frauen.«

Der Arzt nickt, zögert nicht länger und regelt alles in einem Satz. »Herr Maihauser leidet an Leukämie. Es wird nicht mehr lange dauern.«

Elsa bedankt sich, reicht ihm die Hand, die er fest und geübt in seine nimmt, und geht zur Tür.

»Ach ja«, sie dreht sich noch mal nach ihm um. »Wie lange weiß Herr Maihauser schon davon?«

»Seit ungefähr fünf Wochen.«

»Danke! Sie haben mir vielleicht sehr geholfen.«

Der Arzt wendet sich wieder seinem PC zu und Elsa verlässt das Sprechzimmer.

Als sie aus der Praxis kommt, entscheidet sie sich zu einem kurzen Spaziergang. An der Promenade des Chiemsees setzt sie sich auf eine Bank. Es wimmelt vor Menschen und Situationen. Noch immer herrscht der späte Sommer. Tag für Tag. Auch heute. Elsa genießt das Treiben, das ihr das Gefühl vermittelt, sie ließe sich von ihrer Arbeit entführen. Im Wasser vor ihr schaukeln Boote. Sie schaut auf sanfte Wellen, treibt ihnen nach. Fliegt mit den Möwen, hinauf, himmelwärts. Paddelt mit den Enten aufs offene Wasser, der Endlichkeit des Sees entgegen. Sie saugt die

Seeluft in ihre Lungen. Alles ist so schön, so neu, so lebendig, so echt. So wirklich.

Das Gespräch mit Maihausers Arzt hat ihr schmerzhaft, aber auch mit einem unbändigen Willen eines aufgezwungen: Das größte Geschenk ist, zu leben, geliebt zu werden und wiederzulieben. Auch wenn dazwischen schmerzliche Pausen, dunkle Abschnitte liegen, die einem das Gegenteil vorgaukeln mögen. Das Leben ist da. Jede Sekunde aufs Neue. Immer gleich. Ohne irgendeinen Stempel. Frisches, nacktes, ungeprägtes Leben.

»Du hast also nur noch eine befristete Aufenthaltsgenehmigung auf diesem Planeten, Fred Maihauser«, murmelt Elsa vor sich hin. Das ändert manches. Die Frage ist nur: was?

Wenn etwa seine Frau oder Dino etwas mit dem Mord oder zumindest der Messerattacke auf Anong Bramlitz zu tun hätten, würde Maihauser dann seinen Kopf für sie hinhalten und so dafür sorgen, dass er, dem nichts mehr geschehen konnte, verurteilt wird? Wenn er das täte, schützte er die- oder denjenigen, der tatsächlich schuldig ist, der aber, entgegen ihm, weiterleben darf.

Elsa zückt ihr Mobiltelefon, tippt Maihausers Handynummer ein und wartet die Verbindung ab. Sie hat keine Lust, auf die Ausstellung des Durchsuchungsbefehls hinzufiebern. Als er abhebt, fragt sie, ob er in die Durchsuchung seiner Villa einwilligt.

»Letztlich habe ich ohnehin keine Wahl, oder?«, will er wissen.

»Für mich ist das ein Ja«, antwortet Elsa, legt auf und macht sich auf den Weg.

Degenwald hat Birgit Leiner, die in Untersuchungshaft sitzt, ein weiteres Mal befragt. Danach war ihm klar, dass sie nichts mit dem Messerattentat auf Aurelia Bramlitz und schon gar nicht mit deren Erstickungstod zu tun hat.

Elsa behielt recht. Birgit wollte sich in Szene setzen. Auf mysteriöse, krankhafte Weise ihr eigenes Schicksal lenken. Elsa nannte es die Rückeroberung des Besonderen. Wenn nicht das normale Leben, das auf Zufriedenheit und Glück ausgelegt war, zum Tragen kam, sollte zumindest die kriminalistische Laufbahn eine dramatische sein.

Beim Verhör war ihm Birgit unsortiert und linkisch erschienen. Immer wieder hatte sie ihr Gedankenkonstrukt unter Kontrolle zu bringen versucht. Als er sich erkundigte, weshalb sie Hasso, ihren Hund, umgebracht habe, schwieg sie eisern.

»Davon verstehst nix«, hatte sie schließlich ausgespuckt. In einem Ton, bitter wie Galle.

Schließlich hatte Degenwald von ihr abgelassen und war gegangen.

Er musste seinen Mörder woanders suchen.

Als er über des Menschen Unzulänglichkeit nachdenkt, fällt ihm ein Name ein. Götz Bramlitz. Elsa jedoch hat noch eine Rechnung mit Hanne und Fred Maihauser offen.

21. KAPITEL

Ben Fürnkreis' Kombi hält vor der Maihauser-Villa.

Na dann, mal rein in den hübschen Bunker, motiviert er sich und steigt aus dem Wagen. Seinen Kollegen, die hinter ihm geparkt haben, deutet er mit Gesten an, was zuvor besprochen wurde. Von oben nach unten arbeiten und auf die Feinheiten achten. Allgemeines Nicken in seine Richtung. Dann klingelt Fürnkreis.

Abgesehen davon, dass man nach etwas suchte – einem blauen Textil –, das bereits feststand, ist die spannende Frage, worin sich die blauen Fäden, die Michael Horn in Aurelia Bramlitz' Lunge gefunden hatte, verwandeln. In ein Kissen, wie vermutet? Eine Decke? Ein Laken? Ein Kleidungsstück? Einen Teppich? Ben weiß es nicht.

Die Spurensicherung, sein Part, ist darauf spezialisiert, das Unsichtbare sichtbar zu machen. Wie und wo, das ist sein Problem. Für Ben ist es jedes Mal ein Fest und eine Herausforderung zugleich. Er fühlt sich in seine Kindheit zurückversetzt. Versteckenspielen. Etwas suchen, das jemand in Sicherheit gebracht hat. An der falschen Stelle. Die, die er ausfindig machen würde. Das muss ihm auch dieses Mal gelingen. Schon um Elsa das entscheidende Beweisstück zu liefern.

Es dauert, bis ihnen geöffnet wird. Mindestens fünf Minuten oder länger, schätzt Ben. Danach geht alles sehr schnell. Hanne Maihauser wird über die Vorgehensweise aufgeklärt, natürlich auch darüber, dass ihr Mann die Einwilligung zur Hausdurchsuchung erteilt hat.

»Das weiß ich bereits«, fügt sie unwillig an.

»Danke für Ihr Entgegenkommen. Und keine Angst, wir gehen sorgsam vor«, verspricht Fürnkreis.

Dann stieben alle in verschiedene Richtungen. Sternenförmig breiten sie sich aus, das Haus, jedes Zimmer, einfach alles einzunehmen. Wie eine Festung. Sie durchsuchen im Eiltempo. Ben begutachtet jeden einzelnen Raum, geht selbst den kleinsten Hinweisen nach. Ergebnislos. Wenn es hier etwas zu holen gegeben hat, ist es bereits entsorgt worden oder nie da gewesen.

»Die haben gerade das Haus auf den Kopf gestellt.«

»Die Leute von der Spurensicherung?«

»Ja.«

Hanne Maihauser hält ihr Handy ans Ohr, versucht, der Stimme ihres Sohnes zu folgen.

»Hast du Angst, Mam?«

Dino nimmt ihr Schweigen auf. Was er damit anfangen soll, weiß er noch nicht. Am besten mit einer weiteren Frage ablenken.

»Wo ist Fred? Kann der nicht kommen?«

»Er hat zu tun, das weißt du doch.« Hanne lässt einen tiefen, schweren Seufzer hören. »Wie soll das alles nur enden?« Sie klingt ehrlich betroffen.

»Verdammt!«, wütet Dino. Er ist ernsthaft sauer. Man hört es seiner Stimme an.

»Warum kommst du nicht heim? Die Schule ist doch längst aus. Es würde mir helfen, wenn du bei mir wärst.«

»Keine Lust.«

»Keine Lust? Was soll das? Wo treibst du dich rum?«

»Nicht dein Thema, Mam!«

Eine Weile reden sie noch miteinander. Belanglosigkeiten. Dann stellt Dino die Frage, die ihm die ganze Zeit über auf den Lippen liegt.

»Haben die eigentlich was bei uns gefunden?«

»Was sollen die denn finden?«, entkommt es seiner Mutter verwundert.

Hanne Maihauser durchforstet ihren Computer. Sie sucht nach Fotos. Beim Schützenfest hatten sie nebeneinandergesessen. Aurelia oder besser gesagt Anong und sie. Unterhalten hatten sie sich. Gut und lange sogar. Hanne hatte zwei Mass Bier getrunken. Und gelacht. Getanzt. Gesungen. Gefeiert. Ausgelassen hatten sie das Fest genossen.

Insgeheim hatte sie sich oft gefragt, wieso Fred, ihr Mann, jederzeit und problemlos mit Götz beieinander sein konnte. Wo der doch das Verhältnis mit seiner Frau gehabt hatte. Mit Silke. Damals. Jetzt weiß sie es. Weil Fred genauso viel Dreck am Stecken hatte wie Bramlitz. Einer mit der Frau des anderen. Diesmal war Fred an der Reihe. Liebte sich beharrlich an Anong Bramlitz' Seite. Im Verborgenen. Ein großes Geheimnis. Eines, das auch sie anging, das ihr aber vorenthalten worden war.

Sie spürt, wie ihr Tränen der Wut die Wangen hinunterstürzen. Sie kann sie nicht zurückhalten. Obwohl sie sich ihrer schämt. Sie schämt sich schon viel zu lange. Wenn sie in den Spiegel blickt, gesteht sie es sich ein.

Mit Fred sprechen. Das muss sie. Hastig steht sie auf, durchquert das Zimmer, auf die Kommode zu, auf der ihr Handy liegt. Als sie Fred am Apparat hat, weint sie noch immer.

Ihr Mann schweigt ihr zu. Was soll er ihr sagen? Was soll sie ihm sagen? Was haben sie einander längst gesagt, ohne es zu verstehen, wortlos? Hanne hat plötzlich alles vergessen.

Elsa sitzt in ihrem Büro und telefoniert. Für einen kurzen Moment legt sie die Beine auf den Schreibtisch und hört Ben zu.

»Ihr habt nichts gefunden?«

»Wenn ich's sage, stimmt's! Der Maihauser-Bunker ist lupenrein.«

»Was ist mit dem Messer, das in den Küchenblock passt? Wo eine Sache zu finden ist, sind auch noch andere«, hält Elsa dagegen.

»Dieses Detail könnte als Zufall durchgehen. Wenn's hart auf hart kommt.«

»Noch mehr solcher Vorschläge, Ben? Sie machen mir echt Mut. Ist doch nur eine Frage der Zeit, bis wir beweisen, dass Anong Bramlitz mit genau diesem Messer attackiert wurde.« Elsa verzieht grübelnd die Stirn.

»Ihr Wort in Gottes Ohr, Elsa. Aber nun zu etwas viel Erfreulicherem. Der neue Krimi mit Clive Owen ist gerade angelaufen.«

»Das haben wir hier live besser. Den Krimi, meine ich.«

»Sie sind eine Spielverderberin und reden sich raus. Tut man so was?«, meint Ben linkisch.

»Ich muss weitermachen. Übers Kino reden wir noch. Ich melde mich.« Elsa legt auf und nimmt die Füße vom Tisch.

Drüben geht Degenwalds Tür. Hastig steht sie auf, durchquert die Pufferzone zwischen ihrem und Degenwalds Büro und steht vor ihm.

»Das Maihauser-Anwesen gibt mir Rätsel auf. Ben und seine Leute haben nichts gefunden«, klärt sie ihren Kollegen auf.

»Bei Birgit Leiner bin ich auch nur dahingehend weitergekommen, dass wir sie als Täterin in Sachen Aurelia Bramlitz vergessen können«, entgegnet Degenwald. Er sieht nicht gerade glücklich aus, als er das preisgibt.

Elsa lässt sich in den Stuhl hinter seinem Schreibtisch fallen, schaut Degenwald forschend an und seufzt.

»Und jetzt?«, will sie wissen.

»Nehmen wir uns Bramlitz vor! Will ich ohnehin die ganze Zeit. Und Fred Maihauser, damit Sie auch Ihre Freude haben«, fügt er an.

»Wer nimmt wen?«, will Elsa wissen.

Degenwald sucht in seiner Lade nach einem Würfel und hält ihn Elsa hin. »Die höhere Zahl bekommt Bramlitz.«

Elsa spuckt auf den Würfel, murmelt: »Toi, toi, toi«, und lässt ihn über den Schreibtisch rollen. »Fünf! Ausgezeichnet«, freut sie sich und reibt sich die Hände.

Als Degenwald eine Drei würfelt, steht fest, dass Elsa sich Götz Bramlitz vorknöpft.

Anna steht mit Dino am Ufer eines Flusses in der Nähe von Marquartstein und wirft Steine ins Wasser.

»Wo hast du den ganzen Vormittag gesteckt?«, will sie wissen.

»Keine Ahnung. Irgendwo.«

»Irgendwo?« Anna schüttelt den Kopf. »Irgendwo gibt's nicht.«

»Die Typen von deiner Mutter waren bei uns im Haus. Die von der Spurensicherung.« Dino schaut Anna an, als könne sie ihm eine Antwort auf eine nicht gestellte Frage geben.

»Echt?« Anna lässt den Stein fallen, den sie gerade übers Wasser hüpfen lassen wollte. Sie nimmt all ihren Mut zusammen. »Ich hab nachgedacht, Dino. Sag mal, hat irgendwer von deiner Familie …«

»… was mit dem Mord an der Bramlitz zu tun?« Dino schaut Anna frontal an. Er will ihr nicht ausweichen, das erscheint ihm lächerlich. Dabei ist er ängstlich wie ein kleines Kind, das man zu früh alleingelassen hat.

»Und? Weißt du was?«, bohrt Anna nach.

Statt zu antworten, wirft Dino seinen Stein übers Wasser. Er springt sechsmal, bevor er untergeht.

»Vielleicht«, sagt er dann, ohne Anna noch einmal anzusehen.

Es gab eine Zeit, da hatte Degenwald sich gewünscht, es gäbe Fred Maihauser nicht. Gewaltiger als je zuvor hatte er die Liebe empfunden, seine Liebe zu Silke. Eine Beziehung wie eine Einbahnstraße. Man konnte hineinfahren, kam aber nicht mehr heraus.

Jetzt musste er mit Maihauser reden, um sicherzustellen, dass der nicht an dem Mord an Aurelia Bramlitz beteiligt war. Ihm wäre lieber, wenn er Götz Bramlitz dafür verantwortlich machen könnte. Eine Voreingenommenheit, die ihm nicht zustand. Er hasste sich für dieses Gefühl. Schon auf dem Weg in Maihausers Baufirma entscheidet er sich um. Er will zuerst Hanne einen Besuch abstatten. Nur ein Gefühl, beruhigt Degenwald sich. Schnell mal

Guten Tag sagen. Was sollte er bei der ruhigen, besonnenen Hanne schon groß erfahren?

Er bleibt bei ihr, bis die Dämmerung einsetzt. Dann hat er sie so weit. Erfährt alles, was er sich, selbst in seinen kühnsten Träumen, nicht hätte vorstellen können. Ohne Umschweife gesteht Hanne.

»Selbstmitleid? Das hab ich längst hinter mir«, meint sie verbittert.

Sie sei zu Aurelia gefahren, nachdem sie das von Freds Affäre gehört hatte. »Ich hab wissen wollen, ob mein Mann die Scheidung will.« Da sie sich nicht getraut hatte, ihn zu fragen, war ihr nur Aurelia geblieben.

»Ich wollte Fred nicht verlieren, Karl. Um seine Liebe hätte ich notfalls auch gebettelt.«

»Ja«, ist alles, was Degenwald entgegnet. Er spürt, wie eine seltsame Trauer in ihm aufsteigt. Darüber, Hanne Maihauser in diesem Zustand vor sich sitzen zu sehen. Unglücklich, verloren, schuldig.

»Zur Rede wollt ich's stellen. Mehr nicht. Du verstehst das doch?«

Erneut nickt Degenwald. Er wartet auf die entscheidende Phase ihres Geständnisses. Darauf, wie weit sich ihre Schuld ausdehnt.

»Ich bin in der Küche gewesen, hab einen Laib Brot in zwei Hälften geschnitten, weil ich eine einfrieren wollte. Da ist mir das Messer aufgefallen. Zum ersten Mal bewusst aufgefallen. Ich hab es eingesteckt, in meine Handtasche. Nur für den Notfall, hab ich mir gesagt. Ich wollte ihr zeigen, wie ernst es mir ist. Sie abhalten, mir meinen Mann wegzunehmen und Dino den Vater, den er endlich gefunden hatte.«

»Hatte er denn nach einem gesucht?« Degenwald schaut Hanne eindringlich an.

»Nein, natürlich nicht«, fällt ihr plötzlich auf. »Ich hab einen Vater für ihn gewollt.«

»Was ist danach passiert? Als du bei Aurelia angekommen bist?«

»Ich bin sofort zum Thema gekommen, als wir miteinander sprachen. Es lief gut anfangs. Sie sagte, es werde keine Scheidung geben. Das habe Fred ihr von Anfang an gesagt. Das hat mich beruhigt.«

»Was hat dich dann aus der Fassung gebracht?«

Hanne schwitzt plötzlich. Sie wischt sich die Hände ins T-Shirt, druckst eine Weile herum, bevor sie weiterspricht.

»Aurelia sagte, dass sie sich ab jetzt wieder Anong nennen werde. Ihre Ehe sei nicht mehr glücklich. Schon lange nicht mehr.«

Hanne, die die ganze Zeit über zu Boden geblickt hat, schaut plötzlich auf. Ihr Mund sträubt sich gegen die Wahrheit. Zumindest glaubt Karl Degenwald genau das wahrzunehmen.

Draußen sind dunkle Wolken aufgezogen, die den Sommer aufzuhalten versuchen, wie Hanne ihre Geschichte.

Degenwald schaut sie auffordernd an. Er weiß, was kommt. Er sieht es ihr am Gesicht an. Das ganze, furchtbare Drama.

»Ich wusste, wenn sie unglücklich ist, wenn Aurelia nicht länger Aurelia bleiben will, sondern wieder sie selbst sein möchte, wird Fred mich verlassen. Er wird nicht zusehen, wie die Frau, die er liebt, unglücklich und allein ist. Vorher verlässt er mich und Dino.« Hanne schluckt verzweifelt ihre Tränen hinunter. Tapfer sieht sie Degenwald an, als sie den entscheidenden Satz ausspricht.

»Dann hat das Messer, mein Messer, ihren Rücken berührt. Es hat sich in sie hineingefressen. Fast ohne Mühe.«

Hannes Schlucken wird lauter. Sie nimmt dankbar das Glas an, das Degenwald ihr hinhält.

»Trink einen Schluck«, sagt er.

Sie trinkt ungeschickt.

»Erzähl mir, wie es danach weiterging«, hilft Degenwald nach.

»Ich hab das Messer nicht aus der Hand gelassen und es gleich aus ihr rausgezogen. Es ging ganz schnell. Dann bin ich gerannt. Raus aus diesem Haus, weg von den schrecklichen Gesprächen. Aurelia hat nicht geschrien. Sie hat überhaupt nichts gemacht. Mich noch nicht mal angesehen.«

»Du bist aus dem Haus? Wohin?«

»In meinen Wagen und losgefahren. Ziellos herumgeirrt. Irgendwann, keine Ahnung, wann das war, nach Hause.«

»Was hast du mit dem Messer gemacht?«

»Ich hab's gesäubert. Dann bin ich wieder in den Wagen und hab's irgendwo weggeworfen.« Hanne schaut Degenwald Hilfe suchend an. »Ich konnte es nicht im Haus lassen. Ich hab immer nur sie gesehen. Ich wollte nur, dass es weg ist. Weg aus meinen Augen.«

»Kannst du dir vorstellen, wie Anong, ich meine Aurelia, zu Tode gekommen ist? Was danach passierte? Als du das Haus verlassen hast?«

Hanne schüttelt müde den Kopf.

»Was danach passiert ist, geht mich nichts an.«

Nach diesem Satz ist es still zwischen ihnen. Degenwald

sortiert seine Gedanken. Er muss Elsa Wegener anrufen. Wenn sie bei Bramlitz ist, muss sie darüber informiert sein, was Hanne gerade gestanden hat.

»Was wird mit Dino geschehen?« Hanne Maihauser zögert und fragt schließlich weiter. Ihre Frage dringt tief in Karl Degenwalds Herz. »Muss eine Mutter lange ins Gefängnis?«

22. KAPITEL

›Das höchste Gut ist menschliche Zuwendung‹, steht auf dem Kalenderblatt über Götz Bramlitz' Schreibtisch.

Der blaue Anzug liegt bereit. Im Vorzimmer, auf dem Weg zu seinem großräumigen Büro, wartet er auf weitere Verwendung. Der Anzug ist ein Geschenk an Michael Horn, den Gerichtsmediziner, der Blut und Kohlenmonoxydspuren von Aurelia Bramlitz, die als Anong starb, daran feststellen wird. Sicher auch Speichelreste.

Götz Bramlitz sitzt, in Schwarz gekleidet, über ein Blatt Papier gebeugt und schreibt:

›Wo man den freien Willen sucht,
findet man eine Kette verhängnisvoller Gedanken.
Aus diesen Gedanken besteht der Geist.
Sie sind es, die das Universum gestalten.
Und das Schicksal jedes Einzelnen.
So auch meines!‹

Bramlitz legt die Füllfeder zur Seite und greift nach etwas anderem. Etwas, das ebenso wie das Schreibutensil auf seine Verwendung wartet.

Das Unglück treibt mit der anzunehmenden Schnelligkeit der apokalyptischen Reiter auf ihn zu.

Im Grunde ist er längst tot. Um genau zu sein, seit dem Tag, an dem er das Leben seiner Frau Anong aushauchte. Das war ein sonniger Dienstag im Mai gewesen, viele Jahre zuvor, als er ihr einen fremden Namen eintätowierte.

A-u-r-e-l-i-a. ›So! Das bist ab heute du!‹, hatte er ihr unter Liebesschwüren, nein, nicht gestanden oder erbeten. Abverlangt.

Er weiß es überhaupt nur deshalb, weil Aurelia, nein, Anong es ihm mit ungewohnter Vehemenz entgegengebrüllt hatte. Er war erschrocken zurückgetreten. Hatte etwas verstanden, was er nie verstehen hatte wollen. Viele Jahre später.

Durch diese Tat war er geradewegs in ihre Seele hineingeraten. Und in seine eigene. Ohne es zu bemerken. Da war kein Zweifel gewesen, keine Sekunde lang. Kein Empfinden, etwas Derartiges könne er nicht tun. Nur diese falsche Freude, die Oberhand gewonnen zu haben. Über ihre Klugheit, ihre Gewandtheit, ihr Ich.

Was ihm jetzt zu tun bleibt, ist, seinen Körper nachzutragen. Seiner erloschenen Seele hinterher, dem tatsächlichen Tod entgegen. Sein erklärtes Ziel lautet: endlich Gewissheit finden, dass er seiner Schuld entkommen kann. Nicht nur vor Karl Degenwald, der ihm auf den Fersen ist. Auch vor sich selbst.

Dass er Anong schließlich erstickt hatte, an jenem Abend, als ihm jemand zuvorgekommen war und ihr das Messer in den Rücken gerammt hatte. Das war nicht geplant.

Er war zuerst entsetzt zurückgetreten, als er sie blutend und stöhnend zu Hause vorgefunden hatte. Es mochte noch nicht lange her sein, seit dieses schreckliche Vorkommnis sich zugetragen hatte. Er hatte sie aufgefordert zu sagen, wer sie derart zugerichtet hatte. Doch er hatte nur ihr Schweigen empfangen. Nichts als ihr Schweigen. Erst da war ihm eingefallen, dass er den Notarzt verständigen musste. Er hatte die blutende Wunde rasch erstversorgen wollen.

So war er zu ihr getreten. Hatte sie in den Arm genommen.

›Ich verlasse dich!‹, hatte sie ihm da zugeraunt. Es war mehr ein Hauchen gewesen als Sprechen. Aber ihre Mitteilung hatte trotz allem Gewicht gehabt. Er hatte es sofort gewusst, als sie es ausgesprochen hatte. Sie geht. Sie kommt nicht wieder. Sie geht zu Fred Maihauser. Sein Name aus ihrem Mund war ihr endgültiges Todesurteil gewesen. Natürlich hatte er geahnt, dass sie eine Affäre hatte. Geahnt, nicht gewusst. Wenn es so sein soll, werde ich das Ende dieser unsäglichen Geschichte abwarten, hatte er sich selbst vorgeschlagen. Jetzt, nach Anongs Worten, gab es nichts mehr zu warten.

Durch die geschlossenen Jalousien hatte die Abendsonne dünne Scheiben Licht geworfen. In denen hatte der Staub zu tanzen begonnen wie auch seine Gehirnzellen. Seine Wut war einem Walzer entsprungen und hatte in einem Tango geendet. Mit einer waagerechten Handbewegung hatte er seiner Frau das Wort abgeschnitten. Aber da hatte ohnehin kein einziges mehr in ihrem Mund gelegen, das seiner würdig gewesen wäre. Er hatte gespürt, wie er die Fäuste in die Hosentaschen bohrte. Fest, unbarmherzig fest.

Er trug den blauen Anzug, dazu ein weißes Einstecktuch aus Seide. Dass ihr Lächeln je erlischt, hätte er nicht für möglich gehalten. Das wäre ihm extrem unpassend erschienen. Aber sie hatte es getan. Hatte mit einem ihm vorenthaltenen Lächeln alle anderen zuvor zunichte gemacht.

Sein weinerlich-wässriger Blick war ihrem erloschenen Lächeln gefolgt. Er versuchte noch, den Tag zu rekonstruieren, an dem sein Glück ins Unglück gekippt war. Ihm war kein Tag je so wichtig erschienen, dass er sich recht an ihn erinnern konnte. An die Gefühlslage jener

Tage. Weder seiner eigenen, noch viel weniger der seiner vietnamesischen Frau. Doch er konnte die Situation, wie sie nun mal war, nicht zur Kenntnis nehmen. Er musste etwas tun. Denn er war ein Macher-Typ.

Seiner lieb gewordenen Routine, dass das Leben ihm gab, was er verlangte, musste er nun abschwören. Alles war unüberblickbar geworden. Am liebsten hätte er Aurelia mit seinem Leib belegt. Seiner Schwere. Und so tat er es. Er hievte sich auf sie hinauf. Sein blauer Anzug auf ihren schmächtigen, verwundeten Leib, der in einer hellrosa Bluse steckte, die mit rotem, frischem Blut verunstaltet war. Er presste sich ihr entgegen. Lag und presste. Enger und fester. Lang und länger. Er presste ihr den letzten Lufthauch aus dem Körper. Bis ihr Atmen und Sehen vergangen war. Danach: der Tod!

Er hatte ahnungslos dagehockt. Weil er so eine Situation noch nicht kannte. Das Leben war ihm unter den Fingern zerronnen. Zwei Leben auf einen Streich.

Seine elende Beschränktheit hatte sie, seine Frau, gerichtet. Und ihn selbst dazu. Er wusste es plötzlich. Alles fiel von ihm ab, als er es entdeckte. Sein Leben war nie schwer und ungerecht gewesen. Das hatte er sich lediglich eingebildet, weil er etwas erdacht, verlangt und beurteilt hatte.

Sein Countdown findet, es könnte nicht schlüssiger sein, im Beisein einer Frau statt. Frauen verfolgen ihn, ohne dass er sie gerufen hätte.

Elsa Wegener steht hinter der Tür. Ihre Dienstwaffe in der Hand. Sie wird nicht zögern. Er weiß es.

Götz Bramlitz schlägt die Bibel, die er vor sich hingelegt hat, an irgendeiner Stelle auf. Leise beginnt er sich vorzulesen: ›Und geht es auch durchs dunkle Tal. Ich habe keine Angst! Du, Herr, bist bei mir; du schützt mich und führst mich, das macht mir Mut.‹

Bramlitz schlägt das berühmteste Buch der Welt zu und schiebt es von sich weg. Als er es so vor sich liegen sieht, weiß er, dass etwas nicht stimmt. Er steht noch einmal auf und verstaut es in seinem Aktenschrank. Ihm graust bei dem Gedanken, es könnte mit seinem Blut beschmutzt werden.

Seine Pistole ist entsichert. Was fehlt, ist der Schuss. Das laute Auspusten seiner Existenz. Vor den Augen der Kriminalpsychologin aus Köln. Die sich in alles eingemischt hatte, was sein Leben bedeutete. Und das der anderen. Ach was, die anderen interessierten ihn nicht länger. Und selbst er war vor sich selbst in Deckung gegangen. Verschwunden hinter dem Berg seiner Einbildung. Er muss sein Leben auf diese Art und zu dieser Stunde beschließen.

Bramlitz hadert nicht länger mit seiner Version des Schicksals. Der, die er sich eingebildet hatte und die ihren Höhepunkt forderte. Er steckt sich den Lauf der Pistole in den halb geöffneten Mund. Und wartet. Auf Elsa Wegener.

Die kündigt ihr Kommen an, indem sie die Türklinke hinunterdrückt. Gleich wird sie ihn sehen. Aber er weigert sich zurückzustarren. Er hastet ein letztes, verzweifeltes Mal nach Atem. Spürt, wie ihm der Urin unfreiwillig die Beine hinunterrinnt. Warm und klebrig. Einem kleinen Kind gleich. Angst durchzuckt ihn mit der fürchterlichen Schwere und Gewissheit der Unabwendbarkeit. Ehe sie den Raum erobert, drückt er ab.

Elsa steht einfach nur da. Zur Bewegungslosigkeit verdammt. Ihre Dienstwaffe kommt ihr plötzlich wie ein Folterinstrument vor. Um sie herum ein einziges Blutbad. Mittendrin Götz Bramlitz' Leiche. Er hat sich selbst gerichtet.

Sie weiß nicht, weshalb, aber ihr fallen Mahatma Gandhis berühmte Worte ein: ›Die Waffe der Gewaltlosigkeit kehrt die Gewalt in ihr Gegenteil.‹

Sie hat den Rest dieses Mannes, den sie vor sich sieht, nicht retten können. Nicht seinen Körper und nicht seine Seele.

Ohne sich recht darüber klar zu sein, faltet sie ihre Hände zum Gebet:

›Ich gedenke dieses Menschen,
der heimgegangen ist.
Er ist nicht ins Grab gestorben,
sondern in deine Liebe
und Ewigkeit.‹

Elsa spürt eine unbändige Sehnsucht nach Vergebung und Liebe. Mit diesem Gefühl im Herzen dreht sie um und verlässt den Raum des Grauens. Sie wird Degenwald, Hörnchen und Ben Fürnkreis anrufen. Mehr gibt es nicht für sie zu tun.

Anna sitzt Elsa in der Küche gegenüber. In sich gekehrt, müde und traurig.

»Kannst du mir sagen, was jetzt mit Dino wird? Seine Mutter angeklagt und sein Stiefvater sterbenskrank. Das ist es doch, was du mir gerade mitgeteilt hast, oder?«

Elsa schaut ihre Tochter an und weiß nichts zu sagen. Wie soll man auch solcherlei beantworten, ohne pathetisch zu werden oder als Verrückte zu gelten? Trotzdem will sie keine Antwort schuldig bleiben. Sie überlegt eine Weile und beginnt dann mit dem Versuch einer Erklärung.

»Albert Einstein sagt: ›Das Leben lässt sich auf zwei

Arten leben: Zum einen so, als wäre nichts ein Wunder. Zum anderen so, als wäre alles ein Wunder.‹« Sie schaut Anna an. Versucht, ihren Blick aufzufangen und darin zu verweilen. »Ich halte es mit Einstein. Für mich ist alles ein Wunder.«

»Ein Wunder?« Anna lacht empört auf. »Was oder wo ist hier ein Wunder? Sag's mir.«

»Alles ist kostbar und deshalb ein Wunder, Anna. Sogar ein Grashalm, der uns vielleicht nie wirklich auffällt. Jedes Tier, alle Pflanzen, sogar Steine, Wasser, Situationen. Wir sind alle miteinander verbunden und ein Wunder.« Elsa zögert und sucht in Annas Augen nach einem Ansatz von Verständnis. »Ich möchte Menschen klarmachen, wie kostbar wir sind. Sogar der Mörder gehört dazu. Zu uns, in unsere Gemeinschaft. Wir müssen ihm zeigen, dass er etwas Falsches getan, anderen und sich selbst schreckliches Leid zugefügt hat. Aber er bleibt trotz allem ein Teil unserer Gesellschaft, er bleibt Mensch. Nichts wird besser, weil wir bestrafen. Aber ein Lächeln, einmal Mitgefühl, wo Hass ebenso existieren könnte, hilft vielleicht. Deshalb, um Menschen das klarzumachen, habe ich meinen Beruf ergriffen.«

Anna sieht ihre Mutter plötzlich mit anderen Augen. Sie schluckt, ist ergriffen von dem, was sie nie zuvor aus ihrem Mund gehört hat.

»Du glaubst daran, was du gerade so schwülstig formuliert hast.« Es ist eher eine Feststellung als eine Frage.

Elsa nickt. »Es lässt mich die Schrecken ertragen, die meine Arbeit mit sich bringt. Sonst würde ich nichts davon verkraften.«

Am nächsten Morgen erfährt sie die wichtigsten Neuigkeiten. Michael Horn steht schon in aller Herrgottsfrühe in Degenwalds Büro, vor sich eine Tasse Kaffee und eine Brezel.

»Einen wundervollen guten Morgen, Frau Wegener!« Hörnchen grinst schief zur Begrüßung und bietet ihr vom Gebäck an.

Elsa nimmt eine Brezel und beißt hinein. »Der schönste Moment ist immer der, wenn alles erledigt ist. Ich nehme an, ihr seht das genauso?«

»Endgültig erledigt«, fügt Degenwald an und grinst mindestens so breit wie sein Kollege vom gerichtsmedizinischen Institut.

»Die Fäden in Aurelia Bramlitz' Lunge stammen von Götz Bramlitz' Anzug, den er uns freundlicherweise überlassen hat. Er ist, ich meine, war der Täter. Auch wenn die Hanne Maihauser mit ihrem Messer ganz passable Vorarbeit geleistet hat.«

Hörnchen kichert, als habe er schon am frühen Morgen getrunken, was natürlich nicht der Fall war. Elsa kannte dieses Phänomen. Man machte sich über die schrecklichsten Dinge lustig, verpasste ihnen eine charmant ironische Note, um den Schrecken nicht so nah an sich heranzulassen.

»Nachdem alles so weit aufgeklärt ist, freue ich mich auf einen sauberen Einstand unserer lieben Kollegin Wegener.«

Hörnchen deutet Elsas Lächeln als Zustimmung, nimmt einen weiteren Schluck Kaffee und schlägt auch gleich die passende Lokalität vor.

»In der Alten Post in Marquartstein? Morgen Abend? Da kriegen wir auch was Ordentliches auf den Teller«, fragt er nach. »München kann ruhig zwei Tage auf mich verzichten. Ich wäre also hier und hätte Zeit.«

Elsa nickt. »Einverstanden! Wird ohnehin höchste Zeit, dass ich mein Versprechen einlöse. Sonst hinterlasse ich hier noch einen falschen Eindruck.«

Degenwald hat seinem Lächeln etwas Verschmitztes hinzugefügt. »Dann müssen wir jetzt wohl den guten Ben anrufen. Auf den wollen Sie sicher nicht verzichten?« Er zückt sein Handy und schaut Elsa dabei an.

Die hört den Unterton aus seiner Stimme heraus, kommt an seine Seite und legt ihm, völlig unerwartet, den Arm auf die Schulter. »Genau so machen wir es, Kollege Degenwald. Teamarbeit. Da darf keiner fehlen.«

»Heiliger Bimbam! Da ist ja eitel Wonne angesagt«, mischt Hörnchen sich ein. »Gleich rinnt der Zuckerguss über euch hinweg. Da wird einer wie ich erstens neidisch und zweitens, wenn das auf andere – etwa auf mich – abfärbt, arbeitslos.«

»Keine Sorge. Derartiges tun wir dir nicht an. Ich gehe stark davon aus, dass Elsa Wegener auch beim nächsten Fall wieder die Vorzüge ihrer nordrhein-westfälischen Dickköpfigkeit zum Einsatz bringt.«

Elsa boxt Degenwald gespielt ernst in die Seite und lacht dabei.

»Darauf trinken wir morgen Abend. Bis dahin, servus. Ich muss weiter«, verabschiedet sich Hörnchen.

Er leert seine Kaffeetasse, schiebt sie beiseite, setzt den Hut auf und verlässt mit erhobener Hand das Büro.

»Eine Laune hat der!« Degenwald schüttelt verwundert den Kopf.

»Tja, unverständlich, bei dem Leichenverschleiß in letzter Zeit«, findet auch Elsa.

Epilog

Am Abend, vorm Fernseher – Anna hatte MTV eingeschaltet – erzählt Elsa, dass Hartmut, ihr Vater, die Scheidung eingereicht hat.

»Und seine Neue? Diese Tussi?«, will Anna, die gerade erst mit Aufregen angefangen hat, wissen.

»Zieht zu deinem Vater.«

»Heiter! Wirklich durchweg heiter!« Anna schlägt genervt mit der Faust auf den Wohnzimmertisch. »Dieses verlogene Frauenzimmer zieht in unser Zuhause. Und du sitzt da und lässt dir das einfach so gefallen.«

Elsa weiß, Anna täuscht Wut vor, um die Trauer auszugrenzen. Sie lässt sie, sagt nichts zu allem. Es ist wichtig, dass sie sich erst mal Luft machen darf. Auflehnen gegen die augenscheinliche Ungerechtigkeit, die doch nichts anderes ist als das gewöhnliche Leben, das ewige Bewegung, niemals Stillstand bedeutet.

Nach einer ganzen Weile, als von Anna nichts mehr kommt, als ein einziger frostig-starrer Blick aus dem Fenster, der Desinteresse heuchelt, beginnt Elsa zu sprechen.

»Wer da frei
vom Wahn des Ich und seiner Täterschaft,
und frei von Selbstsucht ist,
der tötet nicht, selbst wenn er tötet,
und bleibt ungebunden, was er auch tut.

Kapitel 18, Vers 17 der Bhagavad Gita.« Elsa seufzt und schaut Anna auffordernd an.

»Bhagavad Gita? Was ist das? Davon hast du mir nie erzählt.« Sie schaut irritiert zu ihrer Mutter hinüber.

»Die Bhagavad Gita ist eine der zentralen Schriften des

Hinduismus. Sozusagen ein langes, spirituelles Gedicht. Vermutlich zwischen dem fünften und zweiten vorchristlichen Jahrhundert entstanden. Sie ist ein bedeutendes philosophisches Werk. Viele Gelehrte und Philosophen des Abendlandes haben sie studiert.«

»Und?«, will Anna wissen. »Kennst du auch jemanden, der das versteht?«

»Zumindest die Richtung, in die das Ganze zielt, die verstehe ich. Und du, wenn ich's dir näherbringe, genauso.«

»Bei deinem Studium hast du das aber nicht gelernt?«, forscht Anna nach.

Elsa lacht amüsiert auf. »Niemand auf der Uni sagt dir, dass das Ich, das wir als wahr annehmen, nur eine Illusion ist. Die Illusion, sich mit dem Denken zu verwechseln. Nimm die Scheidung von Papa und mir.« Elsa schweigt kurz. »Du glaubst, das ist der Untergang deiner Welt. Aber das ist nur ein Gedanke, der nichts mit der Realität zu tun hat. Vielleicht ist genau dieses Ereignis das Beste, was uns beiden passieren kann.«

»Heilige Scheiße! Du redest Schwachsinn, Mama. Die Scheidung ist eine Katastrophe, und was soll ich denn sonst sein als mein Denken?«

»Du bist mehr als das, Anna. Größer und mächtiger. Darauf will dieser Vers aufmerksam machen. Du bist eine Kraft, die alles bewirken, alles überwinden, die glücklich sein kann. Das ist es, was mich an eine Welt ohne Mord und Totschlag denken lässt. Liebe statt Gewalt. Das Paradies!«

»Na ja. Träumen soll ja erlaubt sein«, stellt Anna plötzlich fest und rappelt sich auf. Sie schaut ihre Mutter auffordernd an. Gerade so, als habe sie ihre Zuversicht wiedergewonnen. Zumindest ein kleines bisschen davon.

»Was hältst du von einem Trip nach München? Zuerst Flippern und dann … sehen wir weiter.«

»Einverstanden.« Elsa ist ebenfalls aufgestanden. Flüchtig umarmt sie ihre Tochter. Eine Geste, die ungelenk und zaghaft ausfällt.

»Schon gut. Ich kann's verkraften.« Anna hat ihren Schutzpanzer für einen Moment abgelegt und zwinkert ihrer Mutter zu. »Wenn Papa endgültig aus unserem Team raus ist, müssen zumindest wir zusammenhalten.«

»Liebe kann auch anders. Nicht nur wehtun, Anna. Das darfst du nie vergessen.«

Auf dem Weg nach München glaubt Elsa sich kilometerweit vom nächsten Fall entfernt. Doch sie erliegt einer Illusion. Schon bald muss sie sich um einen weiteren Mord kümmern. Einer brutalen, bestialischen Tat. Einer, die ihrer Vorstellung vom Paradies auf Erden im Wege steht, und die sie deshalb beiseiteräumen wird.

ENDE

Weitere Krimis finden Sie auf den folgenden Seiten und im Internet: www.gmeiner-verlag.de

Alle Gmeiner-Autoren und ihre Krimis auf einen Blick

WOLFGANG: Puppenjäger (2006) **KLAUSNER, UWE**: Odessa-Komplott (2010) • Pilger des Zorns • Walhalla-Code (2009) • Die Kiliansverschwörung (2008) • Die Pforten der Hölle (2007) **KLEWE, SABINE**: Die schwarzseidene Dame (2009) • Blutsonne (2008) • Wintermärchen (2007) • Kinderspiel (2005) • Schattenriss (2004) **KLÖSEL, MATTHIAS**: Tourneekoller (2008) **KLUGMANN, NORBERT**: Die Adler von Lübeck (2009) • Die Nacht des Narren (2008) • Die Tochter des Salzhändlers (2007) • Kabinettstück (2006) • Schlüsselgewalt (2004) • Rebenblut (2003) **KOHL, ERWIN**: Flatline (2007) • Grabtanz • Zugzwang (2006) **KOPPITZ, RAINER C.**: Machtrausch (2005) **KÖHLER, MANFRED**: Tiefpunkt • Schreckensgletscher (2007) **KÖSTERING, BERND**: Goetheruh (2010) **KRAMER, VERONIKA**: Todesgeheimnis (2006) • Rachesommer (2005) **KRONENBERG, SUSANNE**: Kunstgriff (2010) • Rheingrund (2009) • Weinrache (2007) • Kultopfer (2006) • Flammenpferd (2005) **KURELLA, FRANK**: Der Kodex des Bösen (2009) • Das Pergament des Todes (2007) **LASCAUX, PAUL**: Feuerwasser (2009) • Wursthimmel • Salztränen (2008) **LEBEK, HANS**: Karteileichen (2006) • Todesschläger (2005) **LEHMKUHL, KURT**: Nürburghölle (2009) • Raffgier (2008) **LEIX, BERND**: Fächertraum (2009) • Waldstadt (2007) • Hackschnitzel (2006) • Zuckerblut • Bucheckern (2005) **LOIBELSBERGER, GERHARD**: Die Naschmarkt-Morde (2009) **MADER, RAIMUND A.**: Glasberg (2008) **MAINKA, MARTINA**: Satanszeichen (2005) **MISKO, MONA**: Winzertochter • Kindsblut (2005) **MORF, ISABEL**: Schrottreif (2009) **MOTHWURF, ONO**: Werbevoodoo (2010) • Taubendreck (2009) **MUCHA, MARTIN**: Papierkrieg (2010) **NEEB, URSULA**: Madame empfängt (2010) **OTT, PAUL**: Bodensee-Blues (2007) **PELTE, REINHARD**: Inselkoller (2009) **PUHLFÜRST, CLAUDIA**: Rachegöttin (2007) • Dunkelhaft (2006) • Eiseskälte • Leichenstarre (2005) **PUNDT, HARDY**: Deichbruch (2008) **PUSCHMANN, DOROTHEA**: Zwickmühle (2009) **RUSCH, HANS-JÜRGEN**: Gegenwende (2010) **SCHAEWEN, OLIVER VON**: Schillerhöhe (2009) **SCHMITZ, INGRID**: Mordsdeal (2007) • Sündenfälle (2006) **SCHMÖE, FRIEDERIKE**: Bisduvergisst (2010) • Fliehganzleis • Schweigfeinstill (2009) • Spinnefeind • Pfeilgift (2008) • Januskopf • Schockstarre (2007) • Käfersterben • Fratzenmond (2006) • Kirchweihmord • Maskenspiel (2005) **SCHNEIDER, HARALD**: Wassergeld (2010) • Erfindergeist • Schwarzkittel (2009) • Ernteopfer (2008) **SCHRÖDER, ANGELIKA**: Mordsgier (2006) • Mordswut (2005) • Mordsliebe (2004) **SCHUKER, KLAUS**: Brudernacht (2007) **SCHULZE, GINA**: Sintflut (2007) **SCHÜTZ, ERICH**: Judengold (2009) **SCHWAB, ELKE**: Angstfalle (2006) • Großeinsatz (2005) **SCHWARZ, MAREN**: Zwiespalt (2007) • Maienfrost • Dämonenspiel (2005) • Grabeskälte (2004) **SENF, JOCHEN**: Kindswut (2010) • Knochenspiel (2008) • Nichtwisser (2007) **SEYERLE, GUIDO**: Schweinekrieg (2007) **SPATZ, WILLIBALD**: Alpenlust (2010) • Alpendöner (2009) **STEINHAUER, FRANZISKA**: Wortlos (2009) • Menschenfänger (2008) • Narrenspiel (2007) • Seelenqual • Racheakt (2006) **SZRAMA, BETTINA**: Die Konkubine des Mörders (2010) • Die Giftmischerin (2009) **THÖMMES, GÜNTHER**: Das Erbe des Bierzauberers (2009) • Der Bierzauberer (2008) **THADEWALDT, ASTRID / BAUER, CARSTEN**: Blutblume (2007) • Kreuzkönig (2006) **VALDORF, LEO**: Großstadtsumpf (2006) **VERTACNIK, HANS-PETER**: Ultimo (2008) •Abfangjäger (2007) **WARK, PETER**: Epizentrum (2006) • Ballonglühen (2003) • Albtraum (2001) **WICKENHÄUSER, RUBEN PHILLIP**: Die Seele des Wolfes (2010) **WILKENLOH, WIMMER**: Poppenspäl (2009) • Feuermal (2006) • Hätschelkind (2005) **WYSS, VERENA**: Todesformel (2008) **ZANDER, WOLFGANG**: Hundeleben (2008)